LE SECRET DE L'INVENTEUR

RÉBELLION

L'auteur

Régulièrement classée dans les listes des meilleures ventes du *New York Times*, **Andrea Cremer** est l'auteur des best-sellers internationaux *Nightshade*. Après une enfance passée près des forêts et des lacs du Wisconsin, elle vit désormais à New York. D'abord professeur d'histoire moderne à l'université, elle écrit depuis l'adolescence, mais c'est à l'occasion d'une fracture consécutive à une chute de cheval qu'elle a trouvé le temps de pondre son premier roman ! Sa nouvelle série, *Le Secret de l'inventeur*, nous fait découvrir une version steampunk alternative du XIXe siècle, sa période préférée de l'histoire…

Andrea Cremer

LE SECRET DE L'INVENTEUR

RÉBELLION

Traduit de l'anglais (États-Unis)
par Mathilde Bouhon

LUMEN

À mes professeurs

Territoire
britannique

Ouest sauvage
(souveraineté contest

Territoire
mexicain

Océan
Pacifique

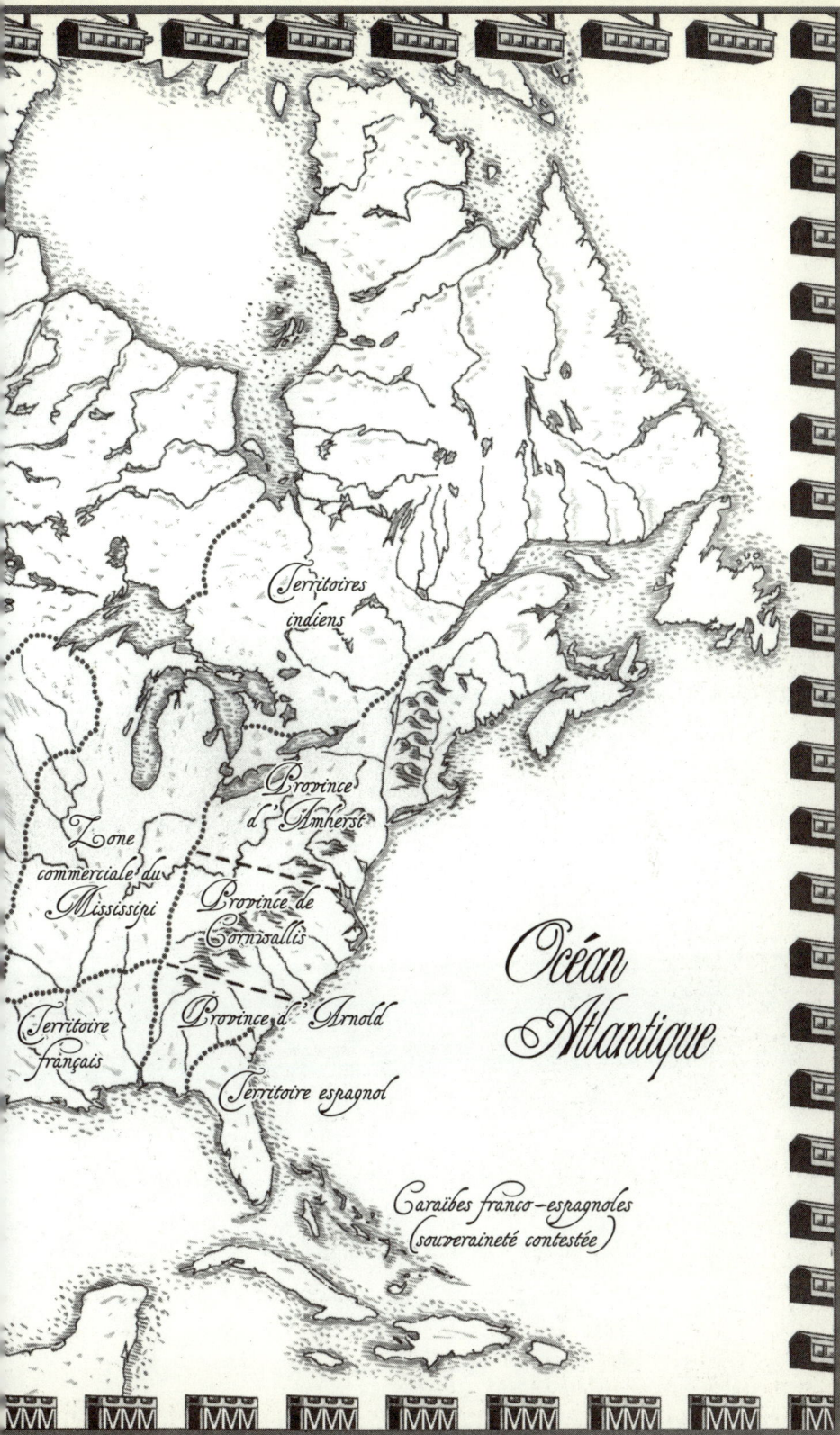

Territoires
indiens

Province
d'Amherst

Zone
commerciale du
Mississipi

Province de
Cornwallis

Territoire
français

Province d'Arnold

Territoire espagnol

Océan
Atlantique

Caraïbes franco-espagnoles
(souveraineté contestée)

T'avais-je requis dans mon argile,
Ô Créateur, de me mouler en homme ?
T'ai-je sollicité de me tirer des ténèbres ?

John Milton, *Le Paradis perdu*
(cité par Mary Shelley en préambule de *Frankenstein*)

Chapitre 1

Landes proches de New York, province d'Amherst, 1816

À chacun des battements du cœur de Charlotte, le garçon se rapprochait un peu plus. À l'abri des racines de l'arbre géant au creux desquelles elle se cachait, elle épiait son souffle court, le martèlement inégal de ses pas, sans bouger un cil dans l'air immobile, presque étouffant. Une goutte de sueur coula le long de sa tempe, perla au bas de sa mâchoire et vint s'écraser dans son décolleté.

L'inconnu jeta un nouveau coup d'œil par-dessus son épaule. Encore cinq pas, et il déclencherait le piège. Quatre. Trois. Deux. Un !

Lorsque sa cheville se prit dans le filin tendu entre deux arbres, en travers de son chemin, la surprise lui arracha un cri. Le hurlement mourut sur ses lèvres dès qu'il s'abattit de tout son long sur le sol du sous-bois, le souffle coupé.

Charlotte bondit hors de sa cachette. Elle étira avec délices des muscles ankylosés par la longue attente accroupie. En combattante accomplie, elle se déplaçait avec une célérité remarquable – ses pieds touchaient à peine le sol. N'eût été le bruissement de ses jupes, elle se serait déplacée sans faire le moindre bruit.

Le garçon, gémissant, se redressa sur un coude. Le coup de pied de Charlotte le retourna sur le dos et lui arracha un grognement. Sans perdre un instant, elle le plaqua au sol d'un genou rageur.

Les yeux écarquillés, il fixa le revolver pointé sur son torse.

— Pitié… murmura-t-il.

Elle braqua le canon de l'arme entre ses deux yeux.

— Je n'ai pas pour habitude d'accéder aux requêtes d'un intrus.

Elle pesa sur lui de tout son poids. Il se tortilla, affolé.

— Qui es-tu ? reprit-elle d'une voix qui se voulait menaçante mais sonna bien trop doucement à ses oreilles.

Il ne cilla pas. Dans ses prunelles se reflétait la lueur ambrée de l'aube naissante.

— Je l'ignore.

— Pardon ?

Le visage étrangement pâle de son adversaire se tordit sous l'effet de la peur, mais il répéta :

— Je… Je l'ignore.

— Tu te moques de moi ?

Elle jeta un regard au buisson touffu dont il venait d'émerger et qui oscillait encore légèrement.

— Parle ! Que fuis-tu ainsi ?

Le front plissé, il bafouilla :

— Je ne sais pas…

— Vraiment ? cracha-t-elle. Pourquoi courais-tu, dans ce cas ?

Un frisson le secoua de la tête aux pieds.

— J'ai entendu des bruits.

— Quels bruits ?

Le sang de la jeune fille se glaça. Elle balaya les bosquets du regard, le cœur serré d'appréhension.

Le sifflet hurla à cet instant précis, comme déclenché par sa peur. Un monstre d'acier, aussi haut que les arbres qui l'entouraient, émergea aussitôt de l'épais sous-bois, engagé sur le même sentier que le garçon lui-même quelques minutes plus tôt. Les Robots Cueilleurs de l'Empire étaient bâtis comme des géants : le crâne de la machine, une tête massive, aux lignes anguleuses, surgit entre les branches des frondaisons, qu'elle cassa comme autant d'allumettes. Deux bras de cuivre articulés se dessinaient de chaque côté de son large tronc, leurs longs doigts déployés, prêts à saisir leur proie. Le regard de Charlotte fouilla aussitôt les profondeurs de la cage thoracique creuse du mastodonte, fermée par d'épais barreaux.

Vide. Pas de prisonnier.

— Qui a lancé un Cueilleur à tes trousses ?

— C'est donc comme ça qu'on les appelle ? demanda-t-il d'une voix tremblante.

Elle cracha aux pieds du garçon.

— Non, mais je rêve ! Même pas fichu de reconnaître un Pot de rouille ? Tout le monde sait que ces monstres font le sale boulot de l'Empire !

Un grincement de métal mal huilé fit retomber la colère de la jeune fille aussi vite qu'elle était venue. Une corne de brume poussa sa complainte. Une autre lui répondit au loin… mais toujours trop près au goût de Charlotte.

Pas une minute à perdre. Il fallait agir tout de suite sans se poser de questions, ou ils étaient fichus. Elle libéra son prisonnier et lui tendit le bras pour l'aider à se relever. Leur seul avantage sur les Pots de rouille : les colosses de fonte ne manœuvraient qu'à petite vitesse en milieu forestier.

— Filons d'ici. Vite !

Le garçon lui empoigna la main sans la moindre hésitation – non sans jeter, malgré tout, un coup d'œil terrifié à leur poursuivant qui se rapprochait. Un immense chêne les cachait en partie à sa vue, mais le Cueilleur se trouvait désormais si près que Charlotte pouvait en voir le pilote, installé à l'intérieur de l'énorme crâne d'acier, actionner le levier de vitesse de la machine. L'homme tira vers lui un casque équipé de lunettes télescopiques avant de faire pivoter la tête du Pot de rouille de droite à gauche.

La jeune fille hésita une seconde de trop : trop tard ! Il l'avait vue.

Un tour de volant, et le géant d'acier se lançait à leurs trousses en crachant jet de vapeur sur jet de vapeur.

D'une bourrade, Charlotte propulsa le garçon en avant.

— File, vas-y ! s'écria-t-elle. Droit vers l'est ! Je te rejoindrai plus tard.

— Mais qu…

Elle le poussa si fort qu'il manqua de trébucher. Emporté par son élan, il déguerpit sans demander son reste.

Charlotte plongea la main dans la poche de sa jupe, où ses doigts rencontrèrent le métal glacé d'un objet de petite taille qu'elle tira des plis de mousseline. Quelques tours de clé, et l'appareil prenait vie en crachotant des étincelles. Avec un soupir de regret, elle posa la souris magnétique sur le sol herbu, le museau pointé droit sur l'assaillant qui approchait. La petite créature détala en vrombissant, ses roues montées sur ressort épousant sans mal le terrain accidenté.

La jeune fille déguerpit sans attendre, mais son compagnon d'infortune n'était pas allé bien loin.

— Allez, du nerf ! jeta-t-elle.

Elle empoigna la main du garçon visiblement dérouté, qu'elle força à la suivre à toutes jambes dans les profondeurs ténébreuses du sous-bois où les premiers rayons rougeoyants du soleil pénétraient à peine.

Hors d'haleine, il pressa les doigts de la jeune fille, qui lui lança un coup d'œil interrogateur. Il braquait sur elle un regard d'aigle.

— Comment t'appelles-tu ? fit-il.

Elle lui lâcha le bras et rassembla ses jupes pour franchir d'un bond une bûche couverte de lichen.

— Charlotte !

— Merci de ne pas m'avoir abandonné là-bas.

Elle lui fit un petit signe de tête et força encore l'allure. Derrière elle retentit l'explosion tant attendue. Ils n'étaient pas tirés d'affaire, loin de là, mais Charlotte s'autorisa un sourire triomphant. Sa joie fut toutefois de courte durée, vite remplacée par une pensée infiniment désagréable.

Pas de doute, Ash va me le faire payer très cher…

Chapitre 2

Lorsqu'ils atteignirent l'arbre, les derniers rayons du soleil s'insinuaient à travers le feuillage. Charlotte mit un genou en terre. Elle effleura l'écorce des racines enchevêtrées, cherchant à tâtons un subtil changement de texture.

— Bon sang ! souffla-t-elle.

Le juron fit sursauter son compagnon. Elle haussa un sourcil amusé, ce qu'il ne vit pas : elle lui avait bandé les yeux avec un foulard aussitôt que les Cueilleurs lui avaient semblé assez loin pour permettre au duo de fuyards de ralentir leur course.

Le visage renfrogné, le garçon s'absorba un court instant dans la réflexion.

— Un tel langage ne sied pas à une jeune fille… finit-il par énoncer doctement. C'est ce qu'on m'a dit… Enfin, je crois…

Même s'il semblait fuir les Anglais, elle ne pouvait se permettre de dévoiler à un parfait inconnu le chemin des Catacombes. Les tentatives de l'Empire pour découvrir l'emplacement exact de leur refuge s'étaient limitées, jusque-là, à une poignée de corbeaux-espions et quelques escouades de Cueilleurs, tous rentrés bredouilles.

Que les Britanniques s'abaissent à présent à leur envoyer une taupe afin de les débusquer restait possible, même si peu probable. Un garçon comme celui-là, d'allure si vulnérable, ferait un parfait agent infiltré. Si c'était bien le cas, Charlotte ne se pardonnerait jamais de s'être laissé duper.

— Eh bien… Tu as peut-être oublié qui tu étais, mais apparemment tu as été élevé dans la bonne société, marmonna la jeune fille, dont les soupçons quant à la véritable identité de son protégé ne faisaient qu'empirer. Si tu comptes rester dans les parages un moment, tu constateras que les demoiselles, ici, ne sont pas du genre à s'embarrasser des conventions.

Il se contenta de tourner la tête vers elle, perplexe : il attendait une explication. Pour toute réponse, Charlotte poussa un rire acerbe. Elle aurait sans doute dû faire preuve d'un peu plus de compassion, mais lui révéler l'emplacement de leur cachette était déjà bien assez risqué.

Et puis les inventions de Birch s'avéraient systématiquement trop complexes à son goût. Elle mettait toujours un temps fou à localiser le satané loquet aménagé dans une fausse racine… alors que tout retard pouvait leur coûter la vie ! Rien n'indiquait que sa souris ait vraiment suffi à arrêter les Pots de rouille. Or, même ralenti par une explosion, un Cueilleur demeurait une menace mortelle.

— M… Mais…

À ses côtés, le garçon bredouillait, désorienté, hésitant à lui présenter des excuses. Il se tut aussitôt qu'elle lui souffla, d'une voix douce, de se tenir tranquille.

Enfin, les doigts de la jeune fille effleurèrent une racine à l'écorce plus dure et plus froide que les autres.

— La voilà !

— Quoi donc ? s'inquiéta-t-il en remuant vainement la tête, toujours aveuglé.

— Silence, te dis-je ! gronda Charlotte, contrainte de réprimer un fou rire devant le manège de son captif pourtant impuissant – une réaction bien cruelle d'ailleurs, se morigéna-t-elle.

Elle finit par trouver le loquet sur la face inférieure de l'épaisse racine : un compartiment s'ouvrit dans la petite section de bois artificiel. Elle tourna rapidement la minuscule manivelle cachée à l'intérieur, et retint son souffle jusqu'à ce que fuse la question rituelle, prononcée par une voix caverneuse noyée de crépitements.

— Mot de passe ?

— Iphigénie, répondit la jeune fille, un petit sourire amusé aux lèvres.

Sacré Birch, et son amour des mythes anciens !

Son compagnon, quant à lui, fit un bond de surprise. La terreur qui colorait ses mots semblait bien réelle :

— Qui est-ce ? Qui va là ?

— Tout va bien, chuchota-t-elle avant de se pencher vers le tube acoustique. Et veille à envoyer le grand modèle : je ne suis pas seule.

Un long silence s'ensuivit. Le cœur de Charlotte se serra : avait-elle bien fait d'emmener un intrus dans leur refuge ?

— La nacelle vous attend ! finit par déclarer le cerbère, soulageant un peu ses craintes.

Le garçon se dévissait toujours le cou, comme si ces manœuvres pouvaient l'éclairer sur l'origine de la voix en dépit de son bandeau. Dans sa panique, il lui tournait désormais le dos.

— Que se passe-t-il ? gémit-il, complètement affolé.

Plutôt que de se lancer dans des explications à n'en plus finir, Charlotte l'attrapa par le poignet et le tira vers les chutes d'eau toutes proches, dont le rugissement s'élevait dans un grand nuage de vapeur. Le martèlement des flots sur la pierre enfla à leurs oreilles et, pour la première fois, le captif résista à son guide.

— Arrête ! Je t'en prie !

Il s'arracha à son étreinte, manquant de la précipiter au sol. Elle fit volte-face pour lui empoigner de nouveau le bras.

— Du calme ! s'écria-t-elle. Nous approchons d'un passage étroit et très glissant. Si je tombe, on boira tous les deux la tasse et, pour ma part, je n'ai pas envie de faire trempette malgré la chaleur, merci bien !

— C'est une rivière qu'on entend ? Où sommes-nous, exactement ?

Sans pouvoir lui reprocher sa curiosité, Charlotte commençait malgré tout à perdre patience. N'avait-elle pas déjà assez fait pour lui venir en aide ? Elle ne souhaitait qu'une seule chose : rallier les Catacombes, où ils seraient à l'abri des Cueilleurs qui passaient sans doute encore la forêt au peigne fin en cet instant même. Que répétait Meg, déjà, quand Charlotte se disputait avec Ash ? La voix chaude de son amie retentit immédiatement à ses oreilles.

« Essaie un peu de te mettre dans sa peau, Lottie. C'est un terrible fardeau, tu sais. Jouer le rôle du chef… de notre chef à tous. »

La jeune fille considéra son prisonnier, les sourcils froncés. Pourtant loin de subir la même pression que son frère – protéger d'un bout de l'année à l'autre, sans l'assistance d'un seul adulte, un groupe hétéroclite d'enfants et d'adolescents de cinq à dix-sept ans –, il était malgré tout paralysé par la peur, et temporairement plongé dans le noir. De quoi pousser n'importe qui dans ses retranchements… Charlotte tint compte de ce paramètre pour lui faire la réponse suivante :

— Je t'emmène dans un endroit sûr, de l'autre côté de la cascade que tu entends. Tu y seras en sécurité, je te le promets. Les machines ne nous y retrouveront pas. Mais je ne peux pas t'en dire plus, malheureusement.

Il inclina la tête en direction de la voix et tâtonna jusqu'à reprendre la main de son guide.

— D'accord, je te suis.

Elle sourit – ce qui faisait une belle jambe à l'inconnu – et traversa avec lui l'étendue de rochers couverts de mousse qui les séparait encore de la chute d'eau. Un nuage de fines gouttelettes imprégna sur-le-champ leurs vêtements et leurs cheveux. Heureusement que le garçon avait décidé de lui faire confiance et renoncé à l'assaillir de questions : si près de la cascade, il aurait fallu qu'elle crie à tue-tête pour se faire entendre.

Une fois qu'ils se furent glissés derrière le torrent d'eau qui s'écrasait plusieurs mètres sous leurs pieds, l'air tout autour d'eux se mit à scintiller : le tapis de verdure qui recouvrait roches et cailloux avait laissé place à une variété de mousse bioluminescente spécifiquement cultivée par Birch pour éclairer le chemin qui menait aux Catacombes.

Charlotte aurait voulu pouvoir ôter le bandeau qui recouvrait les yeux de son prisonnier. Pénétrer dans ce passage, à chaque fois qu'elle rentrait chez elle, ne manquait jamais de lui mettre du baume au cœur. Non seulement elle retrouvait son foyer, mais le jade chatoyant du boyau souterrain avait le don de la ravir. Un tel spectacle aurait sans doute rassuré son compagnon, qui aurait compris qu'il entrait dans un refuge, et non une zone dangereuse.

Au bout de quelques pas, elle tourna dans une galerie latérale étroite, qui au premier regard semblait une simple tache d'ombre due au tumulte de la cascade. Dans la cavité qui serpentait en zigzags, la mousse luisante qui tapissait les murs jusque-là cédait désormais la place à une petite forêt de champignons. Leurs longs pieds et leurs chapeaux en forme d'ombrelles, qui brillaient d'une lumière bleue et non plus verte, plongeaient le passage dans une éternelle semi-obscurité.

Le garçon ne pipa mot, mais à la façon dont il lui étreignait la main, Charlotte devina que sa peur ne s'était pas calmée.

— On y est presque ! chuchota-t-elle avant de serrer plus fort les doigts effilés de son compagnon.

Elle fut récompensée par un sourire hésitant.

Le couloir déboucha tout à coup sur une vaste grotte. C'est là que se cachait le trésor que recelait la monumentale chute d'eau. Un refuge, l'un des seuls lieux qui échappait encore au regard inquisiteur du tout-puissant Empire. De l'extérieur, on pouvait croire que la cascade dévalait un pan de pierre solide, mais en réalité, plusieurs mètres derrière elle, le flanc rocheux était rongé par tout un réseau de cavernes – pour certaines, des tunnels étroits comme celui dont les deux fuyards venaient d'émerger et, pour d'autres, d'immenses espaces ouverts, assez spacieux pour accueillir un dirigeable.

Loin sous leurs pieds, la surface d'un lac en sous-sol se ridait sous les assauts du courant de la rivière souterraine à laquelle il était relié. Le cours d'eau s'insinuait entre terre et roche pour finir par rejoindre son alter ego à la surface, à près de deux lieues de la cascade.

Les deux jeunes gens contemplaient ce spectacle depuis un petit plateau creusé dans la paroi. Une plateforme de pierre lisse, renforcée par un garde-fou en cuivre aux fixations de fer, où s'encadrait une porte qui pivotait sur des gonds bien huilés. De l'autre côté les attendait, comme promis, une nacelle suspendue à une longue chaîne qui disparaissait dans l'obscurité au-dessus de leurs têtes, dissimulée aux regards par un autre rebord rocheux. Plus qu'une corbeille, on eût dit une cage à oiseaux.

Charlotte ouvrit la porte aménagée dans la rambarde, puis celle de l'engin, poussa son compagnon à l'intérieur, et referma soigneusement derrière eux les deux battants successifs. Quand le panier oscilla sous leur poids, le garçon s'agrippa au grillage de laiton qui les séparait du vide.

— Tu m'as enfermé dans une cage ? demanda-t-il d'une voix où perçait la panique.

— Silence !

La jeune fille lui étreignit le poignet, autant pour l'empêcher d'arracher son bandeau que pour tenter de le rassurer.

— Je suis à l'intérieur, moi aussi. Ce n'est pas une cage, mais un ascenseur.

De sa main libre, elle abaissa une poignée de bois qui pendait d'une chaîne cuivrée attachée au plafond de la nacelle. Au loin résonna une cloche. Porté par l'écho qui se répercutait sur les parois de la caverne, son subtil carillon se mêla quelques instants au rugissement de la cascade.

Charlotte coupa court aux questions imminentes du garçon. Loin désormais de la forêt et de leurs poursuivants, elle se sentait gagnée par la fatigue, et surtout anxieuse de découvrir ce qui les attendait à l'étage. À commencer par la composition de leur comité d'accueil...

La nacelle débuta son ascension, accompagnée d'un léger cliquètement de rouages et du grincement de la chaîne. La soudaineté de cette montée, qui ne manquait jamais de surprendre un peu Charlotte, prit son compagnon complètement au dépourvu. Déséquilibrée par le mouvement de panique de son occupant, la nacelle décrivit un large cercle au-dessus du lac.

— Du calme ! le tança Charlotte, qui le força à se replacer au centre de la corbeille vacillante. Reste tranquille, et tout se passera bien.

— Désolé, marmonna le garçon en claquant des dents.

Son allure donnait le frisson à la jeune fille. Elle avait d'abord attribué sa pâleur à la peur, mais à l'inspecter de plus près, elle comprenait qu'il s'agissait là de sa carnation naturelle. Étrange, ce teint de cendre… Elle maintint tant bien que mal son étreinte sur lui afin d'éviter un accident, mais se mit à réfléchir à toute vitesse : et si cette lividité était le symptôme d'une maladie, peut-être contagieuse ?

Lorsque le plafond de la petite cabine franchit enfin le niveau du quai, les rouages ralentirent leur course, interrompant sa réflexion.

Trois paires de bottes les attendaient, plantées sur la plateforme. La première, brune, à la semelle épaisse et à la tige haute jusqu'au genou, était constellée de brûlures. Seules les pointes luisantes de la deuxième, noire également mais parfaitement lustrée et d'une coupe plus fine, se dévoilaient aux regards. La vue de la troisième arracha quant à elle un grognement à la jeune fille. D'un marron fané par l'usage, elle s'ornait d'un assemblage de lanières et de boucles destinées à maintenir en place une série de lames. Les souliers furent vite rejoints par le visage souriant de leur propriétaire, qui mit un genou en terre pour inspecter le contenu de la nacelle.

Jack, vêtu de son habituel pantalon de cuir, sa double ceinture lestée de pistolets nouée bas sur les hanches, fixait sur les nouveaux arrivants un regard pénétrant. Il glissa les doigts à travers le grillage de la cabine, dont il accompagna lentement la remontée.

— Eh bien… En voilà une belle prise, moussaillons !

— La ferme, Jack, rétorqua Charlotte.

Le sourire narquois du jeune homme s'élargit. Il secoua d'un air désabusé ses mèches blond foncé avant d'ouvrir le portail.

— Une sirène et un… un quoi, d'ailleurs ?

Sa mine s'assombrissait de seconde en seconde, à mesure qu'il examinait l'inconnu aux yeux bandés.

Bien sûr, comment aurait-il pu en être autrement ! se morigéna Charlotte, qui n'en menait pas large, toujours confinée dans la cage. Tous se tournèrent alors vers le possesseur des bottes cirées.

Celles-ci disparaissaient sous un pantalon militaire noir, serré aux mollets par des boutons de cuivre et plus large à la taille. Au-dessus, une chemise blanche à col officier et un gilet bourgogne avec cravate assortie. Une canne d'ébène ornée d'un globe cuivré martelait le sol avec irritation.

Ashley, le frère de Charlotte, ne portait pas son habituel pardessus noir, ce qui n'ôtait cependant rien à son air d'autorité.

— Pip nous a prévenus que tu revenais accompagnée, jeta-t-il.

La nouvelle venue lança un regard déçu à l'adolescente postée à la timonerie, à moitié dissimulée par les nombreux leviers, poulies et manivelles qui servaient entre autres à manipuler la nacelle. Pip esquissa un petit geste d'excuse avant de se recroqueviller derrière ses instruments.

Charlotte se redressa de toute sa hauteur, planta son regard dans celui d'Ashley, empoigna son protégé par la main et entreprit de débarquer.

— Les Pots de rouille étaient à ses trousses : j'étais bien obligée de l'aider !

— Hmm… Tu n'aurais manqué cette occasion pour rien au monde, tu veux dire !

Pour marquer son agacement, Ashley tambourina une nouvelle fois la plateforme de sa canne.

La jeune fille se garda bien de rentrer dans les détails, mais aussi de baisser les yeux. Elle se refusait à céder un pouce de terrain à son frère aîné, même si la nouvelle de son retour en compagnie d'un intrus semblait s'être déjà répandue à travers les Catacombes. Une demi-douzaine de petits visages aux prunelles écarquillées se bousculaient désormais à l'entrée des différents boyaux qui menaient aux quartiers de vie de la troupe, l'oreille tendue pour suivre la discussion.

Les enfants, qui auraient dû être en train d'étudier ou de vaquer à leurs corvées, ne résistaient jamais au moindre événement susceptible de les distraire de leur vie de reclus. Plus jeune, Charlotte elle aussi avait régulièrement fui ses tâches quotidiennes pour épier des incidents autrement plus triviaux que l'irruption dans la petite communauté d'un parfait inconnu. Son frère, qu'on surnommait Ash, ne se laissait jamais, lui, détourner si facilement de ses obligations. En leader-né, il manifestait déjà à l'époque un sérieux et une ténacité qu'elle était loin de posséder. Aujourd'hui encore, il passait d'ailleurs une grande partie de son temps à désapprouver ce qu'il appelait « les enfantillages » de sa cadette.

Le visage assombri par la colère, Ash se rapprocha du garçon aux yeux bandés.

— Toi, qu'as-tu à dire pour ta défense ? lui demanda-t-il. Qui es-tu ?

L'intrus tourna l'oreille vers la voix qui l'interrogeait.

— Je… Je ne… bredouilla-t-il.

Ash lui redressa le menton du pommeau doré de sa canne.

— Je sais que tu n'y vois rien, mon garçon ! Dis-moi comment tu as échoué dans cette forêt, et peut-être, alors, nous montrerons-nous plus hospitaliers…

Charlotte fit un pas en avant pour rabattre fermement du plat de la main l'instrument brandi par son frère avant d'arracher le foulard des yeux de l'inconnu. L'adolescent cligna des paupières, ébloui par la clarté soudaine.

— Laisse-le tranquille ! gronda-t-elle. J'aurais bien aimé t'y voir, à sa place ! Poursuivi par un monstre d'acier avec une cage en guise d'abdomen…

Ash ne put masquer son incrédulité face à cette marque flagrante d'insubordination. Des yeux d'un brun profond la toisèrent, reflétant une fureur croissante. Sans un mot, il se tourna vers les indiscrets postés à l'entrée des divers passages. Il n'eut même pas besoin d'ouvrir la bouche : la marmaille prit ses jambes à son cou, chacun pour soi, et le crépitement précipité de leur course résonna dans les tunnels comme une averse d'été.

C'est ce moment que choisit le jeune homme aux bottes maculées de brûlures pour prendre la parole. Birch était le rétameur de l'équipe, suprêmement habile de ses mains et toujours une invention en tête. On eût presque dit que cet amoureux du détail savait parler au métal, tant il parvenait à le convaincre de se plier à ses exigences les plus inattendues.

— Ton protégé n'est pas blessé, Charlotte ? demanda-t-il avant de s'approcher pour s'assurer du bon état de santé de l'intrus.

Jack, qui s'était reculé pour observer la scène à quelque distance, glissa les pouces dans ses passants de ceinture avant de rétorquer :

— Il m'a l'air en pleine forme. Tu es certaine qu'il fuyait bien les Pots de rouille ?

Sans répondre à sa question, Charlotte adressa un sourire à Birch, qui étudiait toujours le garçon.

— Voyons voir…

Les bottes n'étaient pas le seul de ses vêtements à avoir subi l'outrage des flammes : de son épais tablier aux longs gants qui couvraient ses avant-bras jusqu'au coude, le cuir brun de sa tenue portait assez de marques noires pour rivaliser avec la robe d'un léopard.

Tremblant, l'étranger se laissa ausculter sans broncher.

— Aucune blessure visible. Pas de fièvre. Tout juste me semble-t-il un peu moite…

Le rétameur gratta sa tignasse blonde d'un air songeur.

Une minuscule tête couronnée de grandes oreilles surgit de l'arrière de son cou pour poser deux yeux d'obsidienne sur le nouveau venu. Le garçon regarda, ébahi, la chauve-souris se hisser sur l'épaule de son maître, ses minuscules serres fermement agrippées à une des lanières du tablier de Birch, insensible aux mouvements de son perchoir.

— Ça alors, ce n'est… ce n'est pas courant, s'exclama l'inconnu, méfiant mais curieux.

— Pardon ? (Birch suivit son regard.) Oh, Moïse, tu veux dire ? Il est toujours perché quelque part sur mon tablier. Il n'aime pas nicher en hauteur, et je le comprends : il s'est cassé les ailes dans une mauvaise chute quand il était tout bébé. Je l'ai retrouvé flottant sur la rivière un jour. J'ai dû reconstruire ses membres moi-même.

Birch empoigna l'animal, dont il ouvrit délicatement une des ailes. Elle se déploya avec un léger cliquètement : sa face intérieure brillait d'un éclat argenté.

— La clé, ç'a été de bâtir sa nouvelle structure osseuse à partir de tubes creux, assez légers pour lui permettre de voler, expliqua Birch, visiblement passionné par son sujet.

Ash et Charlotte se défiaient toujours du regard en écoutant d'une oreille la conversation murmurée du rétameur et du garçon.

— As-tu la preuve qu'il essayait de fuir ? demanda à brûle-pourpoint son frère.

— Il était seul dans la forêt, pourchassé par une escouade de Pots de rouille. Je n'avais pas besoin d'en savoir plus, répondit-elle d'un air crâne.

— Tout était dit, bien sûr, tu penses bien ! ironisa Ash. Et l'uniforme de la Ruche ne t'a pas inquiétée ?

Piquée au vif, Charlotte fit volte-face pour contempler son protégé. Toute couleur quitta lentement son visage. Ash avait raison : face au trio de jeunes gens affublés de vêtements de coupes et de couleurs diverses, l'inconnu arborait, lui, un pantalon de tweed gris et une veste cintrée assortie ornée de boutons et de chaînes. Une tenue qui l'identifiait comme un membre de la Ruche, la caste des artisans de la métropole new-yorkaise.

Ash poussa un petit grognement de mépris. Mais, sans lui laisser le temps d'ajouter un mot, le garçon, d'un bond de côté, échappa à l'étreinte de Charlotte. Lui qui était jusque-là penché sur l'aile mécanique de Moïse se raidit, droit comme un i, son regard halluciné fixé sur le rétameur.

— Créateur… Créateur ! Créateur ! psalmodia-t-il, tout le corps secoué de violents tremblements.

— Qu'est-ce que…

Ces mots avaient surgi de la bouche de Jack, qui bondit aussitôt, lame au clair, pour s'interposer entre le petit groupe et l'inconnu pris de soubresauts.

— Créateur ! Créateur ! Créateur !

Ces hurlements se réverbéraient sur le plafond et les parois de l'immense grotte, emplissant l'air d'un chœur d'échos glaçants.

— Que la rouille me ronge, on dirait qu'il fait une attaque ! dit Ash en brandissant sa canne. Ne t'emballe pas, Jack.

— Retenez-le, il va tomber dans le vide ! les avertit Birch.

Mais Ash, qui avait compris le danger avant tout le monde, s'était déjà élancé. Il profita d'un spasme du garçon pour glisser son arme sous la ceinture du fou furieux afin de l'écarter du précipice. D'un mouvement habile du poignet, il dégagea l'instrument juste avant que l'enragé ne retombe au sol, incapable de contrôler les sursauts de son corps désarticulé.

Secoué tout entier par un affreux tremblement, l'inconnu poussa un long gémissement avant de retomber complètement immobile.

— Oh… par Athéna, ne me dites pas qu'il est mort ? s'exclama Charlotte en portant la main à sa bouche.

Vite agenouillé à côté de la silhouette prostrée, Birch posa la tête sur sa poitrine.

— Je n'entends pas son cœur, mais…

Le garçon geignit à voix basse. Birch se redressa brusquement, le front plissé par la perplexité. Charlotte, elle, soupira de soulagement :

— Ouf ! Mais que s'est-il passé ? C'est Moïse qui lui a fait peur ?

— En voilà une idée absurde ! protesta le rétameur.

À l'énoncé de son nom, la chauve-souris rabroua Charlotte du regard, comme offusquée d'être mise en cause.

Charlotte ignora l'animal et son maître : la plupart des gens trouvaient les chauves-souris plus qu'inquiétantes, mais jamais le rétameur n'accepterait de le reconnaître. Si d'aventure elle lui répondait, elle ne ferait que relancer leur débat sans fin sur la peur et la rationalité.

Jack rengaina son poignard sur le côté de sa botte.

— Sacré phénomène que tu nous as ramené, dis-moi ! jeta-t-il à sa camarade. Je préfère de loin notre bonne vieille chauve-souris.

Sa remarque lui valut un bon coup de coude dans les côtes.

— Aïe ! chuchota-t-il en se frottant le flanc. Il va me falloir un baiser pour apaiser mon ego blessé.

— Tu peux te brosser : te blesser, c'était bien le but ! rétorqua Charlotte à voix basse.

— C'est moi qui vais devoir t'embrasser pour redorer mon blason, alors ?

La jeune fille s'écarta d'un bond en riant :

— Essaie un peu voir… le défia-t-elle.

— Jack, par ici ! les interrompit Ash, penché, un peu plus loin, sur leur mystérieux visiteur toujours inconscient. Portez le gamin à l'intérieur, Birch et toi. Et trouve Meg. À eux deux, ils devraient pouvoir y voir plus clair.

Le rétameur saisit le garçon par les épaules, laissant à Jack le soin de s'emparer de ses jambes. Ils se dirigèrent vers le boyau le plus proche, le corps inerte oscillant entre eux. Charlotte fit mine de leur emboîter le pas.

Son frère leva sur-le-champ sa canne pour lui barrer le chemin.

— Où crois-tu aller, comme ça ?

— À l'infirmerie, rétorqua-t-elle d'un air dégagé, d'une voix qu'elle espérait assez assurée pour échapper au moins temporairement à son châtiment.

— Pas tout de suite, décréta Ash. Il nous reste à passer en revue tes exploits du jour. Suis-moi…

La jeune fille garda la tête haute jusqu'à ce qu'il lui ait tourné le dos. Alors seulement, son dos se voûta et, tête basse, elle le suivit à contrecœur dans les Catacombes.

Chapitre 3

L'Histoire avait depuis longtemps oublié le découvreur des Catacombes, tout comme l'origine de leur nom. Ses occupants du moment aimaient à croire que le tortueux labyrinthe de chambres et de passages creusés dans la pierre avait rappelé à ses premiers habitants les tombes réservées aux défunts de l'Ancien Monde. À moins que ces explorateurs intrépides n'aient fait par là preuve d'un sens aigu de l'ironie, prédisant que toute personne assez désespérée pour trouver refuge derrière la cascade eût tout aussi bien fait de renoncer à la vie.

De tunnels en pièces étroites, Charlotte suivit sans protester son frère aîné jusqu'au mess, une chambre oblongue proche de la surface qui servait de lieu de rassemblement aussi bien que de réfectoire. Le premier groupe de réfugiés installés dans les Catacombes avait percé de minuscules fissures à travers la roche afin de laisser s'échapper vapeur et fumée en petites quantités sans attirer l'attention. L'atelier de Birch bénéficiait des mêmes aménagements, qui lui permettaient de se livrer sans dommages à ses nombreuses expériences. Les Catacombes avaient beau ressembler à un tombeau, à travers elles, la nature avait offert au petit groupe de rebelles un lieu idéal où vivre hors de portée des griffes de l'Empire.

Armé d'un gobelet de bois qu'il avait tiré d'un placard, Ashley se dirigea vers un haut tonneau dont il tira un liquide ambré couronné de mousse. Il alla s'asseoir à la longue table qui occupait le centre de la pièce pour déguster sa chope de cidre, sans se donner la peine d'en proposer à Charlotte, ni de l'inviter à prendre place. Il laissa le silence s'étirer afin de faire mesurer à sa sœur toute l'étendue de sa colère. Comme si le tic nerveux qui agitait son œil droit n'avait pas déjà suffi à vendre la mèche !

La jeune fille étendit les mains devant elle en signe de supplication.

— Il avait deux Pots de rouille à ses trousses… Deux !

— Tu m'en diras tant, grommela Ash.

Sa capacité à articuler des phrases entières entre ses dents serrées ne laissait jamais de fasciner sa sœur. Elle décida d'en appeler à son sens de la compassion.

— Et puis ce n'est qu'un gamin !

— Il a au moins ton âge, Charlotte. Te considères-tu comme une enfant ?

— Je suis une femme, et depuis plus de trois ans ! trépigna-t-elle, les poings sur les hanches.

Il sourit d'un air acide :

— Diantre, que Dieu nous protège !

Exaspérée, la jeune fille battit en retraite.

— Je lui ai bandé les yeux, je te rappelle…

Ash but une nouvelle gorgée de cidre avant d'abattre son bock sur la table avec fracas.

— Encore heureux ! Bon, reste-t-il quelque chose que j'ignore sur ce fâcheux incident ?

— J'ai dû utiliser une souris, confessa-t-elle en se recroquevillant sous son regard glacial. Deux Pots de rouille, Ash… Je n'avais pas le choix !

S'ensuivit un long silence plein de colère. Il finit par pousser un soupir.

— Tu es saine et sauve, c'est l'essentiel. Pas de traces de vos poursuivants, selon Pip. Elle a fait le tour de toutes les lorgnettes installées sur les postes d'observation. Quant à la souris, Birch est en train d'en terminer une nouvelle fournée. Mais on va bientôt manquer de composants, malheureusement.

Charlotte contint à grand-peine son excitation. Les pièces nécessaires à la fabrication de leurs armes et à la réfection des installations qui équipaient les Catacombes ne tombaient pas du ciel : il fallait aller les grappiller aux marges de l'Empire, sur les terres même de ce Britannia qui traquait et massacrait les rebelles.

— Quand est prévue la prochaine sortie ? s'enquit-elle.

— Demain matin, figure-toi, répondit Ash, le fantôme d'un sourire sur les lèvres – le premier depuis que sa sœur était rentrée de mission. Vraiment… Je suis toujours dérouté par l'enthousiasme insensé que tu mets à risquer ta vie. La prudence ne serait-elle pas préférable ?

— Peut-être… mais je pourrais aussi mourir d'ennui. Je préfère ne pas courir ce risque.

On toussa poliment derrière elle.

— Sans vouloir vous déranger…

— Entre, Birch ! lança leur chef.

Le rétameur adressa un sourire complice à la jeune fille avant de se tourner vers son frère.

— Le garçon s'est réveillé. Il semble inoffensif, dit-il en s'approchant du tonneau pour se servir, lui aussi, un gobelet de cidre. Mais je crains qu'il ne soit porteur de quelque maladie.

Charlotte retint une grimace : elle ne se rappelait que trop bien ses propres doutes devant la pâleur de son compagnon d'infortune. Ash, quant à lui, fronça les sourcils. Birch se racla la gorge avant de poursuivre :

— Il ne sait ni qui il est, ni d'où il vient, ni même comment il s'est retrouvé au fin fond de cette forêt. Tout ce qu'il a pu m'expliquer, c'est qu'il sent confusément que la raison de sa présence ici est… grave.

Le jeune homme s'installa à côté d'Ash et avala quelques gorgées de son breuvage avant de reposer sa timbale sur le bois de la table. Moïse dévala sa manche et, sans déplier les ailes, sauta sur le meuble dans un concert de cliquètements métalliques. D'un petit bond, il alla s'accrocher au rebord de la coupe pour en laper le contenu.

— Il n'a que ce mot à la bouche : *grave*. Sans parler de son allure… un peu spéciale.

— À ce propos, le coupa Charlotte, son regard entendu braqué sur la chauve-souris, je croyais qu'on s'était mis d'accord pour interdire à ce satané animal de boire dans nos verres ?

— Ne sois pas cruelle… plaida Birch, qui couvait la petite créature d'un œil paternel. Mais plus important : as-tu remarqué sa carnation – ou plutôt son absence de carnation ? Il est blanc comme un linge, je n'ai jamais vu quelqu'un d'aussi pâle.

— Je… Euh… bredouilla Charlotte.

Son frère la foudroyait du regard, si furieux qu'elle en fit un pas un arrière.

— Il fallait faire vite, expliqua-t-elle. Je n'ai pas eu le temps de lui faire passer un interrogatoire.

— Donc tu nous as ramené un amnésique égaré et potentiellement contagieux ? gronda Ash en tapotant la table du bout des doigts.

— J'aurais dû le laisser à leur merci, selon toi ? aboya-t-elle.

— Comme je le disais, intervint Birch en passant une main hésitante dans sa chevelure emmêlée, je ne pense pas qu'il représente une vraie menace. Le petit est aussi effrayé qu'un lapin pris au piège. Il n'a rien mangé depuis des jours. Je ne sais pas ce qui lui est arrivé à New York, mais de toute évidence, il en a perdu la tête, du moins temporairement.

— Comme Pip à son arrivée ? demanda Charlotte.

Le rétameur acquiesça.

— Il a bien fallu à la petite trois jours pour retrouver la mémoire. Il se passe des choses terrifiantes dans cette ville. Parfois, l'esprit se dérobe pour mieux s'en protéger.

— Qui est avec lui, en ce moment ? demanda leur chef.

— Meg et Jack.

— Très bien. Il n'y a pas plus doux que Meg ici, elle saura l'apaiser. (Charlotte ignora superbement le regard lourd de sens que lui jetait son frère.) Quant à

Jack… enfin passons, heureusement que Meg est là, soupira-t-il.

Sa sœur éclata d'un rire acerbe.

— Si Meg se charge du gamin, qui va s'occuper des enfants ? demanda Birch.

— Les aînés du groupe. Il était temps qu'elle délègue cette responsabilité aux plus grands, de toute façon, décréta Ashley. Elle aura bientôt dix-huit ans.

Charlotte baissa les yeux. *Bientôt dix-huit ans…*

L'atmosphère de la pièce se fit nettement plus lugubre. Birch contempla ses deux camarades un instant avant de briser le silence qui s'était installé :

— La mission de demain tient toujours ?

— Bien sûr, répondit Ash.

La jeune fille se ressaisit, ses sombres pensées chassées par la perspective d'une expédition imminente. Un sourire étira les lèvres du rétameur, dont les doigts se mirent à frétiller comme s'il manipulait un mécanisme invisible.

— Tant mieux ! dit-il. Il y a tant à faire, et je ne dispose pas de la moitié des pièces détachées nécessaires.

Remarquant l'agitation de Birch, Moïse abandonna la coupe de cidre pour retourner se blottir dans l'une des poches du plastron de son tablier. Ash vida son gobelet.

— Nous partons à l'aube, annonça-t-il. À condition bien sûr que l'arrivée du gosse parmi nous n'ait pas de conséquences trop… graves.

Charlotte partit d'un petit rire, mais redevint vite sérieuse.

— Si nous devons nous lever aux aurores, puis-je me retirer ? Quoi que tu en dises, ma journée a été harassante, et je ne voudrais pas piquer du nez sur ma chère Pocky demain.

Birch fit la grimace.

— File vite te coucher, je n'ose pas imaginer la scène !

— Ne t'inquiète pas, je maîtrise toujours parfaitement mon arme, le rassura-t-elle avec un sourire chaleureux avant de fusiller son frère du regard. Mais ma fatigue ce soir est bien réelle.

Ashley, qui s'était levé pour aller se resservir une rasade de cidre, capitula devant sa véhémence :

— Va donc te reposer, soupira-t-il. Tu n'as que faire de mon opinion, de toute manière.

Son air las éveilla la culpabilité de sa cadette.

— Je ne voulais pas te causer du souci, Ash.

— Je le sais bien. Va dormir, Charlotte. (Il esquissa un maigre sourire avant de lever sa chope en direction de son camarade.) Encore un peu de cidre ?

Birch déclina cette offre et ajusta ses lunettes sur son front.

— J'ai encore de longues heures de travail devant moi à l'atelier. Je veux que les réglages du *Poisson-Lune* soient parfaits pour votre expédition de demain, je ne voudrais pas que le submersible vous fasse faux bond.

Ash s'étouffa sur sa gorgée de breuvage.

— Ce serait fâcheux, en effet…

Riant sous cape, Charlotte se glissa hors du réfectoire. Elle suivit un couloir latéral qui descendait en pente douce vers sa chambre. L'entrée en était marquée par une porte de bois ronde montée sur un cadre d'acier adapté à l'ouverture étroite de la grotte. Une fois à l'intérieur, elle ôta son manteau, qu'elle jeta sur le lit, se délectant de la caresse de l'air frais sur ses bras nus. Même s'il avait fallu composer avec la forme et l'agencement naturels des cavernes, les Catacombes avaient eu tout le temps d'être confortablement aménagées depuis trente ans que les rebelles menaient la lutte.

Charlotte aimait par-dessus tout l'entrelacs de tuyaux qui acheminait l'eau dans les chambres : ils serpentaient à travers la paroi minérale pour se terminer au-dessus de petites vasques creusées à même la roche. La jeune fille boucha le siphon du plus grand des bassins, qu'elle laissa se remplir d'eau chaude avant de se tourner vers son armoire.

Quand elle en ouvrit la porte, un sourire se dessina sur son visage : comme toujours, les rouages d'horlogerie s'enclenchèrent aussitôt et un miroir descendit le long du panneau de bois. Une cohorte d'étoiles métalliques se mit à tournoyer, reproduisant tour à tour les motifs de différentes constellations. Sur la face intérieure de l'autre battant, au gré de la rotation d'un cylindre de métal frappé par des poinçons d'acier, s'égrenaient les notes d'une petite mélodie rêveuse. En face du mécanisme, deux minuscules danseurs automates esquissèrent quelques pas sur l'allegro du *Quintette pour harpe* d'E. T. A. Hoffmann.

Cette penderie lui avait été offerte par Ash, Jack, Meg et Birch à l'occasion de son seizième anniversaire. Un somptueux cadeau qui l'avait laissée sans voix… et avait relancé les spéculations sans fin de Charlotte au sujet de Jack. Le jeune homme suscitait en effet chez elle mille interrogations.

Il avait débarqué soudainement dans leurs vies, un peu moins d'un an plus tôt, au détour d'une mission de reconnaissance menée par Ash. D'ailleurs, à y repenser, leur chef avait beau jeu de reprocher à sa sœur d'avoir ramené un intrus au bercail quand lui-même ne s'était pas gêné pour le faire si peu de temps auparavant.

Charlotte laissa les portes de l'armoire ouvertes pour pouvoir profiter de la musique. Elle referma le robinet rêveusement, glissa les mains avec délices dans l'eau brûlante et se replongea avec un soupir dans ses pensées.

Bien sûr, à l'époque, les circonstances entourant l'arrivée de Jack avaient été bien différentes. D'un côté, un prétendu amnésique, de l'autre, un garçon déterminé à fuir les épreuves d'une vie de labeur sous le joug des tyrans. Lorsqu'il avait surgi, vêtu de l'uniforme en cuir calciné de la Grande Fonderie – l'immense complexe industriel où travaillaient jour et nuit les ouvriers de New York –, pour demander asile aux rebelles, Ash l'avait accueilli au sein du petit groupe sans la moindre question. Les deux garçons avaient vite sympathisé et passaient depuis leur temps fourrés ensemble, ce qui exposait en permanence Charlotte aux sarcasmes de Jack.

En effet, dès les premières semaines, l'un et l'autre étaient entrés en guerre ouverte. En l'absence de ses parents, Charlotte avait toujours été très proche d'Ashley. L'irruption d'un nouveau confident dans la vie de son frère avait laissé la jeune fille sur la touche, délaissée. Lorsqu'elle s'en était plainte, Ash avait rétorqué que la présence de Jack représentait pour eux un atout dont elle n'avait pas idée, et qu'elle ferait bien de s'y habituer. Pour se venger, elle s'était bien entendu livrée à un bizutage en règle, à coup de fausses indications pour qu'il se perde dans les boyaux des Catacombes ou de convocations imaginaires dans l'atelier de Birch au beau milieu des expériences les plus explosives du rétameur.

Mais ces efforts, pourtant héroïques, n'avaient servi qu'à attiser l'attention et les taquineries de Jack. Leurs moqueries réciproques se transformaient de plus en plus souvent en affrontements verbaux, jusqu'à ce que Charlotte vocifère finalement un ultimatum : c'était elle ou lui ! Elle ne supporterait pas sa présence une seconde de plus.

Voyant que ni son ami ni sa sœur n'étaient prêts à céder, Ash leur ordonna de trouver le moyen de s'entendre s'ils ne voulaient devoir partager une chambre – indéfiniment. Une menace qui laissa Charlotte livide et Jack en proie au fou rire.

La jeune fille s'était donc enfermée dans ses quartiers pour attendre que passe la folie de son frère. Le lendemain matin, Jack l'avait prise au dépourvu en se présentant à sa porte avec un gage de réconciliation : des replis de son long manteau de cuir, il avait sorti une boîte en acier carrée au couvercle orné de vignes en fleurs. Lorsque, décontenancée, elle s'était laissé convaincre d'ouvrir le coffret, elle en était restée bouche bée : une petite musique obsédante égrenait ses notes tintinnabulantes tandis qu'un minuscule jardin de feuilles, d'herbes et de fleurs métalliques commençait à croître sous ses yeux. Les plantes se rétractaient ensuite à la fermeture du couvercle, pour mieux repousser la fois suivante.

À en croire Jack, cette mélodie s'intitulait *La Sonate au Clair de lune*. C'était l'œuvre d'un compositeur allemand nommé Beethoven. Un des forgerons employé quelques mois plus tôt à la Grande Fonderie conservait en secret des chutes de métal pour en tirer d'extraordinaires boîtes à musique qu'il vendait ensuite au marché noir. Lorsque Jack avait fui le bruit et la fureur de l'usine tentaculaire, l'homme lui en avait donné une afin de lui servir de monnaie d'échange au cours de ses voyages.

Ce cadeau extravagant avait laissé Charlotte pantoise. La tête encore emplie des sonorités cristallines, fascinée par le mouvement des fleurs métalliques sous ses doigts, Charlotte avait tenté de refuser l'objet. C'était compter sans l'insistance du garçon.

Depuis ce jour, elle s'était rendue à deux évidences. La première : que Jack avait décidément des ressources insoupçonnées. Et la seconde : qu'après réflexion, les Catacombes étaient bien assez grandes, et ce même pour deux personnalités aussi hautes en couleur que les leurs.

Ils étaient loin d'être des amis – ou même des alliés –, mais leur rivalité des débuts s'était muée en une sorte de joute jouissive. Au gré de leurs chamailleries, Charlotte avait découvert que, si pénible que puisse se montrer Jack, lorsqu'il n'était pas là pour la provoquer, sa présence lui manquait étrangement. Elle adorait exercer sa langue acérée aux dépens du jeune homme.

Elle prit l'habitude d'écouter sans cesse sa boîte à musique, dont la mélodie la hantait. Elle l'emportait partout dans les Catacombes afin de pouvoir la porter à son oreille à tout moment. Comment cette simple succession de notes pouvait-elle lui évoquer à la fois une telle beauté et une tristesse aussi profonde ?

Ravi de cette trêve, Ash s'amusait à railler le changement d'attitude manifeste de sa sœur. Il insinuait, l'œil taquin, que la boîte à musique était ensorcelée et que plus la jeune fille l'écoutait, plus elle tombait sous l'emprise de Jack. Ce persiflage irritait Charlotte au plus haut point, mais elle ne parvenait pas à se séparer de son objet fétiche.

Remarquant sa passion nouvelle, Ash conspira ensuite avec Jack afin d'emplir un peu plus la vie de sa sœur de musique mécanisée. Lors d'une expédition sur le Tas de ferraille, le duo avait déniché une armoire abandonnée dans un piètre état. Les deux garçons avaient traîné leur butin jusqu'aux Catacombes au beau milieu de la nuit pour le dissimuler dans la chambre de Jack, où ils savaient pertinemment que Charlotte ne mettait jamais les pieds. Ash et Meg en avaient restauré la marqueterie tandis que Birch se penchait sur la réparation du mécanisme des portes.

Le matin de son seizième anniversaire, Charlotte s'était réveillée au son de mélodieux arpèges, qu'elle entendait pour la première fois. Campés de part et d'autre de la garde-robe ressuscitée, les quatre amis attendaient sa réaction à ce spectacle.

À leur grande horreur, Charlotte avait promptement éclaté en sanglots. Des larmes de joie, en fait : la jeune fille s'était levée d'un bond pour enlacer un Birch rouge comme une pivoine et l'entraîner dans une valse endiablée. Son frère s'était empressé d'inviter Meg à danser, et les deux couples avaient tournoyé tout autour de la pièce comme les automates qui ornaient les battants de la penderie, sous le regard bienveillant de Jack.

Plusieurs mois s'étaient écoulés depuis cet anniversaire, le dernier souvenir véritablement heureux de Charlotte. À ses affrontements avec Jack avait succédé un conflit larvé avec Ash. Leurs disputes, de plus en plus fréquentes, avaient un motif évident, même si ni l'un ni l'autre n'était prêt à l'admettre.

Avec un soupir, la jeune fille s'arma d'un chiffon doux, qu'elle plongea dans la vasque dont l'eau commençait à tiédir.

En effet, si Charlotte avait atteint son seizième anniversaire, c'est qu'Ashley, lui, approchait des dix-huit ans. L'âge auquel les enfants de rebelles élevés dans les Catacombes étaient autorisés à rejoindre leurs parents dans la lutte. À la perspective du départ imminent de son frère, le cœur de la jeune fille se serrait d'amertume. Elle aurait beau l'implorer de toutes ses forces, jamais il ne la laisserait partir avec lui, elle le savait.

Elle passa le chiffon humide sur ses épaules et le long de ses bras. Si seulement la caresse du tissu avait pu dissiper son angoisse en même temps que la crasse de la journée ! Elle s'aspergea le visage, épongea l'eau ruisselante, et défit sa tresse. Elle passa ensuite les doigts dans sa chevelure brune, qui lui arrivait jusqu'au milieu du dos, pour en défaire les nœuds.

Harassée, incapable de faire plus que ce petit brin de toilette, Charlotte défit les lacets du bustier qui plaquait contre son torse son corsage sans manches et entreprit de se libérer de sa prison de baleines et de cuir.

Ses doigts luttaient toujours avec les cordons quand elle retourna à la garde-robe pour ouvrir le large tiroir où reposaient ses corsets. Elle effleura au passage les cuirs aux textures variées, certains fins, d'autres travaillés dans leur épaisseur, dont les teintes allaient du fauve au noir d'obsidienne. Son trésor le plus précieux, des pièces de vêtement héritées, pour certaines, de sa mère.

Une voix retentit soudain derrière elle, lui arrachant un cri de surprise.

— Alors comme ça, il est l'heure d'aller dormir ?

Chapitre 4

Charlotte fit volte-face. Debout à l'entrée de la chambre, Jack haussait un sourcil narquois.

Les mains de la jeune fille se figèrent sur le laçage de son corset.

— Qu'est-ce que tu fiches ici, Jack ?

Il soutint son regard un instant puis s'absorba dans la contemplation du mur avant de répondre :

— C'est ton frère qui m'envoie.

Elle laissa passer un moment. Elle attendait des excuses en bonne et due forme suivies d'un départ précipité — ou au moins une volte-face pudique. Au lieu de quoi, le jeune homme choisit de s'appuyer tranquillement contre le chambranle pour la détailler à loisir, de la tête aux pieds. Piquée au vif, elle se redressa de tout son haut.

— Tu permets ? lança-t-elle d'un air de défi.

— Mais je t'en prie…

— Je me prépare pour aller au lit, je te signale ! grimaça-t-elle.

— J'avais vu, merci. Tu sais qu'aucun nœud ne me résiste… (Il pencha la tête de côté d'un air entendu.) Un petit coup de main ?

— Sans façons.

Les yeux rivés sur l'importun, Charlotte continua posément de démêler les cordons dans son dos. Son camarade demeura parfaitement immobile, un sourire au coin des lèvres.

— Mais c'est que tu te débrouilles très bien toute seule, à ce que je vois !

Bien déterminée à ne pas s'en laisser conter, elle arracha son corset, qu'elle laissa tomber au sol. Les baleines rigides claquèrent contre la pierre. Devant l'absence de réaction de son adversaire, elle porta les mains à son corsage. Un frisson de satisfaction lui parcourut l'échine lorsqu'elle vit s'écarquiller imperceptiblement les yeux du jeune homme. La tentation de le battre à son propre jeu était trop grande : ravalant un fou rire, elle défit le plus lentement possible un bouton, puis un autre… Le visage de Jack avait pâli. Elle hésita un instant à poursuivre tant devenait flagrante la gêne de son opposant, dont l'air taquin avait laissé place à une expression de choc ou… d'horreur ? Charlotte sentit la rage monter en elle.

Quel culot ! Lui qui passait son temps à la taquiner à grand renfort de remarques suggestives, voilà qu'il prenait des airs réprobateurs dès qu'elle se mêlait de lui rendre la monnaie de sa pièce !

Les joues en feu, furieuse contre elle-même, elle ouvrait la bouche pour l'envoyer promener quand une nouvelle voix s'éleva brusquement depuis le couloir.

— Par Héphaïstos ! s'étranglait Ashley.

Surpris par cette apparition inopinée, Jack sursauta et se heurta la tempe contre le chambranle.

— Bon sang ! maugréa-t-il en se frottant le crâne. On ne pourrait pas agrandir ces satanées portes ? Je me cogne la tête au moins une fois par jour dans ces grottes de malheur !

— Si on y touche, elles s'effondrent ! rétorqua Charlotte, les poings sur les hanches. Tu n'écoutes donc jamais les explications de Birch ?

Sans accorder la moindre attention à leur face-à-face, Ash entreprit sans ménagement de pousser Jack hors de la pièce.

— Tu peux m'expliquer ce que tu fais, à moitié nue en présence de Jack ? lança-t-il par-dessus son épaule.

— Je suis habillée, que je sache. On ne voit absolument rien !

— Encore heureux ! Je m'en voudrais de devoir lui crever les yeux… Son utilité au combat en serait fortement diminuée.

— Vraiment, Ash ? s'esclaffa son ami. Arrête un peu… Tu sais pertinemment que quelqu'un finira un jour par avoir raison de sa pudeur.

— Pardon ? s'étouffa Charlotte, qui se mit à chercher avec frénésie autour d'elle un projectile susceptible de faire une deuxième bosse à l'impudent.

— Jack…

Ce petit mot chargé de menace aurait dû mettre la puce à l'oreille du jeune homme, mais il poursuivit sa tirade, inconscient du danger :

— À ta place, je commencerais maintenant à me faire à l'idée, parce que ce ne serait pas une bonne chose d'accabler le pauvre sot dont elle s'entichera. Il aura déjà assez à faire avec elle, le malheureux !

— Il n'aura rien d'un sot, et je l'aimerai de tout mon cœur ! rétorqua Charlotte en se dressant sur la pointe des pieds pour fusiller l'inconscient des yeux par-dessus l'épaule de son frère. Autrement dit, ce ne sera pas toi !

— Est-ce donc pour cette raison qu'il y a quelques secondes encore je pouvais voir ton… (Il coula un regard en coin à Ash et fut soudain pris d'une quinte de toux providentielle.) Bref, peu importe.

— Tu me déçois, Jack. Ce n'est qu'une enfant.

— Mais pas n'importe laquelle, Ash : c'est ta sœur. Pour toi, elle aura donc toujours douze ans. Ouvre les yeux, camarade !

Hilare, il se calma cependant en un clin d'œil devant le regard assassin de son ami.

— *Elle*, comme tu dis, est dans cette pièce, et *elle* n'aime pas trop être traitée comme une gamine, rétorqua l'intéressée d'un air crâne.

— Je sais que Jack peut être plus qu'agaçant, Charlotte, mais tu ne devrais pas t'abaisser à son niveau.

— C'est bien dommage, parce que j'ai pris beaucoup de plaisir à lui rendre la monnaie de sa pièce !

Jack, qui avait repris sa position contre le chambranle, haussa un sourcil intrigué.

— *Il*, comme vous dites, est là, lui aussi. (Ses yeux, rivés sur la jeune fille, débordaient de malice.) C'est donc de ça qu'il s'agit ? Une tentative de vengeance ? Intéressant…

— Ça suffit, vous deux ! aboya Ash en attrapant son compagnon par le col pour l'entraîner pour de bon dans le couloir. La seule raison pour laquelle tu es encore en vie, Jack, c'est que je sais que tu n'irais pas manquer de respect à ma sœur. C'est elle qui se met toujours dans des situations impossibles…

— Enfin, Ash, tu plaisantes ? Jack me manque de respect, et à longueur de journée d'ailleurs ! protesta Charlotte.

Mais son frère n'était pas prêt à laisser le débat se prolonger. Il coupa dès le premier mot la réponse du jeune homme outré :

— Attention, je peux encore changer d'avis ! le menaça-t-il d'un ton ferme. Allez, Jack : descends voir si Birch a besoin d'aide. Il prépare le *Poisson-Lune* pour la mission de demain.

L'intéressé ravala à grand-peine une bordée de commentaires désobligeants et se contenta d'esquisser un salut moqueur.

— À vos ordres, mon capitaine !

Il s'éloigna sans plus de cérémonie le long du couloir.

— Tu aurais dû lui mettre ton poing dans la figure ! siffla Charlotte. Il a besoin d'une bonne correction…

Consterné par tant de hargne, le chef du petit groupe poussa un soupir accablé.

— J'en doute… Et je serais très étonné que tu saches ce dont ce garçon a besoin, de toute façon ! Rappelle-moi un peu pourquoi tu te déshabillais devant lui ?

Ainsi formulée, la question semblait des plus gênantes. La jeune fille se racla la gorge.

— Ce n'est pas ce que…

Ash plissa les yeux d'un air dubitatif.

— Enfin, techniquement, si, je suppose. (Elle leva les bras au ciel, exaspérée.) Mais il est entré sans frapper et il a obstinément refusé de s'excuser. Il se croit au-dessus des règles !

— Et donc… Tu t'es dit que la meilleure chose à faire, c'était de poursuivre ta toilette comme si de rien n'était ?

Charlotte ne se laissa pas démonter.

— Je sais où tu veux en venir, Ash, mais tu te trompes. Tu sais bien comment il est.

— C'est vrai. Et je ne doute pas qu'il t'ait provoquée. Mais rappelle-toi ceci, Charlotte : tu crois peut-être connaître Jack, mais il n'en reste pas moins un homme.

— Certes… Mais encore ?

— Écoute… (Sa voix se fit hésitante.) C'est difficile à dire. Tu ne connais pas les garçons aussi bien que tu le penses. Maman n'est pas là pour t'expliquer…

— Je ne suis pas complètement idiote, Ash ! Jack avait raison : tu t'obstines vraiment à m'infantiliser.

Son frère se redressa, droit comme un i, et agita un doigt accusateur.

— Tu trouves donc convenable pour une jeune femme aussi « mûre » que toi, dirons-nous, d'ôter son corset devant le premier venu ?

— Jack n'est pas le premier venu ! éructa Charlotte. Et ce n'était qu'un défi idiot !

— Un défi, je n'en sais rien, mais stupide, ça, c'est certain ! Puéril, même… répliqua Ash d'un ton glacial. Si tu veux me prouver que tu n'es plus une enfant, comporte-toi en adulte responsable. Je ne sais pas ce qui me retient de te consigner demain.

Charlotte sentit monter des larmes de colère.

— Jamais tu n'oserais parler à Jack ou à Birch sur ce ton… Alors qu'ils passent leur temps à n'en faire qu'à leur tête !

— Jack et Birch ne sont pas mes sœurs, expliqua-t-il, un peu radouci. Je m'inquiète pour toi, j'ai peur qu'on te fasse du mal.

— Tu crois que Jack oserait faire une chose pareille ? demanda-t-elle en ravalant ses pleurs. Tu n'as pas confiance en lui ?

— Bien sûr que si. Il ne te ferait pas de mal… délibérément, du moins, bredouilla Ash en rougissant. Ce n'est pas à moi de… (Il baissa les yeux.) Je demanderai à Meg.

Charlotte croisa les bras, insatisfaite.

— Mais de quoi parles-tu ? Plus important : tu ne vas pas me laisser ici demain, au moins ?

— Non… c'est juste que… bref, peu importe. Oui, tu nous accompagnes demain. On ne peut pas se passer de toi. Le POC est vital pour la sécurité de l'expédition.

— Indispensable, mais oui ! Merci de le reconnaître.

La colère de la jeune fille reflua soudain, et elle étreignit l'épaule de son frère pour l'embrasser sur la joue :

— Et puis je te manquerais trop, avoue !

Ash, soudain plus détendu, lui ébouriffa les cheveux.

— Au fait, qu'est-ce que tu me voulais, au juste ? poursuivit-elle en se dégageant. Tu avais bien envoyé Jack me chercher ?

— C'est vrai. Avant de me décider à venir voir pourquoi il mettait si longtemps…

— Et… donc ?

— Meg est passée au réfectoire, tout à l'heure, expliqua Ash d'un air las. Grave s'est réveillé.

— Qui ça ?

— Ton protégé.

— Vous l'avez surnommé Grave ?

— Une idée de Birch. Il fallait bien lui trouver un nom.

— Et alors ?

— Il insiste pour quitter l'atelier, mais il vaudrait mieux pour lui qu'il y reste, au moins dans un premier temps. Pour commencer, il risque de se perdre dans les Catacombes…

— Ash… Tu le crois vraiment dangereux ?

Malade ou perturbé, peut-être, mais dangereux… Elle n'arrivait pas à y croire. Son frère haussa les épaules.

— Quelle importance ? On n'est jamais trop prudent. Mais même inoffensif, s'il se déplace sans guide, on pourrait mettre des jours avant de le retrouver.

Charlotte ne put qu'acquiescer. Les premières semaines, aucun nouveau venu ne se déplaçait sans être accompagné d'un ancien particulièrement rompu aux secrets de son dédale de couloirs. Au moins le temps d'apprendre à s'orienter dans le réseau sans fin de tunnels et de grottes.

— Tu veux bien aller lui parler ? reprit Ash. Le convaincre qu'il est dans son intérêt de rester avec Birch ? Mais garde pour toi la raison de notre présence ici…

Dis-lui-en juste assez pour le calmer en attendant de découvrir son identité.

— Mais pourquoi moi ?

La journée avait été éreintante, et Charlotte tombait de fatigue. Sa question arracha un sourire à son frère.

— Parce qu'il te fait confiance, Lottie. Après tout, tu lui as sauvé la vie. Tu ne récoltes que ce que tu as semé, après tout. Je le prendrai comme un gage de ta maturité nouvelle.

La jeune fille ramassa son corset.

— Trêve de sarcasmes, s'il te plaît ! J'y vais… Laisse-moi simplement me rhabiller d'abord.

— Tu aurais dû commencer par ne pas te dévêtir, marmonna son frère en s'éloignant.

La porte claqua avant que Charlotte ne puisse lui donner le fond de sa pensée.

Chapitre 5

Même sans en connaître le chemin, Charlotte aurait pu trouver l'atelier rien qu'en se fiant à son odorat. À mesure qu'elle approchait, un parfum toujours plus entêtant de cuir calciné, de soufre et de métal en fusion saturait l'atmosphère. L'antre du rétameur avait beau être la mieux ventilée des grottes, jamais le brouillard de vapeur et de fumée qui y régnait ne se dissipait.

Le nez froncé de dégoût, Charlotte se fraya un chemin dans la vaste caverne aux contours irréguliers. Déjà longue et large, elle comptait en plus nombre de petites alcôves aux formes étranges, que Birch utilisait pour abriter une sélection de créations à divers stades d'achèvement.

La jeune fille trouva le chaudronnier installé à son principal établi, en train de resserrer les rouages d'un assemblage complexe de pièces mécaniques sans doute momentanément extrait des entrailles de quelque machine. Au-dessus de sa tête, Moïse se balançait au plafond et, perchée sur un tabouret à ses côtés, Meg serrait une tasse fumante entre ses mains. Charlotte fit un petit signe à la jeune fille avant de jeter un œil par-dessus l'épaule de Birch.

— Alors, Ash me dit que tu as besoin de moi…
Mais qu'est-ce que c'est que ce truc ?

— Tu ne veux pas le savoir, crois-moi, intervint son
amie sans laisser au rétameur le temps de formuler une
réponse. J'ai commis la même erreur que toi. Résultat :
une demi-heure d'explication, montre en main.

Birch lui lança un regard mauvais.

— Impossible de comprendre la fonction de cet
élément sans évoquer la machine dans son ensemble.

— Bref, tu préféreras sans doute éviter de poser la
question, répéta Meg, l'œil taquin.

Sur ces bonnes paroles, elle descendit prestement de
son siège. Ses cheveux noirs comme l'ébène, rassemblés
au sommet de sa tête, y étaient maintenus en place par
une bague d'acier ciselé. Une manchette assortie enserrait
son mince poignet, accentuant la profondeur veloutée de
son teint hâlé.

— D'accord, je n'ai rien dit, répliqua Charlotte avec
un petit sourire avant de se tourner vers le rétameur
vexé, qui grommelait dans sa barbe. Il ne faut pas nous
en vouloir, Birch… Comprendre le mécanisme de tes
inventions n'a pas grand intérêt, pour nous. L'important,
c'est qu'on sache comment s'en servir.

— Personne n'apprécie mon art à sa juste valeur,
ronchonna-t-il.

— Oh si : Pip ! riposta Meg. Elle te voue un vrai
culte.

— Le mot est un peu fort.

Le jeune homme épousseta son tablier couvert de
limaille. Charlotte alla lui chercher le balai.

— Il est parfaitement adéquat, au contraire, répliqua-t-elle. Sitôt qu'elle quitte son poste à la timonerie, elle file tout droit dans ton atelier.

Birch toussota, gêné.

— C'est une bonne assistante.

— Disciple, tu veux dire, le taquina Meg. Ou plutôt adoratrice.

— Encore un terme fort mais adéquat, s'esclaffa Charlotte.

— Si ces demoiselles en ont terminé… Revenons-en à nos moutons. Grave a du mal à s'adapter à son nouvel environnement.

Il s'empara du balai pour repousser la limaille dans le coin de la pièce où il entassait tous les déchets métalliques, car entre ses mains expertes, ce qui pouvait être fondu et recyclé trouvait toujours une seconde vie.

— Il vient à peine d'arriver ! plaida Charlotte. Tu croyais le retrouver demain matin tranquillement attablé au mess, comme s'il avait toujours vécu ici ?

— Les hommes ne sont pas des machines, tu sais, ajouta Meg. Ils sont imprévisibles.

— Depuis quand les machines de Birch sont-elles prévisibles ? ironisa sa camarade.

Le rétameur esquissa un sourire diabolique.

— Si tu persistes à m'insulter, je te confisque le POC.

— Jamais tu ne pourras me séparer de Pocky ! Nous sommes faites l'une pour l'autre, protesta Charlotte en agitant l'index. Mais tu as raison, il est temps que j'arrête de te tourmenter avec ce petit incident. En plus, tes sourcils ont parfaitement repoussé.

Et la jeune fille de lui décocher un sourire étincelant histoire d'enfoncer le clou. Meg tenta de ramener un peu d'ordre dans la conversation :

— Comme je le disais, l'homme est par essence imprévisible. Quant à ce garçon, c'est, il faut bien le dire…

— Une énigme, termina Birch en se grattant la tempe sous la sangle des lunettes d'aviateur qui ne le quittaient jamais.

Une nouvelle tête apparut à l'entrée de la pièce, coiffée de couettes vert d'eau qui oscillaient comme des ressorts.

— Une quoi, vous dites ? demanda la nouvelle venue. Elle est cassée ? Je peux vous aider à la réparer ?

— Tiens donc, Pip ! Quand on parle du loup… lança Meg.

Elle fit un clin d'œil appuyé au rétameur, qui s'absorba dans sa tâche pour tenter de masquer son embarras. La timonière entra dans l'atelier d'un pas bondissant.

— Scoff est de garde toutes les nuits, cette semaine. Il est encore venu me relever avec une heure de retard. Il prétend être à deux doigts d'une découverte capitale, mais je suis sûre que ce n'est qu'un prétexte.

— Quel genre de découverte ? demanda Birch, les yeux brillants de curiosité.

— Mystère ! dit Pip avec un soupir d'exaspération. Tu le connais… Toujours à faire des secrets à n'en plus finir sur ses projets. Je lui dis qu'il ferait mieux de te regarder travailler, mais tu crois qu'il m'écouterait ? Penses-tu !

Une voix hésitante vint interrompre sa tirade.

— Excusez-moi…

Grave se tenait sur le seuil de l'atelier, légèrement en retrait, le visage aussi livide que lorsque Charlotte l'avait abandonné aux bons soins de ses camarades, un peu plus tôt dans la soirée. Il sortait du tunnel qui menait à l'infirmerie. Cet équipement vital avait été fort judicieusement installé à proximité de l'atelier, car Birch était, il fallait bien le reconnaître, la principale victime d'accident dans toutes les Catacombes.

Après avoir fait le tour de la pièce et de ses occupants, les yeux du garçon finirent par se poser sur Meg.

— J'ai essayé de dormir, comme tu me l'as conseillé. Mais je n'y suis pas parvenu.

— C'est normal, le rassura la jeune femme de la voix douce qu'elle employait avec les plus petits. Tu as été rudement éprouvé. Je t'ai préparé un somnifère.

Elle lui tendit la tasse qu'elle avait posée devant elle, mais il recula dans les ténèbres du boyau.

— C'est pour t'aider, insista-t-elle. Nous ne voulons que ton bien.

— Vous pensez que je suis malade ?

Meg lança un regard inquisiteur à Birch, qui ôta ses gants.

— Nous ne sommes sûrs de rien, Grave. Mais tes trous de mémoire ne sont pas bon signe, et tu as le teint…

— Comment m'as-tu appelé ?

— Oh, euh… oui, ce nom… (Le rétameur tritura le col de sa chemise.) Tu n'arrêtais pas de répéter « l'heure est grave »… alors c'est en quelque sorte devenu ton surnom.

— On ne pensait pas à mal, je t'assure, ajouta Charlotte.

L'inconnu inclina la tête.

— Ça ne me dérange pas. C'est très étrange, de ne pas avoir de nom.

Pleine de curiosité, Pip s'avança pour le regarder sous le nez.

— Celui-là n'est pas très joyeux, pourtant, fit-elle. Je pourrais t'en trouver un autre, qu'en dis-tu ? J'ai beaucoup d'imagination.

— Pourquoi tes cheveux sont-ils verts ? demanda Grave.

— C'est à cause de Scoff, répondit Pip sans se soucier pour autant de lui expliquer de qui il s'agissait. Alors, tu veux que je te trouve un nouveau nom ? Un truc qui sonne bien ?

— Non merci, s'empressa de répondre le garçon. Grave, ça me va très bien. C'est tout ce dont je me souviens, après tout.

— Assieds-toi, lui suggéra Meg, qui lui offrit son tabouret.

— Merci, dit-il avec un sourire reconnaissant avant de reporter son attention sur Charlotte, cette fois. Je suis soulagé de te voir. Je voulais te parler.

— À quel sujet ? Ash m'a dit que tu voulais t'en aller ?

— Ash ?

— Le boss ! répondit la timonière en se hissant sur l'établi, les jambes ballantes.

— Il s'agit de mon frère, reprit la jeune fille. Et Pip a raison, c'est lui qui régente tout ici.

— Je lui ai parlé de tes doutes, expliqua Birch. D'où la présence de Charlotte.

Tête baissée, Grave jeta un regard gêné au rétameur.

— Pardon. Je ne voulais pas faire d'histoires. C'est à cause des enfants… Ils défilent les uns après les autres dans ma chambre pour me regarder sous le nez, mais ils s'enfuient dès que j'essaie de leur parler.

— Il faut leur pardonner, dit Charlotte. Comme les visites sont rares, ici, ils sont rongés par la curiosité. Mais ils ne te veulent aucun mal.

— On leur demandera de te laisser tranquille, dit Birch. Mais tu ne peux pas te balader dans les Catacombes sans connaître les lieux. Si tu te perds, tu pourrais errer jusqu'à la fin des temps – qui sait peut-être même jusqu'à la Grande Horloge, au centre de la Terre.

— Au moins ! sourit Meg. Il ne s'agit pas de t'enfermer, juste d'assurer ta sécurité.

— Je comprends, dit Grave avant de se tourner vers Charlotte.

Seuls ses iris fauves arboraient une trace de couleur et de vie. Leur teinte, tel l'éclat de l'ambre au soleil, jurait avec sa chevelure argent et sa peau cendrée.

— Écoute, je ne voulais pas te vexer… dit-il à Meg sans quitter des yeux sa sauveuse. Si c'est à elle que j'ai demandé à parler, c'est parce qu'elle m'a tiré des griffes de cette horrible machine.

— Et ? demanda l'intéressée.

— J'ai la sensation que toi, au moins, tu ne me raconteras pas de mensonges.

— Fi ! pesta Pip en brandissant un tournevis. Tu nous traites de menteurs ?

— Silence, petite demoiselle ! la tança Meg. Ce garçon est confronté à de parfaits étrangers, dans un lieu qu'il ne connaît pas. Mets-toi un peu à sa place !

Exaspérée, la timonière s'employa à classer les rouages entassés sur l'établi par ordre de taille. Grave esquissa un sourire timide.

— Justement, j'espérais que Charlotte me dirait où je me trouve.

La jeune fille porta la main à sa gorge, hésitante, avant de désigner son petit groupe de compagnons.

— Ce réseau de grottes s'appelle les Catacombes. C'est là que nous habitons. À l'heure actuelle, elles accueillent près de vingt-cinq personnes. Tout le monde ici est digne de confiance, sache-le. Les plus âgés – Ashley, Meg, Birch, Pip, Scoff et moi –, s'occupent du ravitaillement et de la sécurité de cet endroit, afin que les plus petits puissent y grandir à l'abri, loin de l'ombre de l'Empire.

Grave tituba légèrement, visiblement noyé par cet afflux d'information.

— L'Empire ? soupira-t-il, découragé. Il y a tant de choses qui m'échappent. Je donnerais n'importe quoi pour retrouver la mémoire…

— Et nous allons t'y aider, tu peux compter sur nous, promit Meg en lui offrant le breuvage. Mais pour l'instant, tu as besoin de repos.

Le garçon quêta du regard l'approbation de Charlotte avant d'attraper la tasse, dont il fit tournoyer le contenu d'un air pensif.

— Avant d'aller dormir, j'aimerais au moins que vous me disiez ce qu'un groupe exclusivement composé d'enfants peut bien faire dans les parages, dit-il en dévisageant chacun de ses interlocuteurs tour à tour. Vous êtes tous si jeunes. Il n'y a pas un seul adulte parmi vous.

— Nos parents ont des tâches importantes à accomplir qui les tiennent éloignés de nous, répondit Charlotte. Mais nous irons tous les rejoindre à notre majorité.

Elle ne put réprimer un pincement au cœur : Meg serait bientôt libre, elle, de courir le monde, d'aller retrouver ses parents et de se joindre à leur lutte.

— On est si bien, ici, pourtant ! gloussa Pip.

— On est à l'abri, en tout cas. Grave, tu ne te souviens vraiment de rien ? demanda Charlotte. Si ce n'est que « l'heure est grave », justement ?

Cette idée la dérangeait profondément. Impuissant, le garçon se contenta de hocher la tête.

— Parfois, quand je ferme les yeux, je vois un homme penché sur moi qui murmure « l'heure est grave, terriblement grave ».

— Et pas le moindre autre détail ? Réfléchis bien…

— Rien de plus, non. J'entends le timbre de sa voix, mais son visage est plongé dans l'ombre. Je ne vois qu'une vague silhouette, c'est tout.

— Tu ferais mieux de te reposer, insista Meg, qui jeta un coup d'œil lourd de sens à sa camarade. Je t'ai préparé un lit à l'infirmerie.

Charlotte, qui n'était pas dupe, lui rendit son regard d'un air buté.

— Veux-tu que je t'accompagne ? finit-elle tout de même par proposer en soupirant.

Grave se ragaillardit sur-le-champ et s'effaça pour la laisser passer devant lui. Meg sourit d'un air entendu, ravie de son petit stratagème.

Dans le couloir de l'infirmerie, Charlotte chassa sans ménagement une nuée d'enfants qui s'étaient agglutinés devant la porte dans l'espoir d'apercevoir leur hôte. Ils se dispersèrent l'oreille basse, la mine déconfite. La pièce aux parois arrondies abritait un cabinet d'apothicaire et trois lits de camp. L'un d'entre eux était, grâce à Meg, équipé de draps propres.

— Je suis le seul à dormir ici ? demanda Grave tandis que Charlotte faisait tourner une manivelle encastrée dans le mur.

Aussitôt, une série de globes de verre sertis dans la roche s'illuminèrent pour suppléer la lueur bleutée des champignons bioluminescents.

— Estime-toi heureux, répondit la jeune fille, amusée par sa question. Avec un voisin secoué toutes les dix minutes d'une quinte de toux – ou trop occupé à maudire ce satané Birch et ses explosions –, tu ne fermerais pas l'œil de la nuit.

Grave se balançait d'un pied sur l'autre, comme mal à l'aise.

— Tu as la pièce entière pour toi, mais Birch dort juste à côté, dans une chambre attenante à l'atelier, s'empressa d'ajouter Charlotte.

— Et toi, alors ?

Cette demande prit la jeune fille de court. C'était le genre de question déplacée qu'elle s'était accoutumée à attendre de la part de Jack, par exemple, mais certainement pas à entendre de la bouche d'un parfait inconnu.

Horrifié par son faux pas, Grave eut un léger haut-le-corps. Il recula d'un bond.

— Ah… Pardon, je ne voulais pas…

— Il n'y a pas de mal.

— C'est juste que… je me sens complètement déboussolé, dit-il en s'asseyant sur son matelas. Et tu t'es montrée si bonne, si attentionnée.

— Ce n'est pas une question de bonté, tu sais : personne ne mérite de finir dans le ventre d'un Pot de rouille.

Il opina du chef, le regard rivé sur la tasse de tisane somnifère. Le cœur serré, Charlotte posa une main sur l'épaule du garçon.

— Et puis, tu n'es pas seul. Je suis sûre que Meg viendra te voir régulièrement cette nuit.

— Meg, mais pas toi ?

— Crois-moi, il vaut mieux que ce soit elle ! s'esclaffa la jeune fille. C'est une guérisseuse hors pair, et une vraie mère poule. Allez, bois ton infusion et repose-toi. Nous reprendrons cette conversation demain.

— Je vais me coucher, promis, mais je ne veux pas boire cette infusion, s'empressa-t-il de répondre.

Avant d'ajouter, en la voyant hésiter :

— S'il te plaît…

— Bon, entendu.

Elle ne pouvait lui en vouloir de refuser une boisson à l'odeur aussi étrange. Elle resta donc à son chevet jusqu'à ce qu'il s'endorme, enfin apaisé, puis elle courut à l'atelier, où elle constata, surprise, que seule Meg l'attendait encore.

— Comment va-t-il ? demanda la guérisseuse.

— Il dort. Où sont Pip et Birch ?

— Sur le quai d'embarquement, en train d'affiner les réglages du *Poisson-Lune*. (La jeune femme s'engagea dans le tunnel que Charlotte venait d'emprunter.) Je vais dormir à l'infirmerie, moi aussi, au cas où il ferait un mauvais rêve.

— Bonne idée, répondit sa camarade.

Elle était plus que prête à aller se coucher, elle aussi, mais l'expression grave du visage de Meg fit hésiter sa main sur le battant de la porte.

— Charlotte… Ne laisse pas les reproches de ton frère te saper le moral. Tu as eu raison d'amener le petit ici, et Ash le sait pertinemment. Il s'inquiète pour un rien, c'est tout.

— C'est facile à dire, pour toi… Il ne te critique jamais.

Meg ravala un petit rire face au visage grimaçant de son amie.

— Bonne nuit, Charlotte.

— Dors bien !

La jeune fille se glissa dans les couloirs ténébreux, et par endroits un peu humides, pour retourner à sa chambre.

Son trajet la fit passer, au détour d'un couloir, devant la porte entrouverte d'Ash, derrière laquelle son oreille fut attirée par le murmure d'une conversation… La voix de Jack, pleine de fébrilité, d'abord.

— Elle y sera bien, comme convenu.

Puis celle, plus posée, d'Ashley :

— Intacte, tu es sûr ? Sacrée prise, dis donc ! Mais comment la ramener jusqu'ici ?

— J'en fais mon affaire. Tu es certain que la grotte en question est assez grande pour l'accueillir ? Personne ne risque de tomber dessus ?

— Il faudra bien. Je n'ai rien de mieux à te proposer…

En fond sonore, un curieux bourdonnement accompagnait leur conversation. Dévorée par la curiosité, Charlotte finit par risquer un coup d'œil dans la pièce.

Son frère était assis sur un fauteuil, une jambe en travers de l'accoudoir. Ses bretelles lui pendaient à la taille. Une hanche calée contre le dossier du siège, Jack tenait dans sa paume un petit objet vrombissant qui choisit cet instant pour s'élever dans les airs.

— Par le marteau d'Héphaïstos ! s'étrangla Charlotte. Un oiseau-mouche ?

Ash bondit de sa chaise.

— Charlotte !

Captivée par le minuscule volatile mécanique, qu'on appelait communément un mouchard, la jeune fille en avait oublié toute prudence. Mortifiée, elle tenta de donner le change en pénétrant d'un air assuré dans la pièce. Jack referma les mains sur le précieux objet, dont il étouffa le bruissement des ailes.

— Montre-le-moi ! ordonna-t-elle. Je veux le voir de plus près.

— Cette conversation est privée, Lottie, déclara son frère.

— Pourquoi la porte est-elle ouverte, dans ce cas ? protesta-t-elle, les poings sur les hanches.

— Entrebâillée, rectifia Jack. D'un cheveu.

— Et à une heure pareille, tout le monde est censé dormir, au lieu de hanter les couloirs, marmonna Ash.

— Tu m'as envoyée au chevet de Grave, je te rappelle ! J'en reviens tout juste.

— De qui ? demanda Jack, perplexe.

— Le petit protégé de Charlotte, expliqua Ash. Comment va-t-il, d'ailleurs ?

— Il s'est enfin endormi. Mais il n'en mène pas large, tout espion à la solde de la couronne qu'il soit.

— Si les troupes de l'Empire débarquent ici demain matin, tu regretteras ces paroles.

Exaspérée, Charlotte reporta son attention sur Jack.

— D'où vient le mouchard ? Je croyais Birch incapable de les faire fonctionner.

Un silence de mort lui répondit.

— Ne me dites pas que ce message vient de New York… De l'Empire ? On a un agent infiltré là-bas ?

Sans desserrer la mâchoire, Jack lança un regard implorant à Ash, qui intervint aussitôt.

— Je te l'ai dit, Charlotte, cette conversation est privée. Laisse-nous, à présent.

Sans plus de cérémonie, il poussa sa sœur hors de la pièce. La porte se referma derrière elle avec un claquement définitif. Sa curiosité aussi piquée que son ego – son frère ne lui faisait pas confiance ! –, la jeune fille fut tentée de tambouriner furieusement sur le battant, mais ne tarda pas à se raviser. Ils semblaient inflexibles… Une seule solution : se montrer plus rusée qu'eux. Elle trouverait bien le moyen de percer à jour les manigances des deux conspirateurs. Elle n'envisagea pas un instant de plier face à la force. On ne dictait pas son comportement à Charlotte, Ashley allait l'apprendre à ses dépens.

Chapitre 6

Charlotte dévala à toutes jambes l'escalier en colimaçon jusqu'au quai d'embarquement.

— Bien dormi ? lança Jack, déjà au travail sur la plateforme, en lui offrant une flasque d'acier chemisée de cuir.

— Il est un peu tôt pour ça, non ?

— C'est du thé, précisa-t-il avec un sourire.

— Oh ! Dans ce cas, oui, merci, s'esclaffa-t-elle.

Elle sirota sa boisson sous le regard attentif du jeune homme accoudé à une grosse caisse de bois. Après les événements de la veille, il s'attendait à un interrogatoire en règle, bien sûr, mais elle n'avait pas l'intention de lui donner ce plaisir. Elle le savait : elle ne gagnerait rien à harceler les deux comploteurs. Ce n'est qu'en faisant mine de se désintéresser de la question qu'elle obtiendrait satisfaction.

Lorsqu'elle lui rendit le flacon, le visage angélique et sans malice, Jack se détendit imperceptiblement.

— Tu sais qui est aux commandes, aujourd'hui ? demanda-t-elle.

— C'est moi ! tonna une voix au-dessus de leurs têtes.

Une tignasse violette échevelée surgit à la rambarde. Scoff, car c'était lui, s'élança sur les marches et bondit à mi-parcours par-dessus la rampe de l'escalier pour atterrir sur le quai avec une grâce toute féline.

Jack le considéra avec circonspection.

— Tu étais bien de service cette nuit à la timonerie, pourtant ?

— Oui, mais je suis parfaitement d'attaque, promis. Tel que tu me vois, je suis sous l'influence miraculeuse de mon Élixir perpétuel. Il me maintient éveillé des heures durant. (Il se pencha vers le jeune homme pour ajouter dans un souffle :) Plus intéressant encore, il décuple la virilité.

— Et fait virer les cheveux au violet ?

— Un petit effet secondaire de rien du tout qui s'estompera après ajustement des doses !

— D'autres effets indésirables à signaler ?

En prononçant ces mots, Jack s'éloigna d'un pas.

— L'odeur.

— Je ne sens rien, remarqua Charlotte.

— Approche-toi plus près, suggéra Scoff en désignant son crâne.

Ignorant les signes cryptiques de Jack qui cherchait à la mettre en garde, la jeune fille huma les mèches couleur parme de leur pilote du jour.

— Tu sens le lilas… gloussa-t-elle.

— L'ingrédient essentiel de l'Élixir perpétuel !

— Malgré des bénéfices évidents, je n'ai nulle envie de prendre la couleur ou l'odeur du lilas, marmonna Jack, l'œil narquois.

— Et toi, Charlotte ? demanda l'apprenti sorcier, d'un air plein d'espoir, avant de sortir un flacon de verre des replis de son long manteau gris. Tu serais ravissante, avec les cheveux mauves. Si j'osais, je dirais même qu'ils feraient ressortir tes ravissants yeux verts.

Prudente, elle fit un petit pas en arrière.

— Une autre fois, peut-être. Je suis en pleine forme, je te remercie.

— Dommage que Pip ne soit pas de la partie, soupira le jeune homme. Je suis sûr qu'elle se serait laissé tenter.

— Elle a déjà donné, je le crains. Elle a des épis couleur gazon sur la tête depuis hier, lui rappela Jack. Laisse-la un peu tranquille, la pauvre !

Scoff rempocha sa fiole.

— Cette nouvelle teinte lui va à ravir, et ses migraines se sont envolées, je te signale.

— Elle en a, de la chance… murmura son camarade.

Le léger martèlement d'une canne contre la rampe d'acier de l'escalier attira soudain leur attention. Debout sur la dernière marche, Ashley contemplait le petit groupe.

— Prêts à lever l'ancre ?

— Oui, chef ! confirma Scoff avec un faux salut militaire.

— Une nouvelle couleur, dis-moi ?

Le jeune chimiste se mit à fouiller dans sa poche.

— Je me disais justement que tu pourrais être intéress…

— Bas les pattes, jeune homme ! l'interrompit Jack en poussant Scoff vers l'avant du quai.

Un sourire indulgent aux lèvres, Ash n'insista pas et préféra aller se camper devant sa sœur.

— Bien dormi ?

Lui aussi s'attendait à payer son incartade de la veille. Mais il connaissait mieux l'ennemi que Jack : le sourire serein que lui retourna Charlotte attisa aussitôt ses soupçons.

— Merveilleusement ! répondit-elle en lui prenant le bras. Que diriez-vous de monter à bord, très cher frère ?

— Avec plaisir, chère petite sœur. Je ne sais pas ce que tu complotes, mais sache que ça ne te mènera nulle part.

— Comploter ? Moi ? s'offusqua-t-elle en battant innocemment des cils tandis qu'ils s'engageaient sur la passerelle.

À demi émergé pour leur permettre de procéder à l'embarquement, le *Poisson-Lune* ne laissait entrevoir que la courbe de son dos et l'arc de sa nageoire dorsale. Le reste du submersible se perdait dans les eaux noires, sous lesquelles son ventre se renflait pour accueillir cargaison et passagers. Une lueur dorée s'alluma à ce moment précis sous la surface ridée du lac : Scoff était à présent sur le pont. Nageoires pectorales et queue massive à peine visibles, le sous-marin était tout entier recouvert d'écailles métalliques dont la teinte variait de l'or à l'onyx à mesure qu'elles s'ouvraient et se refermaient pour collecter l'eau qui alimentait la propulsion du vaisseau.

Jack, dont la tête et les épaules émergeaient encore du sas, interpella les deux jeunes gens :

— Alors, on passe un moment rare en famille ? Doit-on mettre tous les moteurs en panne, histoire de vous laisser en profiter un peu ?

— Tu me feras le plaisir de lui coller un bon coup de canne sur la tête en grimpant à bord, glissa Charlotte à son frère.

— Comment désobéir à mon unique petite sœur ? répondit Ash avec un clin d'œil.

La jeune fille gravit la rampe qui menait au sas, les chevilles battues par les plis de sa jupe de cuir. Le matériau offrait une meilleure protection que le tissu contre les coupures et les brûlures. En dépit de sa pesanteur, c'était donc un meilleur choix pour aller passer au peigne fin les titanesques décharges de l'Empire.

Elle descendit un à un les échelons qui menaient jusqu'aux entrailles du navire, adressa en passant une grimace ravie à Jack et se dirigea nonchalamment vers l'arrière-pont, où se trouvaient les sièges passager. Inquiet, il la suivit du regard et finit par lancer :

— Que me vaut ce sourire ?

Le coup de canne s'abattit sur lui à cet instant précis. Le cri étouffé de la victime arracha un rire à Charlotte. Courbée pour éviter les nombreux tuyaux qui couraient sur toute la longueur du plafond, elle prit place derrière Scoff et attacha son harnais de sécurité.

— Vous êtes tous parés ? leur demanda le pilote sans tourner la tête.

Ash se laissa tomber dans un siège à côté de sa sœur et empoigna les sangles.

— Encore un instant, Scoff. Jack s'installe au canon dorsal.

— En voilà une drôle d'idée ! s'étonna Charlotte.

— Il insiste. Je crois qu'il m'en veut de l'avoir frappé.

— Le pauvre… gloussa la jeune fille, à qui son frère adressa un clin d'œil.

Scoff abaissa le casque de pilotage autour de son crâne. La tête et les épaules caparaçonnées de cuir incrusté de plaques de cuivre, il ajusta à sa vision la lunette télescopique du *Poisson-Lune*.

Portée par une conduite qui descendait du pont supérieur, la voix de Jack résonna dans le cockpit :

— Je suis prêt.

Ash empoigna le tube qui pendait du plafond et l'approcha de sa bouche.

— Merci, Jack. Parés à plonger !

Les mains de Scoff voletèrent au-dessus des manivelles et autres volants disposés en demi-cercle autour de lui. Des cadrans s'affolèrent, plusieurs cylindres se mirent à pivoter dans le tableau de bord. Un murmure sourd s'éleva autour d'eux : dans un flot de bulles, le *Poisson-Lune* sembla soudain s'animer d'une vie propre.

— Allons-y !

Lorsque Scoff abaissa deux derniers leviers, toute la carcasse du *Poisson-Lune* se mit à trembler et à s'enfoncer petit à petit dans les flots. Sitôt que le sommet du submersible eut fendu la surface de l'eau, les oreilles de Charlotte se bouchèrent, comme toujours. Un autre tour de manivelle, et deux phares brillants s'allumaient sous la sphère de verre du cockpit, à la proue du vaisseau.

Ils illuminèrent un pan de rocher qui semblait s'étirer à perte de vue vers le fond à mesure que le vaisseau glissait dans les profondeurs. Il se stabilisa au bout de quelques instants à hauteur d'un orifice béant percé dans la paroi.

Alors, sans crier gare, le *Poisson-Lune* se rua brutalement en avant. Charlotte s'agrippa aux rebords de son siège. Elle avait beau adorer les missions à l'extérieur, elle détestait cette partie du voyage. Toutes nageoires dehors, le sous-marin fila comme l'éclair le long du canal souterrain qui, tour à tour, louvoyait et s'élargissait brusquement pour se resserrer aussitôt. Elle ne comptait plus les trajets effectués en submersible, mais rien n'y faisait : elle tressaillait malgré elle à chaque virage un peu trop brutal comme à l'approche de tout interstice en apparence trop étroit pour leur permettre d'en réchapper.

Lorsque le vaisseau piqua soudain du nez pour éviter de justesse une grappe de stalactites, elle ne put retenir un petit cri.

— Par Héphaïstos, mademoiselle ! On vous entend jusqu'au pont supérieur, persifla Jack. Aie pitié de la petite, Ash, mieux vaudrait l'assommer d'un coup de ta fameuse canne !

Le rire chaleureux, et si familier, de son camarade retentit à quelques centimètres de son oreille. Charlotte lâcha le cuir de son siège pour s'emparer du tube acoustique qui pendait près de son visage.

— La ferme, Jack !

— Allons mon enfant, combien de fois avez-vous pris ce chemin ? Vous hurlez un peu plus fort à chaque expédition.

Ash arracha le tuyau des mains de sa sœur.

— Ça suffit, vous deux… Mettez-la un peu en veilleuse ! On est presque sortis de ce satané tunnel.

Scoff actionna une nouvelle manette. Aussitôt, le nez du vaisseau se releva sensiblement et, un instant plus tard, ils filaient vers la surface. Le pilote stabilisa l'appareil un peu moins d'un mètre sous la surface de la rivière.

— Presque à bon port ! annonça-t-il.

Charlotte jeta un regard mauvais à son frère et se dégagea de son harnais.

— Je vais préparer Pocky.

— Ne colle pas à Jack une balle entre les deux yeux, c'est tout ce que je te demande.

— Je ne peux rien te promettre… marmonna la jeune fille.

Sa progression toujours ralentie par les conduits d'aération et les tubes de tous diamètres qui constellaient le plafond de la cabine, elle se dirigea vers la poupe. L'armurerie y était logée juste sous le canon, à l'extrémité de la nageoire dorsale du submersible. Bien à l'abri, Pocky l'attendait sagement sur l'étagère supérieure de son armoire de métal.

Charlotte s'en empara sans la moindre hésitation. Elle entreprit d'attacher aux crochets de son gilet les boucles métalliques du canon portatif afin d'en distribuer équitablement le poids sur toute la longueur de son corps. Elle tira d'une de ses poches une petite clef d'acier. Après l'avoir insérée dans le cadenas de la chambre principale, elle la fit tourner deux fois sur elle-même, aussitôt récompensée par un murmure aigu qui ébranla le corps de l'arme et chatouilla l'épiderme de sa propriétaire.

— Bonjour, ma belle !

Au-dessus d'elle, la tête de Jack apparut à l'entrée du poste d'artillerie.

— Tu as bien conscience qu'il s'agit d'un fusil, Charlotte ? Et pas d'un être pensant et agissant ?

— Tu vas la vexer, répliqua-t-elle en flattant le canon double de son arme. À ta place, je la mettrais en sourdine. Cette bonne vieille Pocky peut parfois se montrer capricieuse.

Le jeune homme se laissa tomber lestement de son perchoir.

— Ash ne devrait pas encourager ton étrange affection pour les armes à feu. Un chat ou un hamster feraient de meilleurs camarades de jeu, tu ne crois pas ?

— Parle pour toi, rétorqua sa camarade. Pocky ne m'a jamais déçue.

Jack jeta un regard admirateur à l'objet de sa dévotion.

— Le seul et unique canon à Polarité Corrigée jamais fabriqué sur ce continent. Je n'ai jamais eu la chance de l'essayer… (Il se pencha pour murmurer à son oreille :) Tu veux bien me laisser le tenir ?

Elle recula d'un pas.

— *La* tenir, tu veux dire ? C'est hors de question, désolée !

— Pourquoi ? Je ferai attention, Charlotte, jura-t-il d'un air faussement peiné.

— Nous avons une relation exclusive… Pas comme toi et tes… (Elle examina les deux ceintures et les divers étuis qui barraient la poitrine de son interlocuteur, tous chargés de pistolets.) Combien, six camarades de jeu ?

Il haussa les épaules.

— De quoi satisfaire toutes mes envies.

Charlotte leva un sourcil dédaigneux et se détourna pour masquer son sourire. Un partout, balle au centre… Le *Poisson-Lune* fit une brusque embardée et s'immobilisa pour de bon, jetant les deux jeunes gens sur le sol du couloir.

— Nom d'un chien ! s'écria-t-elle en se frictionnant le coude, éraflé contre une grille métallique. Satané Scoff ! J'espère que Pocky n'a rien !

Elle se hâta d'inspecter son arme.

— Pocky ? Et moi, alors ? Elle est bien bonne, celle-là ! grommela Jack.

— Hmm ?

— Tu pèses ton poids, je te signale. Et j'aurais pu y laisser un œil !

— Bien fait pour toi ! rétorqua-t-elle avec un sourire malicieux.

— Sale bête… lança Jack, dont un rire contenu vint illuminer le regard.

Le cœur de Charlotte manqua un battement. L'air lui fit brusquement défaut, comme si elle s'était pris en pleine poitrine la charge magnétique de son arme.

Ce changement d'humeur n'échappa pas au jeune homme, qui sembla lui aussi dessoûler en une fraction de seconde. Il fouilla du regard chaque centimètre carré de la peau de son visage, comme surpris de ce qu'il y découvrait.

— Ton arme est juste là, dis-moi un peu ce qui m'empêche de me servir ? dit-il à voix basse.

— Tu peux toujours essayer, répondit-elle dans un murmure, le souffle court, incapable de se dégager ou de détacher son regard des prunelles noisette de Jack.

Il esquissa un sourire un peu mélancolique.

— Tout le plaisir est là, justement…

Le double sens de sa phrase n'avait pas échappé à la jeune fille. Que suggérait-il exactement ? Elle hésitait entre plusieurs interprétations possibles, mais une chose était sûre : elle mourait d'envie d'en avoir le cœur net. Avec sa témérité habituelle, elle s'apprêtait à le mettre au défi quand Ash dévala les marches de la coursive. Il s'arrêta net devant ce spectacle.

— Eh bien, à quoi jouez-vous ?

Dans sa hâte de se relever, Jack poussa sans cérémonie Charlotte, qui protesta vertement.

— Scoff s'est dépassé, ce coup-ci ! lança-t-il en époussetant sa veste. Un peu brutale, sa manœuvre d'émersion !

Ash tendit une main à sa sœur pour l'aider.

— Rien de cassé ?

— Ça va, souffla-t-elle sans un regard pour Jack. Et Pocky est en un seul morceau.

— Encore heureux, remarqua leur chef en contemplant le fusil. Sans elle, la sortie était fichue.

Jack se dirigeait déjà vers la proue du vaisseau.

— Je pars devant.

— Préviens-moi si tu trouves quelque chose, lança Ash.

— Entendu !

— On se sépare ? s'étonna Charlotte.

— Il nous rejoindra plus tard, s'empressa de répondre son frère. C'est toi et moi, ce coup-ci… Scoff se contentera de monter la garde. Il n'y a pas une minute à perdre, par contre : il a déjà lancé le leurre. Prends un sac et suis-moi.

Elle s'exécuta, en proie à mille interrogations. La réussite d'une mission reposait sur une formation soudée, c'était une règle de survie absolue. Partir en solo, comme Jack s'apprêtait à le faire, équivalait presque à un suicide…

Elle étouffa ses scrupules, car le moment n'était pas à la distraction : il y avait peu de choses plus dangereuses que de partir en mission l'esprit ailleurs. Son sac sur l'épaule, Pocky bien calée contre la hanche, elle suivit Ash hors du sas.

Scoff avait stationné le *Poisson-Lune* assez près de la rive pour permettre aux deux jeunes gens de sauter dans l'eau peu profonde pour patauger ensuite jusqu'à la terre ferme. Charlotte eut beau scruter les alentours, elle ne vit nul signe de Jack.

— Si notre leurre a bien fonctionné, les rats sont en train de lui donner la chasse en ce moment, dit Ash. Allons-y !

Les arbres dressés sur la rive n'offraient qu'un mince répit de verdure avant les joies de ce que les rebelles appelaient le Tas de ferraille, un immense no man's land aux frontières de New York qui servait de dépotoir à l'Empire. Pour eux, ce bric-à-brac géant était une véritable corne d'abondance, où ils venaient régulièrement chercher les pièces détachées indispensables à leurs diverses réparations comme à leur propre fabrication de machines et de véhicules.

Un parfum de métal rouillé vint chatouiller les narines de la jeune fille lorsque les collines de déchets industriels apparurent derrière les premiers troncs. Charlotte eut une pensée émue pour Birch : le Tas de ferraille était le paradis des rétameurs, mais le jeune homme ne participait jamais à ce type de mission car, de l'avis général, son talent était trop rare pour le laisser risquer ainsi sa vie sur le terrain. Leur camarade se contentait donc de leur confier des listes de matériel à dénicher pour lui, souvent illustrées de diagrammes.

Sur un signe de son frère, Charlotte s'arrêta net. Sans oser bouger un cil, tous deux tendirent l'oreille, à l'affût de couinements révélateurs. Mais aucun rat ne fourrageait dans les détritus à proximité.

— La voie est libre… dit Ash avant de se risquer à découvert. À nous de jouer !

Ils s'élancèrent côte à côte entre les monceaux de limaille et de mécanismes abandonnés. Armé de la liste de Birch, Ash fouillait soigneusement les débris en quête d'articles bien définis tandis que Charlotte, elle, jetait dans son sac toutes les pièces métalliques sur lesquelles elle parvenait à mettre la main. Ils travaillaient à gestes précis et vifs, engagés dans une véritable course contre la montre. Un quart d'heure s'écoula sans qu'ils échangent le moindre mot.

— Prêt à décrocher ? finit par lancer Charlotte en désignant son sac plein à craquer.

— Oui, la pêche a été plutôt honnête.

Ils traînèrent leur butin sur le sol accidenté. Malgré l'assistance de petites roues cousues sous leurs sacs, ils ne rejoignirent le vaisseau qu'à bout de souffle.

Les écailles du pont arrière du *Poisson-Lune* se rétractèrent pour révéler le visage de Scoff, juché sur un ascenseur. Les deux jeunes gens échangèrent leur charge contre deux besaces vides.

— Dix minutes, les avertit le pilote en tapotant la montre encastrée dans son bracelet de cuir. Pas une de plus.

Ash acquiesça avant de retourner au pas de course vers le Tas de ferraille, Charlotte sur les talons. Cette fois, il n'avait plus le temps de se montrer difficile : il entreprit de remplir son sac avec la même frénésie que sa sœur.

Un bruit de chutes de métal dévalant le versant de la décharge les fit soudain sursauter. Ils se redressèrent, l'œil aux aguets. Charlotte releva le canon de Pocky, prête à faire feu.

— Ash !

La voix de Jack s'élevait de derrière un monceau de cadres de lit en cuivre.

— Jack, par ici !

Le jeune homme apparut un instant plus tard au détour d'une allée. Il se rua vers eux avant de s'arrêter à leur hauteur, courbé en deux, les mains sur les cuisses, pour reprendre son souffle.

— Elle est là, hoqueta-t-il. Je l'ai trouvée !

— De quoi parles-tu ? demanda sa camarade.

Ash la fit taire d'un regard sévère, qui la prit au
dépourvu.

— On n'a pas le temps, Charlotte. Où ?

— À distance raisonnable. Je suis sûr d'y arriver.

— En cinq minutes ? demanda leur chef. C'est le
temps qu'il nous reste avant le retour des rats.

Jack se redressa, soudain muet, le teint blême.

— Il m'en faudra au moins dix, finit-il par reconnaître.

Charlotte vit ses yeux se poser une fraction de seconde
sur elle. Il se pencha vers Ash et, la joue agitée d'un tic
nerveux, dit à mi-voix :

— Écoute : la seule solution, ce serait que tu fasses
diversion…

— Compte sur nous, on se charge d'attirer l'attention
des rats.

Attirer leur attention ? Charlotte réfréna une grimace.
Son frère avait-il perdu la tête ? Leur camarade parut
hésiter, comme écartelé par un dilemme.

— Laisse tomber, jeta-t-il. On rentre !

— Non, c'est trop important, plaida Ash. Ne t'inquiète pas, on se débrouillera.

Charlotte en resta muette de surprise. Jack prit une
profonde inspiration avant d'accepter la proposition de
son ami d'un signe imperceptible de la tête. Les yeux
rivés sur lui, il recula d'un pas, puis d'un autre, puis
fit volte-face et fonça parmi les décombres comme si
sa vie en dépendait. Il disparut sans tarder derrière un
amoncellement de ferraille.

Ash lâcha aussitôt son sac afin d'empoigner sa canne.
D'un geste sec, il en dévissa le pommeau pour libérer

la lame argentée de son fourreau d'ébène. Charlotte le regarda, ébahie, retrousser l'une de ses manches et passer le fil de son épée sur son bras. Un filet de sang serpenta sur sa peau. Il leva le poignet pour exposer sa blessure au vent.

— Mais enfin, Ash… Tu as perdu la tête ? murmura sa sœur.

— Voilà qui devrait les attirer, répondit-il à voix basse. C'est le plus sûr moyen. Tiens-toi prête…

Les doigts crispés sur son arme, l'oreille aux aguets, Charlotte balaya la décharge du regard, à l'affût du moindre mouvement. Sa canne dans une main et son épée dans l'autre, Ash fit de même, mais c'est la jeune fille qui vit le rat la première.

— Là !

Une pile de limaille, à moins d'un mètre d'eux. Le rongeur les fixait de ses yeux noirs comme deux puits sans fond, où se reflétait une faim primale, presque primitive.

D'un coup de reins, il se mit debout sur ses pattes arrière, exposant aux regards son ventre – la seule partie de son corps non revêtue d'acier. Deux de ses congénères le rejoignirent, le museau frémissant.

— Ils sont de plus en plus grands, fit remarquer Ash.

— À croire qu'ils ne s'arrêteront jamais de grossir, murmura Charlotte, secouée d'un long frisson.

Lors de leur dernière expédition, quelques-uns des rongeurs atteignaient la taille d'un chat. Désormais, certains semblaient gros comme des caniches.

— On bat en retraite, décréta-t-il. Mais en douceur. Il faut les éloigner de Jack.

Côte à côte, frère et sœur reculèrent lentement. Les rats étaient au nombre de six à présent et, à chaque instant qui passait, de nouvelles silhouettes couvertes de fourrure grise et d'acier noir venaient guetter la fuite des deux humains.

— Une fois à la lisière du bosquet, ouvre le feu ! souffla Ash.

Sous ses bottes, Charlotte sentit les morceaux de ferraille céder la place à un tapis d'herbe moelleux. Encore une minute et ils atteindraient le couvert des arbres, autrement dit le navire.

À l'unisson, les rats se mirent soudain en mouvement. Une marée de corps velus vint submerger les monceaux de détritus pour fondre sur les deux intrus.

Du coin de l'œil, Charlotte aperçut enfin les branches du boqueteau. S'appliquant à relâcher les épaules pour mieux viser, elle lâcha une première salve de coups. Pocky ne lui fit pas faux bond.

Si les armures dont l'Empire équipait les rats du Tas de ferraille émoussaient quelque peu l'efficacité des balles de fusil traditionnelles, le canon à Polarité Corrigée, lui, se riait de ces limites. Il envoyait simultanément sur sa cible deux charges magnétiques – l'une positive, l'autre négative. Celles-ci polarisaient les deux côtés de la cuirasse de chaque rongeur, qui s'attiraient aussitôt irrésistiblement jusqu'à écraser leur propriétaire.

Mais pour venir à bout efficacement de la vermine, l'arme exigeait des tirs d'une grande précision. En plus de ses mains qui ne tremblaient pas, Charlotte avait un vrai talent pour pivoter et virevolter avec une grande adresse afin de faire mouche à chaque pression sur la détente de son arme.

La jeune fille siffla, admirative, quand le premier animal explosa dans un geyser de sang et de tripes, les flancs enfoncés par les pans de son armure. Elle visa et tira, encore et encore. Les bêtes continuaient d'imploser.

Actionnant sans relâche la détente, le corps secoué rythmiquement par le recul du canon, Charlotte espérait une pause dans la déferlante de rats. En vain.

À côté d'elle, Ash poussa un juron.

— Il va falloir piquer un sprint, dit-il.

Sans oser détacher son regard de leurs assaillants, sa sœur cria par-dessus le tumulte de l'arme :

— Pourquoi ne battent-ils pas en retraite ?

D'ordinaire, lorsqu'un certain nombre d'entre eux tombaient, les rongeurs fuyaient en quête d'une proie plus facile.

— C'est mon sang, expliqua le jeune homme, les dents serrées. Son odeur les rend fous.

— Merveilleux !

Une autre bestiole s'effondra dans un enchevêtrement d'acier ensanglanté.

— Maintenant ! hurla Ash en l'attrapant par le bras.

Horrifiée à l'idée de tourner le dos à la horde d'animaux en furie, elle lui emboîta pourtant le pas. Quand les rats se lancèrent à leur poursuite, elle entendit leurs pieds griffus piétiner le sol du sous-bois.

La rive était là, tout près ! Un instant plus tard, les reflets du soleil sur les écailles du *Poisson-Lune* l'aveuglèrent.

Elle poussa un cri de triomphe et de soulagement mêlés mais, au même instant, Ash s'effondrait dans un hurlement.

Freinant d'instinct la chute de son frère, elle repéra le rongeur intrépide qui avait faussé compagnie à ses congénères pour aller planter ses crocs dans le mollet du jeune homme. Grâce au soutien de sa sœur, Ash parvint à abattre son épée sur la bête. Le corps du rat roula au sol, tranché en deux.

— Allez, courage ! s'écria Charlotte.

Et elle entraîna le blessé vers la rivière. La mâchoire serrée, il clopinait.

— Pars devant, dit-elle. Je te rejoins.

— Jamais de la vie !

Poussant son frère devant elle, elle tira une série de rafales rageuses dans la masse grouillante à leurs pieds, sans même prendre le soin de viser. Quelques créatures implosèrent, mais la plupart en réchappèrent : elles se tortillèrent ensuite à terre, simplement estropiées, dans un concert de couinements aigus.

— Charlotte !

D'un regard jeté par-dessus son épaule, elle s'assura qu'Ash était bien entré dans l'eau, et tira encore quelques décharges au hasard avant de s'élancer vers le *Poisson-Lune*.

Les rats étaient si près ! Mais, plus que leurs cris aigus, c'est l'expression du visage du jeune homme qui lui serra le cœur : il n'atteindrait pas le navire sans aide.

Soudain, un formidable rugissement retentit face à elle, sur la rivière, accompagné d'un impressionnant

nuage de vapeur. Un jet d'eau bouillante passa en vrombissant au-dessus de la jeune fille : il décrivit un arc
de cercle pour retomber sur la rive et faire place nette
derrière elle. Balayés par le canon à eau, les animaux
hurlèrent de douleur.

Lorsque sa sœur le rejoignit pour l'aider à gravir les
écailles de métal glissant, Ash grogna de soulagement.
Derrière eux, le torrent d'eau poursuivait son œuvre
destructrice contre la nuée de bêtes enragées.

Les deux jeunes gens se laissèrent tomber dans le
sas, où le blessé s'effondra sur le sol grillagé tandis que
Charlotte refermait l'écoutille pour les mettre à l'abri.
Elle courut sur le pont et s'empara du tuyau acoustique.

— On est à l'abri, Scoff. Bien joué !

— Tout le plaisir était pour moi ! Quelles horribles
créatures ! Elles n'arrêteront donc jamais de grossir, ma
parole ?

Charlotte se tourna vers Ash, qui avait déjà déchiré sa
manche pour panser la plaie béante à son mollet.

— Verdict ?

— Quelques morsures, grimaça-t-il. Mais il l'a payé
de sa vie.

— Meg s'occupera de toi.

Elle l'aida à se relever et le guida vers le pont. Scoff,
qui était apparu derrière eux, sortit de sa poche un flacon
qu'il glissa de force dans la main d'Ash, balayant ses
protestations d'un sourire.

— Rien à craindre, boss. C'est le fameux élixir de
Meg, pas une de mes décoctions. Dépêche-toi de le boire
avant que les morsures n'empoisonnent ton sang.

— Merci, murmura Ash avant d'avaler le médicament cul sec, en frissonnant de dégoût. Tes philtres sont certes moins fiables, Scoff, mais ils ont meilleur goût.

— Évidemment. J'y porte une attention toute particulière. Meg, elle, ne se préoccupe que de leur efficacité.

Le sourire du jeune chimiste s'estompa subitement.

— Au fait, où est Jack ?

Ash hésita imperceptiblement avant de répondre : aussitôt, les mains de Scoff se mirent à trembler.

— Ne me dis pas que…

— Non, l'interrompit leur chef. Il avait une mission différente de la nôtre, c'est tout. D'où notre course-poursuite avec les rats, d'ailleurs : il a fallu faire diversion pour lui éviter d'être pris en chasse.

D'abord soulagé, Scoff sembla vite perplexe.

— Attends, quelle mission ? Il est encore là-bas ?

Ash secoua la tête.

— Il nous rejoindra directement aux Catacombes.

— On ne l'attend pas ? demanda Charlotte, horrifiée.

Elle se refusait à abandonner Jack seul sur le champ de bataille. C'était de la folie !

— Il sait se défendre. (Son frère fit signe à Scoff de prendre les commandes.) Allez, on rentre !

Songeuse, elle boucla son harnais d'un geste lent tandis que le *Poisson-Lune* plongeait de nouveau sous la surface. Sentant peser sur elle le regard de son frère, elle se tourna vers lui pour l'interroger sans mot dire.

— Tout ira bien, dit-il.

Elle fit mine de se contenter de cette affirmation. Mais elle le savait : elle ne respirerait de nouveau librement qu'en voyant de ses propres yeux Jack se camper devant elle, sain et sauf.

Chapitre 7

À peine le submersible était-il à quai qu'Ash, qui avait passé tout le voyage dans une grande agitation, bondissait de son siège pour se ruer hors du sas.

— Qu'est-ce qui lui prend, je croyais Jack hors de danger ? demanda Scoff en grimpant les échelons derrière Charlotte.

— Je ne te le fais pas dire…

Elle passa la tête par l'écoutille. Malgré sa blessure, Ash était déjà presque tout en haut de l'escalier en colimaçon. Birch, quant à lui, les attendait à l'extrémité de l'embarcadère.

— La sortie a été bonne ? demanda le rétameur, qui offrit sa main à Charlotte pour l'aider à descendre de la passerelle.

Scoff sauta directement sur le quai.

— Les réglages du *Poisson-Lune* étaient parfaits, répondit-il.

— Tant mieux ! Mais la jambe d'Ash saigne, on dirait. Des problèmes à signaler ?

— Une véritable armée de rats, expliqua Charlotte.

— Et Pocky ne vous en a pas débarrassés ? Je suis déçu.

— Elle a fait de son mieux. Mais l'odeur du sang d'Ash ne lui a pas rendu la tâche facile.

— Je vois… Quelle malchance ! Tous les membres de la mission devraient porter des gants, je le lui ai déjà dit… Une coupure est si vite arrivée ! Ces bêtes voient rouge dès la première goutte de sang versé…

Charlotte contempla Birch de longues secondes avant de préciser :

— Ash s'est ouvert le bras volontairement.

— Que dis-tu ? s'exclama le rétameur, abasourdi.

Scoff, lui, trébucha à ces mots et manqua de tomber à l'eau.

— D'où cette marée de rats ! J'ai même dû les balayer au canon à eau…

Birch se mit à faire les cent pas.

— Totalement irresponsable. Pourquoi diable…

— Pour aider Jack, le coupa la jeune fille. Lui faire gagner du temps.

À l'énoncé de ce nom, il s'arrêta net. Son regard se posa sur Scoff, puis sur Charlotte, et enfin sur l'escalier qu'Ash venait de gravir à la hâte.

— Où est-il, d'ailleurs ?

— Il n'a pas fait le retour avec nous, répondit le pilote. J'ignore pourquoi.

— Je n'en sais pas plus, ajouta sa camarade d'expédition. Une histoire de mission spéciale… Tu étais au courant, toi ? demanda-t-elle au rétameur.

— Absolument pas. Et jamais je n'aurais accepté d'envoyer qui que ce soit en solo dans cet enfer. Ash a perdu la tête, ma parole !

Charlotte lui prit la main pour l'attirer vers l'escalier.

— Viens, il faut qu'on en ait le cœur net.

— Un instant, la retint Birch. Je dois d'abord m'assurer que mon petit trésor n'a pas trop souffert de son périple.

— Tu t'occuperas du *Poisson-Lune* plus tard ! Ash et Jack mijotent quelque chose et, à moi, ils n'en diront pas plus.

— Mais non, tu exagères…

— Tu sais bien que mon frère ne m'écoute jamais. À toi, par contre, il répondra.

— Comment, Charlotte… Ne serais-je donc qu'un simple pion sur ton échiquier ?

Le rétameur ne perdait jamais une occasion de la taquiner. Scoff en profita pour les bousculer afin de s'élancer dans l'escalier ventre à terre.

— Où vas-tu ? s'étonna-t-elle.

— Chercher Pip ! Il ne faut pas qu'elle rate ce spectacle.

— Oh, bon sang ! soupira Birch.

Il suivit néanmoins sa camarade à l'étage supérieur, où ils retrouvèrent l'atmosphère feutrée des tunnels qu'ils connaissaient si bien.

— Sais-tu seulement où Ash courait ainsi, comme si sa vie en dépendait ?

— Non, mais j'ai ma petite idée, répondit-elle.

Jack devait les retrouver dans les Catacombes… Or, à moins de s'y introduire en submersible, le réseau de grottes n'offrait qu'une seule entrée régulièrement utilisée.

Lorsqu'ils déboulèrent sur le quai où pendait la nacelle, ils le trouvèrent cependant désert. La jeune fille donna un coup de pied rageur dans la rampe. Pas le moindre Jack à l'horizon. Et, plus il tardait, moins son retour semblait probable.

— Charlotte, regarde... marmonna Birch.

Ash, qui pourtant ne manipulait jamais lui-même la corbeille, s'était installé aux manettes de la timonerie. Son air inquiet n'augurait rien de bon. Mais au moins son frère semblait-il aussi anxieux qu'elle de voir réapparaître leur ami.

— Je parie qu'il va y avoir une arrivée imprévue... murmura-t-elle avant de pousser le rétameur devant elle en direction de la cabine. Allez, vas-y...

— Tu ne viens pas ?

— Je te laisse faire, dit-elle, un petit sourire aux lèvres.

Avec un grognement désabusé, il s'aventura dans le cagibi.

Arc-bouté sur les commandes, Ash sursauta, surpris, en l'entendant arriver. Charlotte se rapprocha pour épier leur conversation, mais s'immobilisa, le cœur dans la gorge, en voyant son ambassadeur se lancer tout à coup dans une série de grands gestes. Ash, qui l'écoutait d'un air solennel, hochait de temps à autre la tête.

Le rétameur ressortit de la cabine en trombe.

— Que s'est-il passé ? demanda la jeune fille avant qu'il ne disparaisse dans le boyau qui menait à son atelier.

— Pas maintenant, grommela-t-il. Je suis occupé. J'ai trop à faire, désolé !

Il percuta Scoff, qui arrivait dans l'autre sens, sans s'arrêter pour autant. Le chimiste de la troupe était accompagné de Pip, mais aussi – plus surprenant – de Grave.

— Qu'est-ce que tu lui as fait ? demanda Scoff.

— Mais rien du tout ! Il discutait avec Ash, et soudain il a filé en coup de vent.

Elle désigna la timonerie, d'où son frère la fusillait du regard à travers le panneau vitré.

— Étrange, remarqua Pip. Birch ne s'emporte jamais. À moins qu'on lui vole ses tabourets, ajouta-t-elle en coulant un regard mi-malicieux, mi-accusateur à Scoff.

— Un simple emprunt, voyons ! se défendit son compagnon. Et ce n'est arrivé qu'une fois…

— Bon, de quoi s'agit-il au juste ? demanda Pip à Charlotte. Scoff m'a parlé d'une énorme surprise.

— Non, je t'ai dit qu'on ignore ce qui se passe exactement, rétorqua l'intéressé, le front plissé par l'incompréhension.

— Bah ! Autrement dit, une surprise nous attend. Et moi, je te parie qu'elle sera énorme.

Inquiète du sort de Jack, Charlotte était d'autant plus agacée de rester sur la touche. Et voilà que Birch avait été mis au parfum, lui aussi… C'en était trop ! Elle carrait les épaules pour aller expliquer le fond de sa pensée à son frère quand une petite voix s'éleva derrière elle :

— Tu n'es pas blessée, alors ?

La question murmurée de Grave prit la jeune fille au dépourvu.

— Pardon ?

Les joues du garçon n'avaient toujours pas retrouvé leurs couleurs, mais il semblait un peu plus à l'aise dans son nouvel environnement. Il pointa la timonière du doigt.

— Elle m'a dit que tu étais partie en mission. Et que tu courais un grand danger.

— Pip… soupira Charlotte, les mains sur les hanches. Grave n'a pas besoin de connaître d'entrée de jeu ce genre de détail. Quelle image vas-tu lui donner de notre vie ici ?

L'adolescente tortilla ses couettes vertes d'un air songeur.

— Bien sûr que si ! rétorqua-t-elle. Et puis… c'est la vérité, après tout.

Charlotte sourit à son protégé pour le rassurer.

— S'aventurer près de New York est toujours risqué. Mais nous n'avons pas le choix et, comme tu peux le voir, nous rentrons toujours en un seul morceau.

— Il y a vraiment des rats mangeurs d'hommes, là-bas ? demanda Grave d'une voix étouffée.

— Je n'y suis pour rien, moi, si l'Empire jette ses prisonniers aux rongeurs pour leur donner faim de chair humaine ! protesta la timonière, qui s'empressa de hausser les épaules devant le regard accusateur de Charlotte.

Celle-ci soupira, exaspérée, avant de demander au garçon :

— Que fais-tu avec Pip, d'ailleurs ? Où est Meg ?

Leur petite camarade leur tira la langue.

— Il s'est bien plus amusé avec moi qu'avec elle !

— Allons, réponds !

— À cette heure-ci, elle donne des cours aux petits, répondit Pip avec lassitude. Tu devrais le savoir. C'est elle qui m'a demandé de tenir compagnie à notre ami, ajouta-t-elle avec un coup de coude à son souffre-douleur, qui grimaça. Allez, Grave. Dis-lui qu'on s'est bien amusés !

— C'était… intéressant, admit-il du bout des lèvres.

— Personne ne m'apprécie, bouda-t-elle. Sauf Birch.

— Moi, je te trouve formidable, intervint Scoff.

— Bah ! Simplement parce que j'accepte de goûter tes élixirs, dit-elle en tapotant du doigt sa tignasse verte avant de reporter son attention sur son aînée. Alors, cette surprise, c'est pour quand ? On attend ici ?

Comme si elle n'attendait que sa question, la chaîne de l'ascenseur se mit brusquement en branle, et la nacelle entama sa montée avec force grincements.

Charlotte se précipita vers la rambarde : Jack était bien dans le panier. Nonchalamment appuyé au grillage, il semblait particulièrement content de lui. Il leva des yeux où brillait une lueur malicieuse et s'esclaffa en apercevant la jeune fille de l'autre côté de la balustrade.

— Je t'ai manqué tant que ça ?

Le mécanisme s'arrêta dans un crissement suraigu.

— Où étais-tu passé ?

Voyant son camarade sain et sauf, Charlotte oublia les angoisses par lesquelles elle était passée. Mais Jack se contenta d'ouvrir la porte de la nacelle sans prononcer un mot. Elle garda donc les deux mains plaquées sur le portail métallique qui fermait la rambarde.

— Tu ne sortiras pas avant de m'avoir dit ce que tu fabriquais.

— Pousse-toi, Charlotte, grogna Ash qui s'était approché clopin-clopant.

Voyant que son frère saignait toujours, elle ravala ses protestations et s'effaça pour le laisser passer.

Leur chef ouvrit largement la grille. Les deux complices se regardèrent un instant en silence, puis le retardataire fit un léger signe de tête à Ash, qui baissa les yeux avant de pousser un profond soupir de soulagement. Et de surprendre son monde en enlaçant son ami, qu'il serra contre lui de toutes ses forces.

— Doucement, camarade, protesta Jack. Tu n'as pas l'air dans ton assiette.

Ash le relâcha, le sourire aux lèvres.

— Je survivrai, ne t'inquiète pas.

— Les rats ? demanda son compagnon en désignant sa jambe pansée avec maladresse.

Leur meneur confirma ce diagnostic d'un petit geste de la main.

— Et Pocky ? demanda Jack à la propriétaire du fusil.

— Charlotte a fait ce qu'elle pouvait, répondit Ash à la place de sa sœur. Ils étaient beaucoup trop nombreux.

— Je te dois une fière chandelle, murmura Jack d'un air sombre.

— On est déjà quittes, je crois.

— Tu m'en diras tant. Viens, l'infirmerie te tend les bras !

Les deux frères d'armes s'engagèrent dans le tunnel le plus proche, Jack soutenant Ash.

Charlotte les regarda s'éloigner en bouillant de rage. La peur qu'elle avait éprouvée renforçait encore son exaspération : comment protéger ces deux inconscients du danger quand elle ignorait purement et simplement de quoi il retournait ?

— Une énorme surprise ? Tu parles ! maugréa Pip. Ce n'était que Jack.

— Mais Ash est blessé, remarqua Scoff. Ce n'est pas rien…

— Mouais, marmonna sa camarade en jetant un regard admiratif à Charlotte. Ton frère ne manque pas de courage, tu sais.

— Peuh ! (La jeune fille tapa du pied.) Je le déteste.

— Drôle de réaction… Surtout quand on sait qu'il a failli y laisser la jambe.

Toute à sa frustration, elle feignit de ne pas entendre la remarque de Pip. Scoff fit signe à la petite troupe de le suivre.

— Allez ! Le butin ne va pas se trier tout seul.

Charlotte s'engouffra dans le tunnel en traînant les pieds. Si seulement il lui suffisait d'aller s'enfermer dans sa chambre jusqu'à ce que son frère consente à cesser son manège… Mais c'était trop demander, bien sûr ! Tout ce qu'il trouverait à faire si elle osait recourir à ce genre de stratagème, c'était de la sermonner pour ses enfantillages.

Grave cala son pas sur celui de sa sauveuse.

— Cette mission m'a l'air très dangereuse, dit-il. Vous êtes sacrément courageux, tous les quatre.

Elle médita ces paroles, un peu troublée.

— Pas tant que ça… Tu sais, je préfère partir en expédition que rester enfermée ici, tout simplement.

Il fixa d'un œil brillant les champignons qui tapissaient le tunnel, et leur lumière bleutée.

— Moi, j'aime bien les Catacombes. On s'y sent en sécurité.

— C'est vrai. Mais on s'y ennuie vite. Dehors, je me sens revivre. Calfeutrée ici, j'ai l'impression que le monde extérieur n'existe plus. Je n'aime pas ça…

— Pourquoi ? Dehors, tout a l'air horrible. Hier, cette créature étrange qui me poursuivait… Aujourd'hui, des rats dressés à tuer des hommes… Qui peut bien oser faire une chose pareille ?

Charlotte se mit à rire.

— Britannia. L'Empire.

— Qui sont ces monstres ? murmura Grave.

— Des gens comme nous. À ceci près qu'eux ont la chance d'édicter les règles, expliqua-t-elle. Et quand on essaie de les enfreindre… alors, oui, ils se comportent en monstres.

— Et c'est d'eux que vous vous cachez ?

— Tu as tout compris. Nos familles n'ont pas envie de voir l'Empire régenter leur vie. Malgré l'échec de la Révolution, elles ont décidé de continuer la lutte… du moins celles qui n'ont pas été décimées.

— Où sont-elles ?

— La Résistance a des agents postés un peu partout. Je ne sais pas exactement où se trouvent mes parents en ce moment. Ils se déplacent beaucoup, et ne nous contactent pas souvent. C'est plus sûr comme ça.

— Est-ce qu'ils te manquent ?

Charlotte se surprit elle-même : sa gorge se serra si fort qu'elle eut du mal à formuler sa réponse.

— Tout le temps, dit-elle.

Grave hocha la tête, pensif.

— Tu penses les revoir un jour ?

— Bien sûr ! rétorqua-t-elle avec conviction. Nous ne restons ici que le temps nécessaire avant de rejoindre la Résistance. Ash aura bientôt dix-huit ans : le moment est venu pour lui de partir.

— Et toi, quel âge as-tu ?

— Seize ans, soupira-t-elle. Mais j'aimerais le suivre malgré tout.

— Tu es très courageuse… répéta le garçon. D'oser affronter un empire.

Elle ne répondit rien. Évoquer sa prétendue bravoure, parler de la Résistance, voilà qui faisait soudain de sa rancœur contre Ash un sentiment particulièrement trivial. Elle préféra changer de sujet :

— As-tu retrouvé quelques-uns de tes souvenirs, aujourd'hui ?

Il fit non de la tête.

— Je ne sais même pas comment je m'appelle. Ou si j'ai des parents. Ni ce que je faisais dans les bois.

Charlotte lui prit la main.

— Nous finirons bien par le découvrir.

Chapitre 8

Les jeunes gens passèrent le contenu des sacs de pièces détachées en revue sous la supervision de Birch, qui leur criait ses instructions. Tâche laborieuse, le tri du butin demandait ténacité et endurance. Déterminée à prendre son mal en patience, Charlotte guidait Grave à mi-voix, lui expliquant comment distinguer la vulgaire limaille de précieux composants en état de fonctionner.

Un hurlement de joie attira soudain leur attention. Birch, qui brandissait un petit objet, esquissa quelques pas de danse. Moïse, boudeur, était allé se percher sur une poutre.

— Voilà qui promet ! jubila le rétameur.

— Qu'est-ce que c'est ? murmura le garçon.

— Une souris, répondit Charlotte. Comme celle qui nous a sauvé la vie hier.

Grave coula un regard curieux vers elle.

— Tu en avais une avec toi ?

— Eh oui ! Ces souris aimantées sont de petits engins explosifs. Tu leur donnes quelques tours de clé, et elles se lancent à la poursuite du plus gros objet métallique à proximité. Dans notre cas, les Pots de rouille ! Bien commode, non ?

— Tu veux dire… Les monstres qui nous poursuivaient ?

— Exactement. C'est le surnom des Robots Cueilleurs de l'Empire.

— Cueilleurs ? Quel drôle de nom !

Elle ne put réprimer un frisson.

— Tu sais… la vie est dure dans les quartiers ouvriers des villes de la côte, et c'est peu de le dire. Alors parfois, certains travailleurs tentent de fuir, comme Jack. Les Cueilleurs sont là pour rattraper les déserteurs et les ramener au bercail.

Grave poursuivit son tri méthodique – il apprenait vite, pour un novice.

— Qui est du côté de l'Empire ?

— Les Anglais. Pour eux, c'est la belle vie.

— Ils ne sont pas obligés de travailler ?

Il examina sous tous les angles le rouage de cuivre qu'il venait de ramasser.

— Tout ça ne te dit vraiment rien ? s'étonna Charlotte, encore un peu sceptique.

— Désolé, souffla-t-il, tête baissée. Je ne t'embêterai plus avec mes questions.

— Non ! C'est juste incroyablement étrange. Et tu dois te sentir tellement perdu…

Il acquiesça sans la regarder.

— Écoute-moi bien. La rébellion a commencé en 1774, lui expliqua-t-elle. Notre Déclaration d'indépendance a été signée deux ans plus tard : les Patriotes, qui souhaitaient l'autonomie des colonies, affrontaient les Loyalistes qui, eux, soutenaient les Anglais. Nous comptions, dans notre lutte, sur l'aide de la France, voire de l'Espagne et des

Pays-Bas. Mais les diplomates américains ont échoué à convaincre ces pays de se battre à nos côtés. Les Anglais les attendaient toujours au tournant avec une contre-proposition. Pour apaiser leurs alliés indiens, ils leur ont donné le Canada. Puis ils ont cédé la Floride à l'Espagne et promis de ne pas toucher au couloir sud du Mississippi et aux Caraïbes françaises. Sans l'assistance navale des Français, les Patriotes ont perdu les ports les uns après les autres. La flotte britannique était bien trop puissante. Les colons se sont rendus en 1781.

— Qu'est-il advenu des Patriotes ?

— Tous les signataires de la Déclaration ont été pendus comme traîtres à l'Empire. Et Boston, point névralgique de la résistance, a été rasée. Chaque fois qu'un des nôtres est capturé, il est expédié là-bas, et on n'entend plus jamais parler de lui.

Charlotte s'interrompit dans son travail.

— Après la guerre, l'Empire a lancé une politique dite de « réforme bienveillante ». Les colonies ont été divisées en trois provinces : Amherst, qui va du New Hampshire à New York, Cornwallis, de la Pennsylvanie à la Virginie, et Arnold, qui comprend les deux Caroline et la Géorgie.

— Pourquoi ces nouvelles appellations ? demanda Grave.

— En hommage à des héros de guerre britanniques. Mais il n'y a pas que les noms qui ont changé. La prétendue « réforme bienveillante » avait en fait pour but de donner une leçon aux Patriotes.

Le garçon ouvrit de grands yeux.

— Comment ça ?

— L'Empire a prétendu que la Révolution était née

de l'égoïsme et de la corruption des colons. Pour couper court à toute discorde future, il a décrété que tout Patriote devait à l'Empire vingt années de servage. Mais il ne s'est pas arrêté là. Tout enfant né de l'union de deux Patriotes était asservi pour quinze ans. Puis sa progéniture pour dix ans. Et ainsi de suite…

— Obligés de trimer pour Britannia, année après année… (Grave reprit son tri.) Mais le travail forcé aurait bien fini par s'arrêter, au bout de quatre générations ?

Charlotte s'esclaffa.

— C'est ce que prétendaient les Anglais au départ, oui. Mais quand la Résistance s'est formée aux frontières des colonies, le long du Mississippi, l'Empire a changé de position. Maintenant, aussi longtemps que la rébellion perdure, tout enfant américain sera asservi pour vingt ans.

— Libres au bout de vingt ans ? Quelle terrible punition… murmura Grave.

— D'autant que rares sont ceux qui survivent à ces vingt années de servage, dit-elle. Pas à moins de courtiser les bonnes personnes pour regagner tant bien que mal la citoyenneté impériale avant de passer l'arme à gauche. Ce qui est peu fréquent, car l'Empire a besoin de main-d'œuvre, surtout depuis l'abolition de l'esclavage.

— Comment ? s'étonna Grave. Mais… Le servage n'est-il pas une forme d'esclavage ?

— Dans la pratique, oui. Sauf que l'esclavage des Africains s'héritait de mère en fils et en fille. En 1807, l'Empire a décrété l'esclavage immoral, mais le servage légal, au prétexte qu'il s'agissait de punir un crime de guerre. *Pietas super omnia.*

Le garçon se gratta la tête, dérouté.

— C'est du latin, précisa-t-elle. « La loyauté avant tout »… La devise des Anglais. Quels hypocrites, d'ailleurs !

Devant sa perplexité, elle ajouta :

— Ne te méprends pas. L'esclavage était une horreur, issue des travers humains les plus abjects. Mais si l'Empire a démontré sa probité en y mettant fin… il a aussitôt piétiné tous ses principes en le remplaçant par le servage punitif. Un système dont ils tirent de meilleurs bénéfices, d'ailleurs, puisqu'ils n'ont plus besoin d'autant de main-d'œuvre dans les champs.

— Pourquoi ?

— Grâce au Laboureur de Mr Whitney. Une des inventions les plus révolutionnaires de Britannia. On dirait un Cueilleur dont la cage serait remplacée par un compartiment de stockage, et qui dispose aussi de bras supplémentaires. Il laboure cinq fois plus vite qu'un homme, quelle que soit la nature de la récolte : coton, tabac, indigo… Les Laboureurs sont partout maintenant, et chaque machine ne fait appel qu'à un seul pilote, là où les champs étaient autrefois peuplés d'esclaves.

Grave travaillait désormais en silence. Elle se remit elle aussi à la tâche, d'humeur sombre car la conversation avait pris un tour grave.

— Crois-tu vraiment que la Résistance ait une chance de l'emporter ?

La question avait été posée si doucement que Charlotte faillit ne pas l'entendre.

— Peut-être. (Elle haussa les épaules.) Maintenant que les Français et les Espagnols commencent à nous soutenir, même du bout des lèvres, le conflit se présente un peu mieux.

La main inerte du garçon laissa échapper un rouage, qu'il se hâta de rattraper avant qu'il ne roule au loin.

— Mais pourquoi aider les révolutionnaires maintenant, après tout ce temps ? s'étonna-t-il.

— Après l'échec de la rébellion sur ce continent-ci, en Europe, les guerres ont continué. Les ingénieurs français et anglais créaient sans cesse de nouveaux appareils. D'énormes machines de guerre. Napoléon a fait voler la première flotte aérienne de l'histoire, bientôt imité par les Anglais. Chacun à leur tour, les deux camps lançaient, les unes après les autres, des créations épouvantables qui saccageaient toute l'Europe. Lorsque l'Espagne a entamé la construction de son Apocalypse, la pire machine de toutes, un traité de paix a été négocié.

— L'Apocalypse ?

— Un engin capable, selon eux, de fendre un continent. L'Espagne menaçait de s'en servir en cas de violation de ses frontières afin de séparer la péninsule ibérique du reste de l'Europe.

— Est-ce vraiment possible ?

— C'est ce qu'ils prétendent. Personne ne s'en est jamais servi. Le bruit court qu'une autre Apocalypse est en cours de construction sur notre continent, en Floride.

Leur tête-à-tête fut interrompu par un nouveau cri de joie de Birch.

— Qu'as-tu trouvé ? demanda Pip.

— De quoi fabriquer des souris par dizaines ! J'en ai déjà assemblé deux, répondit le rétameur en brandissant un autre spécimen, tout juste achevé. Vérifions si elles fonctionnent bien !

Il tourna la clef plusieurs fois avant de poser l'animal au sol. L'automate vrombissant traversa la pièce en un éclair et, sous les regards médusés de l'assistance, mit le cap droit sur Grave.

— Mais… souffla Birch lorsque le petit engin buta contre le pied du garçon dont il entreprit sur-le-champ d'escalader la cheville.

Au son des hurlements de Pip, Grave se mit à agiter frénétiquement les bras pour essayer de se débarrasser de la bête. Mais le rongeur mécanique remonta le long de sa jambe et se colla soudain à son torse. Attiré par toute cette agitation, Moïse vint voleter autour de la pauvre victime, qu'il menaçait de percuter à chacun de ses plongeons.

Birch ôta ses lunettes télescopiques et les jeta sur l'établi, où elles se replièrent.

— Du calme, Pip ! Elle n'est pas encore armée.

Le rétameur courut jusqu'à Grave pour tenter de le libérer de son assaillant, mais la créature aimantée refusa de se décoller d'un pouce.

— Par Héphaïstos…

Déjà ébranlé par l'aventure, le garçon perdit toute contenance et se mit à hurler :

— Enlève-la ! Enlève-la !

— Mais j'essaie ! rétorqua Birch. Ne bouge pas, petit.

La souris demeurait collée à la poitrine de Grave, comme greffée à sa chair. Et, malgré les efforts du rétameur pour la rassurer, Pip hurlait toujours à pleins poumons.

Ash apparut à l'orée du tunnel menant à l'infirmerie,

accompagné de Jack. La jambe fraîchement bandée, il s'appuyait sur sa canne pour marcher.

— Par Athéna, qu'est-ce que c'est que ce manège ?

Il pâlit en voyant Birch se démener pour détacher l'automate du torse de Grave. À ses côtés, Jack retint son souffle, lui aussi, devant ce spectacle. Avec un regard entendu, Ash lui tendit sa canne.

Le jeune homme traversa la pièce à grands pas pour écarter Birch sans ménagement. Sans attendre, Moïse alla se blottir dans la chevelure désordonnée de son maître.

— Qu'es-tu donc ? siffla Jack à quelques centimètres du visage de Grave.

Le garçon, tremblant, le regarda sans mot dire. Son aîné secoua la tête.

— Désolé, camarade, dit-il.

Et d'un geste sec, il écrasa l'arme d'Ash sur la tempe de Grave. Mais en dépit de la force du coup, qui arracha un cri à Charlotte, son adversaire ne broncha pas. Il regarda, impassible, Jack reculer d'un pas et prendre de nouveau son élan. Lorsque la canne s'abattit sur lui, Grave en saisit le pommeau pour l'arracher à son assaillant et resta simplement là à contempler le long bâton d'ébène dans sa main. Tous les regards étaient braqués sur lui, certains emplis de peur, les autres d'incrédulité.

— Mais qui es-tu donc ? répéta Jack.

Grave lâcha l'objet en poussant un gros soupir.

— Je vous jure que je l'ignore.

Sur sa poitrine, la souris vrombissait toujours, refusant d'abandonner sa proie.

Chapitre 9

— **P**as en cage, je t'en supplie ! gémit Charlotte en tirant sur la manche du gilet de son frère.

Sans lui accorder un regard, Ash continua de remonter le couloir, le dos raide. Il peinait à masquer son boitillement.

Devant lui marchait Grave, flanqué de Jack et de Birch. Le premier, qui tenait fermement le prisonnier par le bras, avait dégainé son revolver malgré l'absence d'agressivité du garçon. Il avait beau brandir son arme avec nonchalance, Charlotte savait qu'au moindre mouvement intempestif, Jack logerait une balle entre les yeux de l'intrus en moins de temps qu'il n'en fallait pour le dire. Mais une arme à feu aurait-elle plus d'effet sur l'inconnu que la canne d'Ash ? À cette pensée, un frisson parcouru l'épiderme de la jeune fille.

Un peu en retrait, le rétameur observait Grave, partagé entre appréhension et curiosité. Ses gesticulations – tour à tour il se baissait, puis se hissait sur la pointe des pieds pour l'examiner sous toutes les coutures –, rappelaient la parade amoureuse d'un oiseau exotique.

— Le petit contient forcément du métal, songeait-il à voix haute. Mais comment est-ce possible ?

— Ash, promets-moi de ne pas laisser Birch le charcuter, supplia Charlotte. Il n'a rien fait pour nous menacer. S'il nous voulait du mal, tu ne crois pas qu'il aurait déjà agi ?

— Charlotte…

Son frère s'arrêta net pour lui agripper le bras et la fixer droit dans les yeux.

— Nous ne savons rien de ce garçon, ni de ce qu'il est vraiment, murmura-t-il d'une voix sourde. Toutes les armes ne sont pas dotées de lames ou de balles. Les plus dangereuses sont discrètes, cachées.

— Tu le prends pour un espion, traduisit-elle sans détourner le regard.

Si elle ne pouvait rejeter ces accusations sans preuves, son instinct, en revanche, lui criait sa désapprobation. Grave n'était pas l'ennemi, elle en avait la conviction absolue.

Impuissant face à l'obstination de sa sœur, Ash la relâcha avec un soupir avant de fermer les yeux. Charlotte grimaça : la lassitude qui marquait le visage de leur chef le faisait paraître bien plus âgé que ses presque dix-huit ans. Elle s'en voulait d'ajouter à ses tracas, mais ne pouvait condamner Grave sans connaître sa véritable identité.

— Écoute…

— Charlotte, l'interrompit-il, combien de fois ai-je agi sans réfléchir depuis que j'ai pris la direction des Catacombes ? T'ai-je jamais donné la moindre raison de douter de moi ?

— Non, mais…

— Alors fie-toi à mon jugement, s'il te plaît. C'est à moi de décider ce qui servira au mieux les intérêts de chacun. J'ignore si Grave est un espion, une arme, ou simplement un écervelé au crâne exceptionnellement résistant. Tant que je n'aurai pas tiré ce détail au clair, il restera enfermé… mais personne ne touchera à un cheveu de sa tête, je te le promets. Nous ne sommes pas des monstres, contrairement à nos ennemis.

La jeune fille se savait vaincue.

— Je resterai avec lui, bredouilla-t-elle néanmoins. Près de son cachot, afin qu'il sache qu'il a une amie ici.

— Tant que tu t'acquittes des tâches qui t'incombent, Lottie, ton temps libre t'appartient.

Sur ces mots, Ashley reprit son chemin, abandonnant Charlotte à son désespoir. Car peu importait qu'elle tienne compagnie au prisonnier : Ash l'avait déclaré dangereux, sans autre forme de procès, et elle n'y changerait rien.

Furieuse contre son frère, elle fit volte-face avant de s'éloigner dans la direction opposée. Elle n'avait nulle envie de regarder Jack et Ash jeter Grave dans une cage pendant que Birch prenait des notes. Cherchant une oreille compatissante, elle se mit en quête de Pip et Scoff.

Pip n'était plus dans l'atelier de Birch, aussi Charlotte se dirigea-t-elle vers le laboratoire de Scoff. À peine avait-il atteint l'âge de quitter le quartier des petits, que le chimiste en herbe avait annoncé vouloir transformer sa chambre en laboratoire. Eu égard à la dangerosité de ses expériences, il avait été décidé que le meilleur (ou plutôt l'unique) emplacement possible se trouvait être le tunnel le plus proche de la rivière : de l'eau en abondance pour parer aux incendies. Pourquoi diable Ash n'avait-il pas insisté, d'ailleurs, pour installer l'atelier de Birch au même endroit ? De nombreux incidents auraient ainsi pu être évités.

Lorsque Charlotte pénétra dans la pièce, Scoff triturait sa tignasse violette.

— Tu es sûr que ça va marcher ? demanda Pip à voix basse.

— Normalement, oui…

Il s'interrompit en apercevant leur visiteuse. Si l'on exceptait sa dangerosité, justement, le repaire du jeune apprenti sorcier était, de l'avis de Charlotte, le plus bel endroit de toutes les Catacombes. Spacieuse, la caverne regorgeait d'étagères et de tables croulant sous les béchers, flacons, vases, bols, tubes et outils de mesure, pour la plupart en verre, à l'exception de quelques articles de métal ou de bois. Rares étaient les récipients vides, et plus rares encore ceux dont le contenu restait identifiable. Cet éventail infini de poudres, liquides, herbes séchées et autres bizarreries en conserve habillait le laboratoire d'un kaléidoscope de couleurs.

Pip bondit de son tabouret pour accueillir son amie, un grand sourire aux lèvres.

— Mais qui voilà !

— Charlotte… dit Scoff, plus méfiant. En quoi puis-je t'aider ?

— Je cherche seulement à échapper à ma grosse brute de frère, annonça la jeune fille.

Pip acquiesça en gloussant.

— Ash est du genre autoritaire, pas vrai ?

— C'est notre chef, protesta le garçon. On ne peut pas lui en vouloir d'être un peu tyrannique, puisqu'il est responsable de nous.

Charlotte, avant tout désireuse de se changer les idées, préféra ne pas relever. D'autant que Scoff ne manquait jamais une occasion de présenter ses dernières découvertes, et elle le savait.

— Quoi de neuf au labo ?

— Scoff est un génie ! s'exclama Pip.

L'intéressé devint rouge comme une pivoine.

— À ce point ? s'amusa Charlotte.

— Allez, montre-lui, glissa l'adolescente enthousiaste à son compagnon.

D'un geste élégant, il fit apparaître un flacon rempli d'une substance sombre et visqueuse.

— Une formule de ma composition, conçue précisément pour ce genre de situation.

— C'est-à-dire ? demanda Charlotte, interloquée.

Quelle sorte de précédent aurait pu pousser Scoff à anticiper l'arrivée de Grave ?

— La capture d'un ennemi ! murmura le jeune pilote sur le ton de la conspiration.

— Tu te trompes ! rétorqua-t-elle, sans se rendre compte qu'elle criait.

Le visage de Scoff avait pâli. Par précaution, Pip préféra s'interposer entre ses deux camarades.

— Que contient cette fiole ? demanda Charlotte, les mains sur les hanches.

— Je l'ai baptisé l'Élixir de vérité !

Il brandit fièrement le flacon, comme pour mieux en admirer la couleur. Charlotte avait du mal à partager son enthousiasme : avec sa texture gélatineuse, la décoction rappelait vaguement l'aspect du sang coagulé.

— Une seule gorgée, et Grave nous dévoilera sa véritable identité, ajouta le jeune homme, un peu déçu par son absence de réaction.

— L'as-tu déjà testé ?

Scoff poussa un soupir d'exaspération.

— Je n'avais pas de cobaye sous la main !

— Tu es certain que ce philtre ne lui fera aucun mal ? demanda Charlotte, les yeux rivés sur les couettes de Pip.

Embarrassée, la jeune fille aux cheveux verts se mit à triturer une de ses mèches.

— Je n'ai souffert d'aucun désagrément… bredouilla-t-elle. Une légère démangeaison, tout au plus.

Préférant se tourner vers Scoff, Charlotte ignora Pip, qui se grattait à présent le scalp avec une grimace :

— Comment espères-tu le pousser à la confession alors qu'il est amnésique ?

— Il ment peut-être, rétorqua-t-il, vexé.

— Mais vous avez tous perdu la tête, ma parole ! tonna sa camarade en tapant du pied. Ce n'est qu'un gamin, comme nous. C'est de notre aide qu'il a besoin, pas d'un cachot ou d'une fiole de poison !

— Comment as-tu appelé mon élixir ? protesta-t-il en serrant le flacon contre sa poitrine.

— Balivernes, il n'en mourrait pas ! le consola Pip, dont le sourire s'effaça soudain. Enfin… J'espère.

Un carillon vint interrompre leur conversation.

— À table ! s'exclama la timonière.

Charlotte rassembla ses jupes en maugréant pour rejoindre en hâte le mess, où elle s'empara d'une miche de pain noir et d'un morceau de fromage emballé dans un torchon avant de se retirer dans sa chambre. Elle était trop contrariée pour manger dans une pièce remplie d'enfants turbulents et du constant brouhaha de leurs bavardages. Et elle tenait à le faire savoir.

Mais n'aurait-elle pas mieux fait de partager la table de son frère, même à contrecœur, afin d'empêcher Scoff de le persuader d'essayer son tout nouvel élixir sur ce pauvre Grave ? Elle repoussa vite cette idée : si par malheur Ash se laissait convaincre, jamais Meg, elle, ne permettrait au chimiste de jouer aux apprentis sorciers avec leur détenu. Elle pouvait au moins compter sur son amie pour ramener un peu de raison dans les Catacombes.

Assise au bord de son lit, Charlotte engloutit ses réserves de pain et de fromage sans prendre le temps de les savourer, tant elle était occupée à fomenter son prochain coup. Même si Ash voyait en Grave une menace, rien n'empêchait la jeune fille de témoigner son soutien au garçon. Elle lui rendrait donc visite pendant que tout le monde dînait pour le rassurer sur la suite des événements. Satisfaite de son plan tout neuf, elle se risqua de nouveau dans les couloirs tortueux des Catacombes en prenant soin d'éviter le mess.

Toute à la joie de sa combativité retrouvée, Charlotte s'arrêta net lorsqu'elle entendit des voix résonner au détour d'un couloir, à quelques mètres devant elle à peine. Retournant sur ses pas, elle se cacha dans un passage latéral, le dos collé au mur, et entreprit de tendre l'oreille.

Elle fut récompensée par le timbre velouté de Meg.

— Je l'entends parler tout seul, par moments.

— Que raconte-t-il ?

Charlotte se figea en reconnaissant la voix de son frère.

— Une histoire d'horloge, répondit la guérisseuse.

— Comment ça ?

Meg se mit à rire à voix basse.

— C'est très étrange. « Tic-tac, tic-tac. Jamais, jamais tu ne t'arrêteras. »

— C'est tout ?

— On dirait une comptine. Il est… différent, Ashley. Je ne le crois pas dangereux, mais quelque chose chez lui me perturbe, sans que je puisse mettre le doigt sur ce qui me dérange exactement.

— Évidemment. C'est un cinglé, rétorqua son frère. Lottie n'aurait jamais dû nous le ramener. À quoi pensait-elle, bon sang !

— À protéger un gamin sans défense des Pots de rouille qui le poursuivaient, lui rappela Meg. Que penserais-tu de ta sœur si elle l'avait laissé entre leurs griffes ?

Pour toute réponse, le jeune homme émit un grognement. Meg rit de plus belle.

— Un jour, il faudra bien que tu la laisses voler de ses propres ailes.

— Par la grâce d'Athéna, tu ne vas pas t'y mettre aussi… gémit son compagnon.

— De quoi parles-tu ?

— Oh, rien ! s'empressa-t-il de répondre. Un conseil que Jack m'a donné hier… D'ailleurs, je devrais…

— Vas-y, l'encouragea Meg. Je surveillerai les petits au dîner. Ne tarde pas trop.

S'ensuivit une longue pause, durant laquelle Charlotte retint son souffle, craignant de se trahir. Ash reprit finalement la parole, visiblement troublé.

— Bon, très bien… J'y vais, alors…

— N'oublie pas de me prévenir de ton retour. Quelle que soit l'heure, dit Meg à mi-voix.

— Bien entendu. (Ash s'éclaircit la gorge.) Comme toujours.

Charlotte entendit une paire de bottes racler le sol en passant devant sa cachette puis s'éloigner le long du couloir. Un instant plus tard, le pas léger de Meg repartait dans la direction opposée.

Mais où se rendait donc son frère ?

Son projet de visite au prisonnier s'envola, remplacé par une curiosité dévorante. Elle pourrait toujours y aller un peu plus tard… Sur ces saines considérations, elle emprunta le couloir à la suite d'Ashley.

Filer le jeune homme s'avéra bien plus compliqué qu'elle ne l'avait d'abord imaginé – contrainte de garder ses distances, elle devait cependant le suivre d'assez près pour ne pas le perdre dans le dédale des Catacombes. Son itinéraire était des plus intrigants. Elle connaissait le couloir ascendant dans lequel ils étaient engagés : il s'agissait d'un des tunnels qui menait à la surface. Mais comme les rares autres sorties répertoriées, il ne servait qu'en cas d'urgence absolue. Tout départ ou arrivée dans les Catacombes se faisait au moyen de la nacelle.

— Par ici !

La voix de Jack ! Charlotte s'arrêta en retenant son souffle.

— Ah, te voilà… murmura Ash, dont le timbre grave portait loin dans le couloir ténébreux.

— Tu en as mis, du temps. Du mal à t'échapper ?

— Non, juste quelques détails à régler avec Meg.

— Ah… (Le sourire de Jack était presque palpable.) Dans ce cas, c'est différent. Prends tout le temps que tu souhaites avec Meg. Par Héphaïstos, tu en as bien besoin !

— La ferme, Jack.

Les jeunes gens se remirent en marche. Leur conversation accordait plus de liberté de mouvement à Charlotte : leurs voix couvraient le bruit de ses pas et les rendaient plus faciles à suivre, même si elle ne pouvait à la fois se concentrer pleinement sur leurs propos et se déplacer sans se faire repérer. Aucune importance, car Jack semblait toujours résolu à tourmenter son ami au sujet de Meg.

À la grande surprise de Charlotte, leur ascension les mena dans un petit passage latéral privé de champignons fluorescents, et l'obscurité se referma complètement sur eux. Ni Ash ni Jack n'avait pris de lanterne, si bien qu'ils avançaient à tâtons, tout comme elle. Elle avait bien une petite idée de la direction qu'ils avaient prise mais, dans ce cas, leur trajet ne faisait pas sens. Si les grottes naturelles qui formaient les Catacombes offraient au petit groupe un refuge loin du monde, elles avaient plus d'un inconvénient : nombre de tunnels, par exemple, se terminaient sur des culs-de-sac ou des à-pics parfois dangereux. Ce qui était précisément le cas de celui qu'ils remontaient à présent.

Si Charlotte ne se trompait pas, ses deux cibles n'avaient pas plus de quelques dizaines de mètres à parcourir avant de déboucher sur un vaste plateau rocheux sans issue. Il était surplombé d'un promontoire en équilibre précaire, au-dessus duquel la façade abrupte de la falaise, ruisselante d'eau, tombait à pic. Seul le plus intrépide des écureuils aurait tenté l'ascension. Sous la plateforme s'ouvrait un gouffre béant : la même falaise plongeait dans une gorge en contrebas. La sortie était là, tout près et pourtant hors de portée. Le passage demeurait donc inutilisé.

Jusqu'à présent.

Le disque argenté de la lune, qui glissait lentement au-dessus du plateau, offrit à Charlotte une lueur bienvenue après les ténèbres du tunnel. Elle vit les hautes silhouettes d'Ash et de Jack disparaître au bout du boyau.

Craignant que la clarté ne trahisse sa présence, elle s'accroupit pour parcourir le reste du chemin à quatre pattes. Le tunnel s'arrêtait brusquement au-dessus de la plateforme rocheuse. Quand Charlotte passa la tête par-dessus le rebord, elle souffla un « oh ! » de surprise avant de plaquer la main sur sa bouche en se maudissant de sa maladresse.

Cependant, trop absorbés par le spectacle qui s'offrait à leurs yeux, ni Jack ni Ash ne réagirent. Si son frère n'avait pas pris le temps de décrire à Charlotte les divers équipements de l'Armée de l'air impériale, elle aurait sans doute crié d'épouvante en découvrant la monstrueuse machine de guerre qui occupait l'intégralité du plateau.

La Libellule — car c'est ainsi que se nommait ce type d'aéronef — avait de nombreuses qualités : son cockpit globuleux offrait au pilote une vue dégagée des cieux tandis que les mitraillettes montées sous ses ailes permettaient d'attaquer l'ennemi sous une grande variété d'angles. Rapides, ces redoutables chasseurs aériens étaient destinés à rivaliser en agilité avec les coléoptères dont ils imitaient la ligne. Ils n'accueillaient donc que les plus talentueux navigateurs de l'Empire.

— Lui faire passer l'entrée de la caverne n'a pas dû être une mince affaire ! fit remarquer Ash en caressant des yeux les courbes de l'appareil.

Jack éclata d'un rire sans joie.

— C'est tout l'intérêt de l'animal. Il peut effectuer des manœuvres absolument impossibles pour les autres aéronefs.

Leur chef recula afin d'embrasser du regard la totalité du vaisseau.

— Est-elle vraiment intacte ? Pas le moindre défaut ?

— Elle est parfaite, te dis-je ! répondit son camarade. Tu n'as donc pas confiance en moi ?

Ash s'esclaffa à son tour.

— Suis-je obligé de répondre ? rétorqua-t-il. Je n'arrive pas à croire que tu y sois parvenu… (Il hésita avant d'ajouter :) Es-tu sûr d'être prêt à repartir ?

Jack se retourna pour scruter le coin sombre où la jeune fille était tapie, allongée sur la pierre froide, la joue posée contre le rebord du sentier.

— Viens donc jeter un coup d'œil, Charlotte.

Chapitre 10

Fuir ? L'idée lui traversa l'esprit. Cette tactique lui laisserait le temps d'échafauder une meilleure excuse pour expliquer sa présence dans le boyau désert. Mais fuir, c'était admettre sa culpabilité, et elle s'y refusait.

De quel droit les deux jeunes gens lui avaient-ils caché un tel secret ? Une Libellule ? Dans les Catacombes ? Le plus douloureux pour elle, c'était la méfiance de son propre frère : ne s'était-elle pas échinée à lui prouver sa valeur ?

Charlotte se releva avant d'épousseter posément ses vêtements. Déterminée à garder son calme malgré l'hostilité évidente d'Ashley, elle descendit à pas lents jusqu'au promontoire et s'avança dans la caverne. Le menton levé d'un air de défi, elle s'apprêtait à essuyer un nouveau sermon quand leur chef, les traits crispés et la lèvre tremblante de rage, la surprit en s'en prenant à Jack.

— Depuis quand as-tu remarqué sa présence ?

Cet accès soudain de fureur prit le jeune homme de court. Il recula, un peu chancelant.

— Je… Eh bien, je…

— Quand, Jack ?

Il toussa pour gagner du temps.

— Je l'ai entendue nous rattraper quand nous avons tourné dans le dernier couloir.

— Et tu as préféré ne rien dire ?

L'expression d'Ash s'était faite assassine. Cabrant l'échine, son ami lui tint tête.

— Il faudra bien la mettre dans la confidence, un jour ou l'autre ! Tu n'aurais jamais dû attendre aussi longtemps pour lui parler. Je me suis donc dit que ce serait plus simple.

Il mesura du regard leur chef, qui ouvrait et fermait les mains, le visage blême.

— On peut s'expliquer avec nos poings, ajouta-t-il, ou tu peux simplement admettre que j'ai raison. À toi de voir.

Enhardie par les hésitations de son frère, Charlotte prit la parole.

— Qu'est-ce que tu devais m'annoncer ?

— Reste en dehors de ça, Lottie, aboya Ash sans même la regarder.

— Pas question ! (Elle se posta devant lui.) C'est cette histoire d'oiseau-mouche, n'est-ce pas ? Et la disparition de Jack sur le Tas de ferraille… Tout est lié ? Allons, explique-moi ! Peut-être as-tu déjà oublié que sans Pocky, les rats t'auraient dévoré tout cru pendant que ce gredin allait chercher votre mystérieuse machine ?

— Jack… Tu es sûr ? demanda Ash à son ami.

Charlotte entendit le jeune homme soupirer derrière elle.

— Je savais bien que je n'y couperais pas, déclara-t-il d'une voix lasse.

Elle fit volte-face. Sa gorge se noua lorsqu'elle lut une tension extrême sur le visage de son camarade.

— Essaie de ne pas me haïr, implora-t-il. Je ne voulais pas te mentir, mais je n'avais pas le choix.

Me mentir ? Elle sentit son sang se glacer dans ses veines. Ash faisait les cent pas sous les ailes de la Libellule. En l'entendant pester à mi-voix, sa sœur commença à s'en vouloir de les avoir suivis. La voix hésitante de Jack la ramena au présent.

— Je ne viens pas de la Grande Fonderie… dit-il.

Malgré son appréhension, Charlotte lui fit signe de poursuivre. Il inspira profondément avant de déclarer dans un souffle :

— Je viens de la Cité Flottante.

Pour la taquiner, Jack n'avait jamais manqué d'imagination tout au long de l'année qu'il avait passée parmi eux. Accoutumée à ses provocations, Charlotte faillit éclater de rire. Mais le jeune homme ne sourit pas. Impassible, il attendit qu'elle retrouve son calme.

— Tu es sérieux ? demanda-t-elle.

— J'en ai bien peur.

Envolée, l'anxiété qu'elle éprouvait une minute plus tôt : Charlotte ne ressentait plus rien. Les membres engourdis, les poumons dans un étau glacé, elle vacilla sur ses jambes. Jack fit mine de la soutenir, mais elle se dégagea d'un bond, refusant d'instinct qu'il la touche.

Ash glissa un bras autour de ses épaules.

— Tout doux, Lottie, murmura-t-il. Laisse-le aller au bout de son histoire. Crois-moi… Elle va tout changer pour nous. Et en bien.

Son compagnon le remercia du regard avant de se tourner de nouveau vers Charlotte.

— J'ai quitté la ville pour venir vous débusquer… Pour trouver cet endroit. La rumeur courait que les enfants de la Résistance disposaient d'une planque au nord du fleuve. J'espérais prendre contact avec vous. J'ai eu la chance de tomber sur Ash. Enfin… de le convaincre de ne pas m'abattre, surtout.

Leur chef laissa échapper un rire bourru.

— Tu as surtout la chance d'être plutôt éloquent.

— Certes… (Le sourire de Jack illumina son visage. Si familier, et qui fit pourtant à Charlotte l'effet d'un coup de poignard.) La situation à New York est dramatique. Nous sommes quelques-uns à vouloir changer la donne avant qu'il ne soit trop tard.

Elle se dégagea de l'étreinte de son frère. Passé le premier choc, une rage sourde montait en elle. Comment croire le récit de celui qui n'était finalement qu'un inconnu venu de la Cité Flottante ? Les membres de la haute société new-yorkaise, tous dépositaires de la citoyenneté impériale, étaient les alliés naturels de l'Empire – et pour certains, des Britanniques de haute naissance.

— Pourquoi quitter ton foyer, les honneurs, ton existence de privilégié ? cracha-t-elle, furieuse et désemparée. Qui es-tu ?

Jack esquissa un sourire triste.

— Les apparences sont parfois trompeuses. La vie à New York est loin d'être ce que tu crois.

Mais Charlotte ne supportait plus la vue du jeune homme. À présent qu'elle savait la vérité, son éternelle arrogance, son incroyable culot n'avaient plus rien de surprenant. Jack ne faisait pas semblant de se croire supérieur : il était convaincu de l'être. Voilà comment les citoyens de la Cité Flottante justifiaient leur domination sur le reste des colonies.

Ash alla se planter aux côtés de son ami pour interpeller sa sœur :

— Allons ! Mets un peu de côté tes préjugés et écoute ce qu'il a à dire.

Elle tenta en vain de maîtriser ses émotions. Elle n'aurait su expliquer pourquoi cet aveu de mensonge la privait ainsi de tous ses moyens. Mais ce n'était pas un simple petit arrangement avec la vérité, non, plutôt une complète imposture ! Rien n'était vrai, pas un mot de ce qu'il lui avait dit…

— J'écoute, annonça-t-elle en s'efforçant de masquer sa désillusion.

— Mon père est une figure importante de l'Empire, poursuivit Jack. Je devais suivre son exemple et intégrer l'Armée de l'air.

Charlotte détailla le fuselage argenté de la Libellule.

— Pour conduire un de ces engins ? soupira-t-elle.

— Je sais piloter une demi-douzaine de vaisseaux impériaux différents, répondit-il avec, dans le regard, une lueur étrange, qu'elle voyait pour la première fois. Mais la Libellule a toujours eu ma préférence. C'est aussi l'aéronef préféré de mon frère.

— Tu as un frère ?

Sans s'en rendre compte, elle s'était rapprochée d'un pas. Ce Jack-là, celui qu'elle ne connaissait pas, avait un père et un frère. L'intéressé la regarda faire, un petit sourire aux lèvres.

— Coe. Mon aîné, de trois ans.

— Et c'est lui qui t'a envoyé le mouchard ?

— Afin de nous dire quand – et où, exactement – il comptait abandonner la Libellule pour nous permettre de la récupérer. Oui, tu as deviné.

Charlotte en demeura interdite. Voilà qui expliquait, bien sûr, l'acharnement d'Ash à appâter les rats. Mais à quoi allait bien pouvoir leur servir l'aéronef, exactement ? Contrairement au *Poisson-Lune*, tapi dans les eaux brunes de la rivière, la carcasse brillante du vaisseau le rendait aisément repérable. Pourtant, les deux jeunes gens n'auraient jamais pris le risque de le ramener dans les Catacombes à moins qu'il ne puisse servir leur cause.

Elle écarquilla les yeux.

— Tu retournes à New York ?

— Nous, rectifia-t-il sans quitter Charlotte du regard. Nous partons pour New York. Tous les deux.

— Bon sang, Jack… marmonna Ash.

Elle contempla son frère bouche bée, saisie de sueurs froides. Ashley partait pour la Cité Flottante, le cœur du pouvoir, le centre névralgique de l'organisation à laquelle ils tentaient depuis des années d'échapper.

— Nous avons recueilli assez de soutien au sein de l'armée et de l'aristocratie pour passer à l'action dans un futur proche, reprit Jack. Mais nous devons d'abord sceller une alliance avec la Résistance. Nous aurons besoin de vous le moment venu.

— Attends… vous planifiez un coup d'État ?

La jeune fille allait de surprise en surprise. Jack, Ash… et maintenant un véritable putsch ?

— Le corps de l'Empire est fort. Mais il est gouverné par une tête malade, corrompue. Les échelons supérieurs de la société impériale sont en pleine décadence. Si nous n'agissons pas très vite, c'est la chute assurée. Une chute sanglante, désordonnée, qui laissera en ruines ce continent dont les conquérants se partageront les restes.

— Sanglant et désordonné… Un coup d'État n'aurait-il pas les mêmes conséquences ?

— Pas s'il est exécuté dans les règles. C'est là qu'intervient la Résistance. Le combat est inévitable, mais si nous réussissons à la fois à surprendre et à déborder la vieille garde de l'Empire, nous devrions pouvoir limiter les affrontements violents et éviter au pays tout entier de basculer dans le chaos.

Ash prit alors la parole, animé d'une ferveur que Charlotte ne lui connaissait pas.

— Un coup d'État permettrait un nouveau départ. Fini, le servage punitif pour les descendants des révolutionnaires.

Mais le doute la rongeait : un membre influent de l'Empire pouvait-il réellement se retourner contre son propre camp ?

— Et qu'adviendra-t-il des rebelles qui se battent aujourd'hui encore ? s'enquit-elle.

— Amnistie totale, répondit Jack. À condition qu'ils répondent à notre appel.

— Voilà pourquoi je dois partir, Lottie. Notre camp doit décider s'il a réellement intérêt à rejoindre leur cause.

Jack m'a organisé une entrevue avec Lazarus, en tant que représentant officiel de la Résistance.

— Lazarus ? Qui est-ce ?

— C'est le nom de code du chef de notre rébellion, au sein de l'Empire, expliqua Jack. Sa véritable identité est le secret le mieux gardé de notre mouvement, mais on murmure qu'il s'agit d'un des plus haut gradés des Forces impériales.

— Quelle étrange organisation. Vous ne savez même pas qui est votre chef ? s'étonna la jeune fille, qui croulait littéralement sous les informations.

— C'est un homme d'influence, un militaire de premier plan. Sinon, il n'aurait pas pu rassembler un tel mouvement. Personne n'accepterait de suivre un moins que rien. La rébellion est forte, nous avons de vraies chances de l'emporter.

Charlotte tressaillit. *Un moins que rien... De vraies chances de l'emporter...* Les membres de la Résistance étaient des hommes du peuple. Qui se battaient sans répit depuis des années, malgré la domination militaire écrasante de l'Empire. Contre vents et marées. Loyaux, tous, jusqu'au dernier. Leur combat méritait le respect. Et il faudrait qu'elle accueille avec enthousiasme ces nouveaux conspirateurs, une bande de privilégiés sûrs de leur force ? Étaient-ils même dignes de confiance, après tout ?

— Et tu penses que nous devrions nous joindre à ces rebelles ? demanda-t-elle à son frère. Qu'en disent nos parents ?

Ash secoua la tête un peu trop vite à son goût.

— Pour la Résistance, c'est une occasion unique, mais père et mère sont repliés dans une région reculée, sous le feu de l'Empire. Or impossible d'attendre, je dois m'assurer de la fiabilité de Lazarus et de ses véritables intentions. S'il est tel que Jack le décrit, une alliance nous donnerait accès aux navires de guerre et à l'artillerie lourde de l'Empire, ce qui pourrait convaincre les Français de nous accorder leur soutien immédiat.

— Si l'entretien est concluant, poursuivit Charlotte, qui avait toutes les peines du monde à masquer son inconfort, et qu'une coalition semble viable, qu'est-ce qui se passe ensuite ?

Le regard échangé par les deux garçons n'apaisa guère ses inquiétudes.

— Alors, je pars pour le front, rencontrer les dirigeants de la Résistance, répondit Ash à voix basse. Pour négocier l'alliance.

Tête baissée, la jeune fille inspira profondément plusieurs fois pour s'éclaircir les idées et tenter de faire la part des choses. Les événements se précipitaient beaucoup trop à son goût.

— J'ai presque l'âge de prendre les armes, de toute façon, poursuivit son frère. Tu le sais bien.

— D'accord, entendu… Mais si tu pars pour New York, je t'accompagne.

— Lottie ! s'esclaffa Ashley avant de dégriser en remarquant la détermination absolue qui illuminait son visage. C'est hors de question.

— Tu auras besoin de moi, insista-t-elle. On se bat toujours côte à côte. Je t'ai sauvé la vie plus d'une fois.

— Je ne le nie pas. Mais cette fois, c'est différent.

— Faux. C'est une autre forme d'affrontement, mais tout aussi dangereuse. Cette guerre est aussi la mienne, et tu le sais.

Jack réajusta son ceinturon sur ses hanches en se raclant la gorge.

— Ici, tu portes peut-être les armes, mais là-bas, tu n'as pas ta place, Charlotte. À New York, les femmes sont très différentes de toi.

— Peu importe, s'obstina-t-elle. Je saurai me rendre utile.

Une nouvelle voix s'éleva derrière eux :

— Ça, je n'en doute pas…

Tous sursautèrent. Trop occupés à se disputer, ils n'avaient pas entendu Meg se glisser dans la caverne à pas de loup. Ashley s'avança aussitôt à sa rencontre. Il ne parvint qu'*in extremis* à se retenir de lui prendre les mains.

— Que fais-tu ici ?

— Charlotte n'est pas la seule à savoir se glisser dans les couloirs sans se faire remarquer, répondit-elle d'un air taquin. Tu es bien placé pour le savoir pourtant, Ashley.

Même dans la pénombre, il sembla à Charlotte que le rouge montait aux joues de son frère.

— J'ai longuement réfléchi à votre projet, reprit-elle avec un regard appuyé en direction de la Libellule. Et depuis l'arrivée de Grave, les choses ont changé.

— Que veux-tu dire ? demanda Jack.

— Il ne peut pas rester ici, répondit-elle. Je n'ai aucune preuve de ce que j'avance, mais je suis certaine qu'il met en danger notre sécurité à tous. Il faut l'éloigner des Catacombes d'urgence, et percer sa vraie nature. Si vous devez vous rendre à la Cité Flottante, alors c'est que les astres sont alignés : je connais des gens là-bas qui devraient nous permettre de comprendre ce qu'il est.

Meg ? Des connaissances à New York ? Charlotte n'y comprenait plus rien… Et, malgré les terribles nouvelles qu'elle venait d'apprendre, elle eut aussi un pincement au cœur en écoutant sa camarade : personne n'accorderait donc le bénéfice du doute au jeune intrus, pas même leur guérisseuse ?

— Meg ! Tu t'es pourtant montrée si douce avec lui…

— Et il n'y a aucune raison que cela change, déclara la jeune femme. Mais mon instinct de guérisseuse me crie qu'il y a un problème. Tant que je ne saurai pas qui… ou ce qu'il est, je refuse de mettre en danger mon foyer et les êtres qui me sont chers.

Ash se passa la main dans les cheveux, assez mal à l'aise.

— Tu as raison, Grave est une énigme que nous devons déchiffrer sous peine de courir un grave danger. Mais tu sais combien notre mission est cruciale, Meg. Si nous l'emmenons… Nous ne pouvons pas prendre le risque de mettre le plus petit grain de sable dans l'engrenage…

— Et pourtant, il le faut.

Charlotte sursauta, surprise par le ton intraitable de la jeune femme. Jamais elle ne l'avait entendue s'adresser sur ce ton à Ash – ni à qui que ce soit d'autre, d'ailleurs.

Les deux garçons semblaient tout aussi désarçonnés. Jack fut le premier à réagir.

— Je ne vois pas comment nous pourrions mener à bien une mission aussi complexe tout en le tenant à l'œil !

— Ce ne sera pas nécessaire, les rassura Meg d'une voix sereine mais ferme. Charlotte et moi nous occuperons de lui pendant que vous assisterez à vos petites réunions clandestines.

Et la guérisseuse fit à sa camarade le fantôme d'un sourire complice. Elle lui tendait sur un plateau tout ce dont Charlotte avait toujours rêvé : suivre son frère dans la lutte, découvrir la capitale des colonies, protéger Grave et l'aider à blanchir son nom. Ébahie, la jeune fille porta la main à ses lèvres. Sa camarade se révélait redoutable à ce petit jeu… De tous les habitants des Catacombes, Meg était la seule à qui Ashley ne pouvait rien refuser.

Tirant sur son col, leur chef jeta un regard désespéré à son compagnon. Jack se tourna vers la nouvelle venue, déterminé à lui faire entendre raison.

— Je crois que tu n'as pas conscience de la gravité de la situation. Comment veux-tu que nous vous fassions entrer dans la cité, tous les trois ?

— Laisse-moi faire, répondit-elle. J'aurai seulement besoin que tu te procures quelques papiers pour moi. Ce qui ne devrait te poser aucun problème, puisque tu as dû falsifier ton affectation afin de justifier ton séjour parmi nous.

Jack acquiesça à contrecœur.

— Et pour Charlotte ?

Meg fit semblant de ne pas voir la grimace réprobatrice du jeune homme.

— Tu n'ignores pas que la saison mondaine va bientôt s'ouvrir à New York, dit-elle.

— De quoi s'agit-il ? s'enquit sa camarade.

— Au printemps, les familles les plus prestigieuses de l'Empire présentent leurs filles à la bonne société. Je suis un brin trop vieille pour le rôle, mais tu es juste en âge de faire tes débuts. La couverture parfaite pour circuler librement en ville.

— « Présentées », tu dis ? s'étonna Charlotte. Mais à qui et pourquoi faire ?

— Oh, un de ces rituels qui permet aux riches de se reconnaître entre eux, railla Jack.

— Eh bien… Quand elles atteignent l'âge adulte, les demoiselles de bonne famille sont officiellement présentées aux relations de leurs parents et aux grands de ce monde, expliqua Meg. Elles sont désormais disponibles. Bref, elles cherchent un mari.

— Quoi ? s'exclama l'intéressée.

Elle jeta un regard paniqué à son frère.

— C'est une ruse, Lottie, soupira-t-il. Et pas très bonne, si je puis me permettre, Meg. Charlotte n'a pas l'habitude des conversations de salon. Elle fera sauter sa couverture en un rien de temps.

— Pour emmener Grave, et même moi, en ville, il nous faut un prétexte, rétorqua la jeune femme. Des débutantes que personne n'a jamais rencontrées débarquent des quatre coins de l'Empire. Elle est la mieux placée pour tenir le rôle, et elle saura se défendre en cas de fiasco. Je me charge de lui expliquer les règles du jeu. (Elle baissa le ton.) Ashley, je ne te le demanderais pas si ce n'était pas d'une importance capitale.

Leur chef soutint son regard un long moment avant de rendre les armes. Jack fixait la scène d'un air sombre. Il poussa un grognement qui ressemblait à un soupir.

— Je vois que j'ai quelques oiseaux-mouches à dépêcher d'urgence, dit-il.

— Et sans tarder, mon cher, jeta Meg, taquine.

— Cette histoire ne me dit rien qui vaille. Quoique… Après une disparition de plusieurs mois, mon retour soudain paraîtra sans doute plus naturel ainsi. Certes, j'ai un alibi et la paperasse nécessaire pour justifier mon absence, mais ça ne peut pas faire de mal…

Charlotte n'en revenait pas. Un voyage dans la Cité Flottante !

— Quand partons-nous ?

— Nous devions décoller dans quelques jours, Ash et moi. Un faussaire en ville se chargera de contrefaire les documents nécessaires, à commencer par ceux attestant de ta généalogie, afin de te permettre de faire tes débuts. S'il travaille vite, je ne vois pas ce qui nous empêche de nous en tenir au calendrier d'origine. (Jack désigna la Libellule.) L'aéronef peut accueillir cinq passagers sans mal. Ce petit bijou nous emmènera jusqu'à l'un des dirigeables qui desservent New York. Quant à toi, ajouta-t-il en pointant Charlotte du doigt, tu nous ouvriras les portes de la cité elle-même.

— Moi ? Et vous êtes sûrs de votre coup ?

Les yeux de Jack pétillaient de malice. Il tritura le col de sa chemise de lin.

— Eh bien… Pas toi à proprement parler. Mais la charmante demoiselle que Meg te propose de devenir bénéficiera de tous les privilèges accordés à l'élite new-yorkaise.

Malgré le bouleversement qu'elle venait de vivre, elle parvint à retrouver un peu du mordant qui faisait jusque-là le sel de leurs conversations.

— Comment ? Oserais-tu suggérer que je ne suis pas une charmante demoiselle ?

Ash éclata de rire, et écopa pour la peine d'un coup sur la tête.

— Crois-moi, dans ma bouche, ce n'est pas un compliment, rétorqua Jack. Une fois que notre amie Meg commencera à t'inculquer l'étiquette et les codes de conduite de la bonne société, tu la maudiras d'avoir fomenté ce plan diabolique. Le rôle requiert une bonne dose de docilité et de timidité… Même si, de ta part, c'est sans doute trop demander.

Sans laisser à Charlotte le temps de répondre à ces provocations, Meg se hâta d'intervenir :

— Ne t'inquiète pas, je ne serai jamais loin. Et Ash non plus.

— Lui aussi va devoir se faire violence pour jouer les parfaits gentlemen ! sourit Charlotte.

— Pas tout à fait. Il incarnera ton valet de pied, et moi ta femme de chambre. Nous devons attirer sur nous le moins d'attention possible.

— Pardon ? s'étouffa Ash.

Sa sœur partit d'un grand éclat de rire. La guérisseuse elle-même paraissait trouver la situation assez drôle. Jack leva les deux mains en signe d'impuissance.

— Je crains que Meg n'ait raison, dit-il. Une demoiselle de la bonne société ne se déplace jamais sans domestiques. Tu serais parfait pour le rôle.

— Et pas toi, peut-être ? rétorqua Ash.

— Sais-tu piloter la Libellule ? Si c'est le cas, je te laisse ma place, rétorqua son ami en haussant les épaules. Je me ferai un plaisir de jouer les laquais pendant que tu escortes Charlotte dans tout New York, déguisé en officier. Non, attends… Tu n'as pas la paperasse nécessaire et je suis déjà connu en ville. Quel dommage !

Et Jack lui décocha un sourire implacable avant de conclure :

— Désolé, camarade !

Ash se lança dans un chapelet d'injures que sa sœur ne l'aurait jamais soupçonné de connaître. Meg lui adressa un regard réprobateur mais ne souffla mot.

— Voyons, Ashley ! le taquina Jack. Jamais un gentleman n'emploierait un tel langage.

Outré, leur chef lui adressa une nouvelle bordée d'épithètes choisies. Charlotte le prit par le bras.

— Ne vous en faites pas, très cher frère. Je serai une maîtresse douce et généreuse.

— Tu as intérêt, grommela-t-il. Les rôles sont peut-être temporairement inversés, mais je reste ton frère aîné !

— Comment pourrais-je l'oublier ? gloussa-t-elle en battant des paupières.

Il finit par éclater de rire et lui pressa la main avec affection.

— Rentrons ! Il n'y a pas une minute à perdre : dès demain, il faudra mettre notre plan en branle.

Il était grand temps pour les membres du petit groupe de rejoindre leur lit.

Toujours pendue au bras de son frère, Charlotte retourna avec lui vers l'entrée du tunnel. Elle jeta un dernier regard à la Libellule, dont la surface argentée luisait au clair de lune. Jack, planté devant l'aéronef, le contemplait lui aussi d'un air pensif. Nul doute qu'à la lumière du soleil, il brillerait de mille feux. Dire qu'elle allait bientôt voler à son bord… Son premier grand voyage hors des Catacombes, où elle habitait depuis tant d'années !

Elle n'allait pas pouvoir fermer l'œil de la nuit.

Chapitre 11

Quand je pense que tu vas fouler le sol de la Cité Flottante... rêvassait Pip, assise en tailleur sur le lit de Charlotte. Tu devrais emprunter une paire d'ailes mécaniques à Birch pour voler d'une plateforme à l'autre ! Ne serait-ce pas fabuleux ?

— Birch ne les a pas encore testées, et puis je suis censée me fondre dans la masse. Difficile de passer inaperçue en sautant dans le vide, une paire d'ailerons attachée dans le dos.

Pip esquissa une grimace de déception.

— Tu pourrais le faire de nuit...

Charlotte préféra l'ignorer, et poser à Meg la question qui lui pesait depuis plus d'un quart d'heure.

— Les citoyennes de l'Empire portent vraiment ce type de robe tous les jours ? Ne sont-elles pas censées faire preuve de pudeur ?

Elle tourna sur elle-même, et la soie diaphane du vêtement flotta autour de ses mollets, légère comme une plume. En plus de plaquer corsage et jupe contre son torse et sa taille, le corset de cuir qu'elle portait d'ordinaire faisait aussi fonction d'armure légère. Dans les Catacombes, elle débutait chacune de ses journées en associant avec soin des vêtements pratiques pour travailler et se battre avec des ceintures lestées d'armes. Ses jupes, quoique encombrantes, disposaient de larges poches où ranger divers outils, voire quelques souris magnétiques. Pour finir, elle gardait toujours une dague sanglée à sa botte.

Mais, vêtue de cette nouvelle robe, Charlotte se sentait presque nue. Jack la lui avait fait parvenir sans autre explication, accompagnée d'une malle remplie d'une sélection des derniers articles à la mode dans la métropole. Les Catacombes avaient beau abriter un petit lot de costumes destinés aux espions de la Résistance qui s'aventuraient régulièrement à New York, certains de ces vêtements étaient plus somptueux encore. Elle contempla le bustier bleu ciel qui lui moulait la poitrine, et la taille haute qui accentuait encore un peu plus ses formes. La jupe, taillée dans un tissu fluide, lui épousait les hanches et les cuisses. Des escarpins de soie remplaçaient les bottes de cuir épais qui, jusque-là, ne la quittaient jamais.

Sa mine déconfite n'échappa pas à Meg.

— Tu es ravissante, voyons !

Sceptique, Charlotte fit un tour complet sur elle-même.

— Tu es certaine que cette soie n'est pas trop transparente ?

— Les dames de la société cherchent à imiter la déesse, se hâta d'expliquer son amie. Leurs robes s'inspirent de la Grèce antique.

C'est ce qui s'appelle esquiver une question… pensa Charlotte. *Me voilà donc fixée.* Elle allait devoir se résigner à exposer une belle quantité de peau aux regards.

— Le temps est encore assez doux, mais tu devrais prendre de quoi te couvrir pour le voyage, ajouta la guérisseuse, qui fourrageait dans la malle. Voilà ce qu'il te faut !

Et de brandir une veste de soie bleu nuit.

— Ho ho ! s'exclama Pip.

L'adolescente, dont les couettes vertes oscillaient en signe d'approbation, battit sur-le-champ des deux mains.

— Athéna soit louée ! souffla Charlotte, qui enfila aussitôt le vêtement.

Tout plutôt que cette robe à moitié transparente !

Pip était le seul membre du trio vêtu normalement, d'une jupe longue de couleur sombre et d'une chemise de coton assortie d'un gilet de cuir sans manches. Meg, elle, avait assorti sa tenue au rôle qu'elle devait endosser le temps de la mission : elle, qui optait d'ordinaire pour de longues crinolines de couleurs vives couplées à de douces camisoles de coton blanc agrémentées de corsets qu'elle brodait elle-même, arborait à présent une robe toute simple couleur ciel de pluie, dont la taille haute était rehaussée d'un ruban de gros-grain bleu noué juste sous la poitrine. Un costume parfaitement adapté à la mascarade qu'ils s'apprêtaient à jouer – tout comme celui de son amie.

Charlotte n'aimait guère l'idée de faire de Meg sa servante. Non seulement la jeune femme était de deux ans son aînée, mais sa nature affectueuse et enveloppante contrebalançait avec bonheur l'autorité bourrue d'Ash. C'était vers la guérisseuse qu'elle se tournait quand, après une dispute avec son frère, elle avait besoin d'un conseil ou d'une oreille compatissante. Elle se sentait à la fois soulagée de pouvoir compter sur la présence de Meg à New York, et profondément gênée à l'idée de devoir la traiter en domestique devant témoin.

La jeune femme contemplait justement Charlotte d'un air un peu mélancolique.

— Nous ferions mieux d'y aller. Ils nous attendent. Viens m'aider à porter la malle, Pip.

— Je m'en charge, protesta Charlotte.

Meg s'empara d'une des poignées du bagage et fit signe à leur camarade de faire de même.

— Certainement pas ! siffla-t-elle. Et n'oublie pas, Lottie : une dame de la haute société ne fait rien elle-même. Ses serviteurs sont là pour ça. Souviens-t'en, ou tu auras vite fait d'attirer les soupçons.

Charlotte réfréna à grand-peine un soupir. Son aînée lui adressa un sourire encourageant.

— Bien. Passe devant, à présent. Et n'oublie pas de soulever ta robe, il ne faudrait pas que tu débarques à bord du dirigeable avec une tenue toute crottée.

Deux jours s'étaient écoulés depuis leur décision de rallier New York. Deux longues journées ponctuées de leçons sur les règles de vie en vigueur dans la capitale. C'est finalement Jack qui s'était improvisé son professeur. Mais elle ne cessait de l'interrompre, certaine qu'il inventait pour la taquiner règles et coutumes sans queue ni tête. Ils avaient même failli en venir aux mains, tant et si bien que Meg avait fini par se joindre à leurs leçons. Elle se portait systématiquement garante des explications du jeune homme, pourtant parfois si étranges que Charlotte en restait ébahie. Passé les premiers instants de jubilation à l'idée d'accompagner le quatuor dans leur mission, elle éprouvait désormais une inquiétude grandissante. Jamais elle ne parviendrait à faire illusion plus d'une minute, montre en main.

Charlotte, qui avait pris la tête du cortège, se fraya un chemin à travers les boyaux des Catacombes au son des divagations de Pip. La jeune timonière spéculait sur leurs futures aventures dans la Cité Flottante avec un optimisme confondant.

Elle n'était pas la seule, d'ailleurs, à avoir accueilli la nouvelle identité de Jack comme un petit miracle lorsque la nouvelle avait fait le tour du réfectoire, deux jours plus tôt. Scoff avait bombardé le jeune homme de questions sur l'Armée impériale, ou plutôt l'usage qu'elle faisait des élixirs et des potions. Birch avait insisté pour se voir désormais ravitaillé en composants de meilleure qualité que ceux glanés sur le Tas de ferraille.

Charlotte avait fini par laisser les membres du petit groupe massés tout autour Jack, occupés à quémander des bribes d'informations tels des oisillons affamés. Elle était allée s'asseoir à l'écart à côté de Grave, que sa docilité avait convaincu Ash de transférer depuis sa cage jusque dans une chambre fermée chaque soir à double tour. S'il n'avait pas contesté sa semi-liberté, le garçon n'avait rien pu leur apprendre de plus sur ses origines ou son étrange capacité à encaisser plusieurs coups de massue de suite sans broncher.

Scoff avait bien suggéré à Meg de faire boire à l'intrus son Élixir de vérité, mais la guérisseuse ne s'était heureusement pas laissé abuser, allant jusqu'à interdire au jeune homme d'approcher Grave après l'avoir surpris en train de glisser quelques gouttes de sa décoction dans un verre d'eau destiné au captif.

Quant aux compagnons de Charlotte, obnubilés par les révélations de Jack et le départ imminent pour New York de cinq des leurs, ils s'étaient désintéressés de l'énigme que représentait Grave. Meg exerçait sur lui une supervision constante : elle veillait à son bien-être tout en le préparant pour la fonction qu'il aurait à remplir durant leur excursion en ville… peut-être autant pour le surveiller que pour le mettre à l'aise, d'ailleurs.

Ces préparatifs s'achevaient aujourd'hui. Tant mieux, d'ailleurs : mettre au point leurs identités respectives et passer en revue les comportements attendus de chacun en fonction de son rôle avait occupé de nombreuses heures.

Lorsque Charlotte tourna l'angle du dernier couloir pour enfin rejoindre la caverne isolée où se dressait la Libellule, elle trouva Grave en train d'aider son frère à préparer le vaisseau, sa silhouette fluette et son visage pâle à présent surmontés d'une chevelure noir de jais, et non plus platine. À l'arrivée du trio, Ash se précipita pour empoigner la malle avant de tancer vertement sa sœur.

— Tu aurais pu leur prêter main-forte !

Meg le rappela sans tarder à l'ordre.

— Je le lui ai interdit. À partir de maintenant, elle doit rentrer complètement dans son personnage.

— C'est vrai, bien sûr, tu as raison, répondit-il.

Charlotte leva les yeux au ciel, excédée. Elle abandonna à leur sort les porteurs de malle pour rejoindre Grave près de la passerelle de l'aéronef.

— Qu'as-tu fait à tes cheveux ?

Sans se formaliser de la question, il esquissa un sourire.

— Scoff m'a fait boire une décoction.

Charlotte le dévisagea, horrifiée.

— Pas son Élixir de vérité, j'espère ? Il avait pourtant interdiction de te prendre comme cobaye !

— Cobaye, tu dis ? s'étonna Grave. Non, c'était juste pour changer la couleur de mes cheveux.

Quand elle s'approcha pour renifler l'odeur qui émanait de sa tignasse, la jeune fille retint un sourire. De la réglisse. Son protégé, pendant ce temps, se dévissait le coup pour admirer la Libellule.

— Elle est vraiment magnifique ! s'extasia-t-il.

— En effet, répondit Charlotte, caressant du regard les plaques de cuivre et de bronze qui habillaient le fuselage de l'appareil. Effrayante, aussi, ajouta-t-elle en avisant les mitrailleuses qui pointaient sous la carlingue.

Le soupir du garçon lui fit craindre d'avoir une fois de plus passé les bornes. Pour se rattraper, elle lança :

— Heureusement qu'Ash s'est ravisé !

Grave se tourna vers elle sans comprendre.

— Tu n'es plus enfermé, expliqua-t-elle. Et une fois en ville, nous pourrons découvrir ton identité.

Nouveau soupir.

— Peut-être ferais-je mieux de rester enfermé, finit-il par déclarer. Que se passera-t-il, si je me révèle dangereux ?

Si je retrouve mes souvenirs et que je m'aperçois que je suis votre ennemi ?

Ne sachant que répondre, Charlotte fut sauvée par l'arrivée de son frère.

— Viens m'aider à charger la malle dans la soute, Grave !

Pip tendit la poignée qu'elle tenait au garçon, qui préféra cependant allonger les bras pour s'emparer seul du bagage. Surprise, la timonière sursauta, avant de pousser un cri de douleur : elle s'était cogné la tête contre une des ailes de la Libellule.

— Je suis sûr que Scoff a un remède contre les bosses, sourit Jack qui redescendait justement la passerelle. Mais adieu les cheveux verts…

Il s'arrêta devant Grave.

— Cette grosse boîte ne te semble pas un peu lourde, dis-moi ?

— Non, pas spécialement… répondit Grave.

— Tiens donc ! marmonna Jack, non sans glisser un regard furtif à Ash. Porte-la à bord, dans ce cas.

Il sauta de la passerelle pour laisser passer le garçon et son chargement.

— Ton plan est vraiment sans défaut, camarade, lança Jack à Ash. Absolument aucune raison d'en douter ! Espérons seulement que le gamin n'ira pas défoncer accidentellement la carlingue d'un coup de poing à cinq mille pieds d'altitude.

— Heureusement pour nous, il ne perd pas facilement son calme. Je vois qu'on a repris les bonnes vieilles habitudes, dis-moi ?

Leur chef contempla son camarade de la tête aux pieds en haussant un sourcil faussement appréciateur.

— Il fallait bien que ça arrive un jour, rétorqua Jack d'un ton sec.

Il avait troqué ses bottillons marron sanglés de dagues pour une paire de hautes bottes noires dont le cuir brillait comme un miroir. Un pantalon gris moulant épousait ses cuisses et sa taille. Sa chemise et ses sempiternelles bretelles avaient été remplacées par une vareuse écarlate fermée par deux rangs de boutons cuivrés et décorée d'une écharpe immaculée qui lui barrait le torse de l'épaule à la hanche. Nulle trace de son arsenal habituel : il arborait à présent une épée légère, ainsi qu'un pistolet à crosse argentée en forme de tête de lion. Étonnant, lorsqu'on connaissait le jeune homme et son goût pour un arsenal pratique et innovant – ces deux accessoires tenaient plus de l'œuvre d'art que de l'arme, à strictement parler.

Bref, Jack avait revêtu l'uniforme de l'ennemi. Depuis qu'il était descendu de la passerelle, Charlotte n'avait pas prononcé un mot.

Sentant un regard critique peser sur lui, Jack adressa à la jeune fille une grimace de dérision. Elle tourna la tête et ne le vit pas ouvrir de grands yeux en découvrant sa chevelure soigneusement relevée et sa robe de soie.

Les yeux baissés, Jack frappa le sol du talon.

— Je vois que tu es prête à partir.

— Toi aussi, répondit-elle.

La trouvait-il ridicule dans cette tenue ? Elle aurait trouvé normal, rassurant presque, qu'il la taquine sur son accoutrement, mais son silence était aussi cuisant qu'une gifle.

Jack se tourna vers Ash.

— Alors, c'est décidé ? Tu es certain que Grave ne met pas cette mission en danger ? Il est encore temps de tout annuler. Nous n'aurions aucun mal à pénétrer dans la cité pour rencontrer Lazarus, toi et moi.

Charlotte le connaissait depuis assez longtemps, à présent, pour deviner l'autre partie de la vérité, celle qu'il ne disait pas. Jack ne voulait pas d'elle pour ce voyage, elle le sentait. Il n'avait pas tort, d'ailleurs : maintenant qu'elle avait passé son costume, cette mascarade lui semblait plus ridicule encore qu'avant.

— Cap sur New York, moussaillon ! répondit Ash. L'heure n'est plus aux hésitations.

Une série d'émotions contradictoires se succéda sur le visage de Jack, qui fit volte-face et s'engouffra dans les entrailles de la Libellule. Mortifiée, Charlotte arrangea d'une main hésitante les plis de sa robe.

— Il pense que je ne suis pas à la hauteur, dit-elle. Et il a raison.

— Ne sois pas ridicule, l'encouragea Ash. Jack est un peu à cran, c'est tout. Si tu y penses, il n'est pas rentré chez lui depuis un an, déjà…

— Eh bien… Il doit être content, au contraire ! s'étonna-t-elle.

— Tu crois ? Bah, peu importe, c'est juste une impression… Allez, après vous, petite sœur !

— Ash… tu crois vraiment qu'il suffit de changer sa couleur des cheveux pour éviter à Grave d'être reconnu ?

Il haussa les épaules.

— Il faudra bien que ça aille.

— Et tu te rends bien compte que tu laisses les Catacombes sous la responsabilité de Birch et de Scoff ?

— J'avais remarqué, merci ! répondit-il d'un ton brusque.

— Et tu n'as pas peur qu'ils fassent sauter la moitié des grottes en notre absence ? Ou qu'on retrouve tous les petits avec la peau violette, leurs cheveux parfumés à la cerise ?

— Tu as une meilleure idée ? Cesse de gagner du temps, Charlotte. Allez, il est temps de monter à bord…

La jeune fille s'engagea en ronchonnant sur la passerelle, qui la mena à une étroite soute placée entre le cockpit et la cabine. Elle passa la tête, sur la gauche, à l'intérieur du poste de pilotage. Installé aux commandes, Jack était entouré de rouages et de leviers, la plupart en laiton brillant. Le nez de l'appareil imitait la forme des yeux d'une libellule. Composé de deux globes de verre, il offrait au pilote une vue panoramique.

— Avant de partir, je voulais te remercier de ton aide pour préparer la mission, lui dit-elle dans l'espoir de faire taire une partie des doutes que nourrissait Jack à son endroit.

— Ce n'est pas le moment, Charlotte, répondit-il sans se retourner. Va mettre ta ceinture.

Il poussa une série de boutons. La Libellule prit vie dans un ronronnement rauque de son moteur. La jeune fille fixa la nuque de Jack, les dents serrées. Toute à son irritation, elle fit volte-face et manqua d'entrer en collision avec son frère.

— Voyons, qu'est-ce que tu fais là, Charlotte ? Le départ est imminent !

Elle quitta le cockpit à la hâte. Sur sa droite, la passerelle se repliait déjà avec fracas. Dans la cabine, Meg et Grave étaient déjà harnachés à leurs sièges. Trop agacée pour leur faire la conversation, Charlotte s'assit derrière l'une des mitrailleuses, à l'avant du compartiment.

Contrairement aux fauteuils passager, statiques, les sièges réservés aux mitrailleurs pivotaient afin de permettre à leur occupant de suivre plus aisément les cibles. Idéalement positionnée face à la verrière avant, Charlotte jouissait d'une vue du terrain bien plus dégagée que celle dont Meg et Grave pouvaient disposer depuis les petits hublots alignés le long du fuselage. Sa ceinture bouclée, elle se détendit en contemplant les mitrailleuses alignées devant elle. Elle s'efforça d'apaiser ses incertitudes – et d'oublier les réserves de Jack – en imaginant avec quelle aisance elle saurait protéger ses compagnons en cas d'attaque de l'aéronef.

Au-dessus du poste de tir, les ailes de la Libellule amorcèrent leur mouvement. Leur battement se fit de plus en plus rapide, et bientôt l'appareil s'élevait au-dessus du sol de la caverne. Elle vit Pip, postée à l'entrée des Catacombes, leur faire de grands signes en trépignant sur place.

Un gracieux virage du vaisseau, et soudain le sol se dérobait sous leurs pieds. Ils passèrent l'entrée de la grotte en un clin d'œil. Ébahie, Charlotte se pencha pour contempler les profondeurs de la gorge qui défilait à présent en contrebas. Son estomac se noua petit à petit : le vaisseau s'élevait dans les cieux à une vitesse vertigineuse.

Trop fascinée, elle ignora Meg qui l'appelait depuis l'arrière de la cabine. La Libellule poursuivit son ascension. Forêts et rivières se fondirent dans un vaste océan vert et bleu avant de s'estomper à mesure que l'aéronef montait au-dessus des nuages. Une main devant les yeux pour se protéger de la lumière aveuglante du soleil qui inondait l'habitacle, la jeune fille sentit son cœur bondir d'exaltation. Elle aurait donné n'importe quoi pour pouvoir s'asseoir au poste de pilotage afin de regarder manœuvrer son camarade et de comprendre comment l'appareil parvenait à se mouvoir avec une telle légèreté !

Jack, pilote ? Mais quel genre de pilote ? Rongé par l'anxiété à cause du manque de pratique ? Ou impatient de voler de nouveau ? Le tourbillon de préparatifs avait empêché Charlotte de digérer le flot de nouvelles informations qui s'était abattu sur elle. Voir l'officier aux commandes de la Libellule lui aurait offert un petit aperçu de ce passé inconnu qui la fascinait tant.

Tout entière à sa rêverie, elle serra les accoudoirs de son fauteuil. Elle se laissa aller à s'imaginer elle-même aux manettes, assise juste à côté du jeune homme. Les explications qu'il lui donnerait. La main qu'il poserait sur la sienne pour lui apprendre à guider le vaisseau…

Charlotte secoua la tête, interdite, pour dissiper l'image qui s'était insinuée sans prévenir dans son esprit. Les joues en feu, elle tenta de se ressaisir en se concentrant sur les nuages qui défilaient dans l'infinité du ciel.

Chapitre 12

Une heure plus tard, bercée par la sérénité d'une ligne d'horizon à peine ponctuée de quelques nuages, Charlotte se laissa gagner peu à peu par le sommeil. Mais la voix d'Ash tonna dans la cabine avant qu'elle ait pu tout à fait rejoindre les bras de Morphée.

— Nous approchons du NCSM *Hector*. Amarrage prévu dans un petit quart d'heure.

La jeune fille tenta de se relever, mais elle oubliait son harnais : elle retomba lourdement sur le dossier de son siège et se cogna la tête.

— Par l'égide d'Athéna !

— Tout va bien, Lottie ? lança Meg.

Charlotte pivota dans son fauteuil en se massant l'arrière du crâne :

— Oui, ne t'inquiète pas !

— Inutile de te lever avant l'amarrage, de toute façon. L'arrivée risque d'être un peu chaotique.

Ce commentaire arracha à Charlotte une grimace de perplexité. Les leçons d'étiquette de Meg avaient déjà soulevé sa curiosité, mais la guérisseuse n'avait pour l'instant offert aucune explication à ces connaissances suspectes. Comment la jeune femme savait-elle donc que l'amarrage aux dirigeables de l'Empire tendait à s'avérer mouvementé ? Jack le lui avait-il dit ? En avait-elle fait l'expérience ? Ses compagnons lui cachaient-ils tous des secrets ?

Un peu blessée de se voir constamment maintenue dans l'ignorance, Charlotte se pencha autant que le lui permettait son harnais pour tenter d'apercevoir le NCSM *Hector*. Elle n'aperçut d'abord qu'une vaste mer de nuages, mais une silhouette sombre finit par apparaître à la périphérie de son champ de vision. Malheureusement, la Libellule avait pivoté dans la mauvaise direction : retenue par les sangles de cuir, elle ne vit bientôt plus que l'extrémité d'une hélice cuivrée fendre l'air.

Retenant un juron, elle défit sa ceinture et quitta son siège.

— Assieds-toi, Charlotte ! s'écria Meg.

Sourde à cette injonction, elle rejoignit en trois enjambées le poste de pilotage. Même au prix de quelques bleus, elle brûlait de voir le dirigeable avant l'amarrage. Cramponnée à l'entrée du cockpit, elle admira la vue, médusée.

Le *Hector*, Navire Colonial de Sa Majesté, occultait la moitié de la baie vitrée. Fumée et flammes jaillissaient d'immenses colonnes pour aller alimenter quatre ballons noirs aussi vastes que des cumulonimbus. Suspendu au-dessous d'eux, le long fuselage de l'appareil comptait deux étages : un pont supérieur apparemment conçu pour des besoins militaires, à en juger par les énormes canons qui émergeaient des flancs du navire, et un pont inférieur réservé aux civils, équipé de vastes hublots.

La figure de proue représentait une tête de lion rugissante, identique à celle qui ornait la crosse du pistolet de Jack.

— Nom d'un chien, Charlotte ! aboya Ash, sanglé dans le siège du copilote. Va te rasseoir tout de suite !

— Inutile de t'énerver, je voulais simplement voir le dirigeable ! rétorqua-t-elle en se redressant de tout son haut.

— Voilà qui est fait ! Retourne en cabine, maintenant, lui ordonna froidement son frère.

— Je suis très bien ici.

— Par Athéna, je vais t'y ramener de force…

Les difficultés de la mission leur mettaient à tous les nerfs à vif. Furieux, Ash détacha son harnais.

— Essaie un peu, pour voir ! le défia la jeune fille.

Jack étendit le bras pour retenir son ami et le repousser assez brutalement dans sa chaise.

— Du calme, tous les deux, dit-il sans détacher les yeux du dirigeable. Ce n'est pas en vous chamaillant que vous allez m'aider à procéder à l'arrimage.

— Son comportement est dangereux !

— Moins qu'une bataille rangée. Surtout si vous continuez à briser ma concentration, tous les deux. Je ne suis pas un mauvais pilote. Si j'ai conservé un peu de doigté, Charlotte ne sentira presque rien à l'amarrage. À condition de ne pas être trop maladroite.

— J'ai le pied marin, confirma l'intéressée, qui s'agrippa cependant plus fort au montant de la porte.

Après une telle remarque, il était désormais hors de question pour elle ne serait-ce que de trébucher.

Ash lança un regard noir à l'officier, qui l'ignora allègrement et préféra se mettre à tapoter un fin levier de métal à un rythme bien particulier afin de projeter de petits éclairs lumineux dans le ciel. La réponse du dirigeable vint une minute plus tard, sous la même forme.

— Parés à l'amarrage ! annonça Jack. Si vous voulez faire demi-tour, c'est maintenant ou jamais.

— Tais-toi et pilote, gronda leur chef.

— Oui, mon capitaine… répondit Jack. Même si, techniquement, je suis ton supérieur. Ce serait plutôt à toi de m'appeler capitaine.

Ash fit mine de lui asséner une calotte à l'arrière de la tête.

— On ne touche pas au pilote ! sourit Charlotte.

— Je suis sûr que tu sais faire la différence entre un coup et une simple menace, la taquina-t-il. Mais il ne l'aurait pas volé, tu en conviendras.

— Pas faux. C'est juste qu'on ne mérite pas de tous s'écraser juste parce que Jack ne sait pas tenir sa langue… pour changer !

— Je t'aide à t'imprégner de ton rôle, camarade, objecta leur ami, l'œil toujours rivé sur le mastodonte à l'horizon et les mains crispées sur les commandes.

Le moment était venu. Tandis que Jack guidait la Libellule vers les entrailles du vaisseau, Charlotte se pencha en avant pour observer l'immense aéronef qui approchait. Avec les monumentales colonnes de verre et de cuivre qui dépassaient de son ventre tels les pis gonflés d'une vache, le NCSM *Hector* n'avait ni la grâce ni l'élégance de la Libellule. En dépit de sa flottabilité, l'appareil semblait avancer pesamment, sa masse se frayant avec peine un chemin entre les nuages.

Leur embarcation se rapprochait inexorablement des piles d'amarrage.

— À toi de jouer, Ash, dit Jack sans regarder son ami. Tu n'as pas oublié ce que je t'ai dit ?

— Je saurai donner le change, ne t'inquiète pas…

Leur meneur quitta prestement le poste de pilotage. Sa sœur s'apprêtait à réquisitionner le siège de copilote, quand Jack, alerté par le bruissement de sa robe, l'en dissuada d'un signe de tête.

— Désolé, Charlotte. Les dames n'ont pas leur place dans le cockpit. Dans une minute, l'équipage du *Hector* aura remarqué ta présence. Tu ferais mieux de te faire discrète.

Déçue, la jeune fille se retira néanmoins dans la cabine en maudissant les étranges coutumes de l'Empire. Elle n'avait pas fini d'établir sa liste de doléances lorsque le vaisseau se stabilisa. Ses jupes lui remontèrent jusqu'aux genoux, soulevées par une bourrasque de vent venue des moteurs du dirigeable, à l'arrière de la Libellule. Alors qu'elle se baissait pour se couvrir les jambes, une embardée l'envoya rouler au sol.

Le ronronnement de l'appareil s'estompa. Mortifiée, elle frottait son dos douloureux quand Jack apparut à l'entrée du cockpit. Il la trouva encore à quatre pattes.

— Le pied marin, disais-tu ? fit-il, l'œil malicieux.

Refusant sa main tendue, Charlotte se releva, soulagée de ne pas s'être écorchée dans sa chute. Une robe tachée de sang avait peu de chance de passer inaperçue à bord.

Le pilote soupira, sans doute lassé de son entêtement. Il lui laissa le temps de tapoter ses jupes puis lui présenta son bras.

— À New York, si un gentleman t'offre son bras, il faudra l'accepter. C'est l'usage.

S'il espérait couper court à toute objection, il en serait pour ses frais :

— Tu parles d'un gentleman ! fit-elle.

— Vous n'avez pas tout à fait tort, mademoiselle, répondit-il froidement. Mais pour les besoins de cette mission, j'en suis un. Et ne vous en déplaise, tant que nous serons ici, il faudra jouer le jeu.

Surprise d'entendre dans ces paroles une pointe de dépit, Charlotte accepta son bras tendu, réduite au silence. Ensemble, ils rejoignirent Meg et Grave, affairés à détacher les boucles de leurs harnais.

— Occupez-vous des bagages ! ordonna Jack au duo.

Le premier mouvement de Charlotte fut de vouloir les aider. Il l'entraîna vers l'arrière de l'appareil sans la laisser faire, un petit sourire aux lèvres.

Ashley avait ouvert une trappe dans le plafond de la cabine, à l'endroit où le fuselage se rétrécissait pour former la queue de la Libellule. Il surveillait à présent la descente, depuis le dirigeable impérial, d'une colonne télescopique qui vint se poser sur le plancher de leur embarcation. Transparente, creuse et assez large pour accueillir un humain debout bras tendus, l'engin de verre aux fixations de cuivre abritait une capsule métallique qui semblait flotter à l'intérieur. Son dernier segment comportait un volant de laiton de la taille d'un poing. Une nouvelle bourrasque s'enroula autour des chevilles de Charlotte. Un instant plus tard, un mince tuyau plaqué de cuivre vint serpenter le long de la colonne. Ashley en attrapa l'extrémité pour la visser à une caisse de résonance fixée à la carlingue de la Libellule.

Après avoir libéré la main de sa compagne, Jack s'approcha de la colonne vitrée pour donner un demi-tour au volant. Un des panneaux du conduit s'ouvrit en sifflant pour révéler une petite porte ovale dans le flanc de la capsule.

— Parfait, dit-il à Ashley qui s'inclina légèrement. À toi, Charlotte. L'étiquette exige que le plus prestigieux des passagers débarque en premier.

Elle rejoignit les deux jeunes gens devant le tube télescopique pour examiner à travers la vitre l'étroit habitacle, assez grand pour accueillir un unique passager.

— Qu'est-ce que c'est ? s'étonna-t-elle.

— Monte dans la capsule, répondit Jack. Elle te transportera à destination.

Il se retenait à grand-peine de rire, ce qui n'était pas pour la rassurer. Une toute petite voix s'éleva de la caisse de résonance.

— Tout est prêt. Veuillez embarquer, s'il vous plaît.

Jack ouvrit la porte du compartiment métallique, où elle pouvait tenir debout sans difficulté, et poussa Charlotte à l'intérieur.

— Allez, il ne faudrait pas les faire attendre ! la taquina-t-il sans le moindre égard pour l'inquiétude qu'elle éprouvait.

Plutôt que d'attendre sa réponse, il claqua le battant et tourna le volant avec un sourire sardonique.

Elle ne put retenir un cri de surprise : un grand souffle d'air aspira aussitôt la capsule vers le haut. À la fin du trajet, court mais intense, la porte s'ouvrit pour recracher la jeune fille, immédiatement réceptionnée par trois majordomes qui l'accompagnèrent en moins de temps qu'il ne faut pour le dire jusqu'à un sofa tapissé de velours émeraude.

— Comment vous sentez-vous ? Souhaitez-vous utiliser les sels, mademoiselle Marshall ? demanda l'un des trois hommes.

Leurs uniformes semblaient à mi-chemin entre militaire et civil : bottes de cuir luisant qui montaient jusqu'au genou, gants de daim blanc et redingote cintrée, rehaussée de boutons cuivrés, ouverte au col pour révéler un foulard de soie écarlate.

Embarrassée par son accès de panique, Charlotte s'efforça de se calmer... avant de se rappeler qu'elle était censée jouer les héritières trop gâtées. Elle porta une main à sa gorge, où son pouls cognait à tout rompre, et prit une série de profondes inspirations.

— Ça ira, je vous remercie ! dit-elle.

Ainsi rassuré, le trio d'hommes en livrée se hâta de battre en retraite.

Un grand cri attira soudain le regard de la jeune fille vers le coin gauche de la pièce, où une femme corpulente avait surgi d'un autre tube. Sans doute familière de la procédure, la nouvelle venue tendit les bras en avant à peine la porte de la capsule franchie. Les trois majordomes chancelèrent légèrement en réception-nant sa silhouette généreuse, drapée d'une robe d'épaisse soie violette.

Quatre sas d'arrivée, au total, occupaient chacun un coin de la pièce, dont le centre était encombré de sofas de velours et autres coussins de soie. Les domestiques transportèrent la dame, qui ne cessait de gémir, à côté de Charlotte.

— Quelques sels, Lady Ott ? demanda l'un d'entre eux à la voyageuse en pleine pâmoison.

Au léger sarcasme qui teintait la voix du majordome, on devinait qu'il s'agissait d'une passagère régulière plutôt portée sur les simagrées.

L'intéressée déclina cette proposition d'un hochement de la tête, les yeux toujours clos.

— Les éventails féériques suffiront bien, mon brave, fit-elle d'une voix défaillante. Mais faites vite !

D'un claquement de doigts, l'homme envoya l'un de ses collègues chercher un coffret doré, aussitôt placé aux pieds de Lady Ott. Le serviteur se mit alors à tourner la minuscule manivelle qui dépassait du flanc du mystérieux objet, dont le couvercle s'ouvrit d'un seul coup. Une série de notes cristallines, typiques d'une boîte à musique, s'éleva alors, accompagnée de bruissements et de cliquètements métalliques plus étranges.

Charlotte étouffa un hoquet de surprise quand quatre petites fées mécaniques émergèrent du coffret pour aller voleter, sur leurs ailes dorées, devant le visage de sa voisine. De fines chaînes d'or rattachaient les minuscules créatures à leur écrin. La jeune fille se figea, fascinée par ce spectacle, tandis que Lady Ott se penchait vers leurs ailerons en soupirant d'aise.

Mais les quatre automates ne créaient pas grand courant d'air – leurs plumes étaient bien trop petites. Le mécanisme avait, de toute évidence, une vocation décorative plutôt qu'utilitaire. Toute la scène – à commencer par le cadre luxueux du salon lui-même – semblait à Charlotte si surréaliste qu'elle souffla d'un air réprobateur. En découvrant sa présence, sa voisine prit quelques instants pour l'étudier d'un air songeur avant de lui adresser un large sourire, apparemment satisfaite des résultats de son examen.

— Affreux, n'est-ce pas, ma chère ? Ah, les hommes et leurs machines ! Incapables de saisir l'importance, pour une femme, d'arriver à destination parfaitement coiffée et apprêtée. Mais dites-moi, sur quelle embarcation avez-vous rejoint le *Hector* ?

— Une Libellule, bafouilla Charlotte, blême de peur.

Elle avait beau être accoutrée comme une habitante de la Cité Flottante, encore lui fallait-il parvenir à donner le change. Sa langue refusait malheureusement de coopérer.

Lady Ott, qui se prélassait toujours dans la légère brise créée par le coffret à musique, lui adressa un regard plein de curiosité.

— Un vaisseau militaire... Bien trop étroit à mon goût, et qui sacrifie le confort sur l'autel de l'efficacité. Mon mari et moi sommes venus jusqu'ici à bord d'un Scarabée, mais ce n'est guère mieux. Je ne suis pas fâchée d'arriver enfin à bon port : un dirigeable sied mieux à une dame. On ne l'appelle pas la Gloire de l'Empire pour rien, d'ailleurs ! Personnellement, je refuse de voyager autrement. Nos transports navals ne lui arrivent pas à la cheville. Vous êtes bien d'accord ?

Charlotte n'aurait su le dire, mais elle acquiesça néanmoins. Fort heureusement, Lady Ott semblait impatiente de poursuivre son monologue.

— Mais ainsi va le monde, reprit-elle. Nous ne pouvons rester cloîtrées dans nos manoirs de campagne alors que la saison bat son plein, n'est-ce pas ?

— Non ? tenta Charlotte, hésitante.

Prenant son incertitude apparente pour un trait d'humour, Lady Ott éclata d'un rire grave, qui secoua son ample décolleté comme un baquet de gelée. La jeune fille se prit à redouter que les baleines de son corset, déjà mises à rude épreuve, ne se rompent sous la pression.

— Non, bien sûr, vous avez raison ! confirma la dame. Pourtant, je ne vous ai encore jamais vue à aucun des bals ou des tournois de notre Cité Flottante, ma chère. Rassurez-moi : vous n'auriez tout de même pas négligé vos obligations, par hasard ?

Prise au piège, Charlotte fut contrainte de bredouiller :

— Si, j'en ai bien peur. Il s'agit de ma première visite à New York. Je suis originaire des îles et, jusqu'à aujourd'hui, jamais je n'ai encore pu échapper à la plantation de mon père.

La moue de son interlocutrice fit craindre à la jeune fille d'avoir commis un faux pas, mais le visage de Lady Ott finit par s'illuminer.

— Ah, c'est votre première saison ! Vous êtes d'une telle modestie… Inutile de vous en cacher, voyons ! Ah, je me rappelle mes débuts dans la société new-yorkaise comme si c'était hier. Quelle maison vous parraine ?

Esquissant un sourire réservé, Charlotte acquiesça avec toute la timidité dont elle était capable. Sans lui laisser le temps de formuler sa réponse, cependant, une troisième voix se fit entendre.

— La maison Winter.

L'usurpatrice sursauta et manqua glisser du sofa. Pour l'aider à retrouver son équilibre, Jack posa une main sur son épaule, qu'il laissa ensuite là où elle était. Il avait dû émerger du sas pendant que la jeune fille se laissait distraire par Lady Ott et ses éventails féériques. Depuis combien de temps écoutait-il leur conversation ?

L'imposante dame poussa un petit cri de surprise.

— La famille de l'amiral Winter ? Vous plaisantez ?

— Lui-même, répondit Jack avec une certaine raideur.

L'aristocrate posa un regard changé sur Charlotte.

— Mais où vous cachiez-vous jusqu'à présent ? Quel scoop ! Le Tout-New York va être dans tous ses états !

À l'évidence, Lady Ott se délectait à l'idée de pouvoir répandre une rumeur aussi juteuse. Sa compagne baissa les yeux, moins par timidité que pour éviter de poursuivre la conversation avec une femme aussi ridicule. Jack se racla la gorge.

— Mademoiselle Marshall est la seule héritière de la plantation de son père, aux Bermudes.

Charlotte opina du chef docilement. La bonne société new-yorkaise n'avait que faire des fortunes diverses des citoyens qui habitaient les quelques pittoresques possessions insulaires de l'Empire, au large du continent. C'est ce que lui avait assuré Jack au moment de se procurer les papiers nécessaires à forger la nouvelle identité de la débutante. Personne ne serait donc surpris de découvrir soudain l'existence d'une certaine Lady Charlotte Marshall, élevée aux Bermudes et jusque-là inconnue des élites de la Cité Flottante.

— Eh bien, qu'est-ce que j'apprends ! dit Lady Ott en repoussant de la main les éventails féériques, qu'un majordome rangea aussitôt dans leur écrin. Vous verrez ces messieurs se disputer vos faveurs, ma chère, croyez-moi. Et les langues se délier au dernier balcon…

Charlotte frémit à l'idée que sa présence en ville puisse faire en quoi que ce soit l'événement. Leur plan était-il donc vraiment abouti ? À en croire ses camarades, ce rôle d'aristocrate devait lui permettre de passer inaperçue. « D'autant plus invisible qu'elle serait en pleine lumière », selon Jack. S'était-il trompé ?

Une nouvelle bourrasque de vent annonça l'arrivée d'Ashley dans le salon réservé aux voyageurs. Avisant sa livrée de porteur, les majordomes s'abstinrent de courir l'assister. Lorsque Meg et Grave fermèrent la marche quelques instants plus tard, chargés des bagages du groupe, les domestiques, cette fois, ne prirent même pas la peine de les saluer. Dans l'intervalle, Charlotte avait bien été obligée de présenter Jack à sa nouvelle amie.

— Eh bien, ma foi ! s'exclama Lady Ott, le regard à la fois calculateur et empli d'admiration. Capitaine Winter ! Quel plaisir de vous rencontrer… Votre absence a été remarquée, en ville. Heureuse de vous voir de retour.

— Trop aimable, grimaça l'officier sans grand enthousiasme.

Elle ne se laissa pas démonter.

— Mais vous êtes si jeune, je ne doute pas que vous soyez déçu de devoir délaisser l'exaltation du combat pour prendre part à nos vaines mondanités.

Jack s'inclina poliment devant son interlocutrice avant de tendre la main à Charlotte.

— Sans doute désirez-vous vous rafraîchir après le voyage, mademoiselle Marshall ?

Elle lui serra les doigts un peu trop fort en se relevant. Lady Ott braqua sur eux un sourire carnassier.

— Bien entendu, il faut vous reposer, dit-elle. Mais j'espère que vous me ferez le plaisir de dîner avec mon mari et moi. J'insiste ! Je ferai porter les invitations à vos cabines.

— C'est trop d'honneur, répondit Jack.

Après avoir adressé un petit signe à Ash, Meg et Grave, il entraîna sa compagne hors du salon, jusqu'à un petit escalier. Un des majordomes les attendait sur le palier pour leur ouvrir la porte.

Charlotte se pencha vers le jeune officier.

— Nous n'allons quand même pas dîner avec cette femme ?

— J'ai bien peur que si, murmura-t-il. Son mari n'est autre que Roger Ott, éminent financier... et grand ami de la Résistance, figure-toi ! De plus, elle aura sans doute toutes sortes de nouvelles intéressantes à partager avec nous. Son époux aussi : il est connu pour tremper dans diverses affaires douteuses, à commencer par le marché noir, en plus de commerces de façade beaucoup plus respectables.

— Mais je vais devoir satisfaire son insatiable curiosité… gémit-elle.

— Joue le jeu avec adresse, et elle te donnera plus de réponses que tu n'as à lui en offrir. Continue de feindre la timidité, c'était parfait, conseilla Jack. Je me charge de la conversation, si tu veux. De toute façon, Lady Ott parlera pour quatre, j'en mettrais ma main à couper.

Chapitre 13

Me changer, mais pourquoi ?

Campée derrière Charlotte, Meg lui avait déjà ôté sa veste et commençait à présent à déboutonner sa robe. La guérisseuse en profita pour contempler d'un air pensif dans le miroir le visage pâle et la chevelure brune de son amie.

— Tu portes une tenue de voyage, prévue pour la journée. Tu ne peux pas te montrer au dîner ainsi vêtue. Allons, lève les bras !

Charlotte obéit, sidérée par l'absurdité de la situation. Se changer pour… un repas ?

— Attends, je vais devoir me déshabiller combien de fois par jour ? demanda-t-elle.

Meg entreprit de lui passer la robe par-dessus la tête.

— Tout dépend de ton programme de la journée… Non, garde les bras en l'air. Tu dois aussi changer de jupon.

La jeune fille fronça les sourcils. Le sous-vêtement que Meg était en train de lui ôter lui paraissait plus élégant que n'importe lequel de ses habits. Il ne convenait pourtant pas pour un simple dîner à bord du navire. Elle leva les yeux au ciel. Les Catacombes lui manquaient déjà.

Meg lui posa une main sur l'épaule.

— Un peu de patience, Lottie. Il fait froid dans cette cabine, mais je n'en ai que pour deux minutes. La robe lavande devrait faire l'affaire.

Après l'avoir aidée à enfiler un jupon bordé de dentelle et une chemise au décolleté bien trop plongeant, la guérisseuse alla sélectionner dans le coffre de voyage de la jeune fille une robe de soie violette. En dépit de son impatience, Charlotte ne put que s'extasier devant la beauté du tissu. Elle leva les bras sans hésitation et laissa glisser la parure sur sa peau avec un soupir ému.

Son plaisir fut pourtant de courte durée.

— Est-ce qu'il manque un morceau à la robe ? demanda-t-elle, prise d'inquiétude. À moins que ma chemise ne soit trop grande ?

Sa compagne reboutonnait déjà le vêtement.

— Pardon ?

— Regarde, Meg… (La nuque de Charlotte s'enflamma.) Je ne peux pas me promener comme ça !

— Oh, Lottie ! C'est la mode, voyons.

— La mode ? marmonna-t-elle, ébahie.

Aussi moulantes qu'aient été sa robe de voyage et son spencer, au moins la couvraient-ils de la gorge aux poignets. L'encolure basse de la robe lavande qu'elle venait d'enfiler, en revanche, laissait ses épaules dénudées. Sa taille haute et étroite lui comprimait la poitrine, et semblait précisément conçue pour exposer cette partie de son anatomie.

Pour ne rien arranger, le tissu était rehaussé de dentelle argentée agrémentée de cristaux. Ces ornements, qui couraient le long de son bustier, reflétaient la lumière à chacun de ses mouvements, et attiraient un peu plus l'attention sur sa peau dénudée.

— Je ne peux pas dîner dans une tenue pareille !

— Bien sûr que si, rétorqua Meg en lui tendant une paire de longs gants blancs. Tu es très belle. Je vais chercher un peigne à mettre dans tes cheveux.

— Mais tu plaisantes ! (Les joues empourprées de Charlotte blêmirent soudain.) Que va dire Ash… Oh, par Athéna, que va dire Jack ?

Meg acheva de fixer les mèches de son amie à l'arrière de sa tête à l'aide du peigne.

— Mais rien, parce que nous ne sommes plus dans les Catacombes et qu'il n'est pas assez sot pour jouer les coureurs dans un moment pareil. Quant à Ash… il ne sera pas dans les parages. Tu vois ? C'est réglé.

— Où dîne-t-il ? demanda Charlotte, à peine rassérénée.

— Avec Grave et moi, dans la salle à manger des serviteurs.

C'est sans doute pour le mieux, pensa-t-elle. Si somptueux que soient les mets servis, le festin lui laisserait, à n'en pas douter, un goût amer. Elle avait débarqué quelques heures plus tôt à peine, mais elle avait déjà en horreur le vaisseau comme ses passagers. Elle détestait jouer la comédie et feindre la timidité au lieu de dire le fond de sa pensée… Forcer Meg à tout faire à sa place, y compris l'habiller… Laisser Ash et Grave transporter ses bagages à travers tout le vaisseau avant d'aller s'enfermer dans un minuscule compartiment, à quelques pas de son opulente cabine. Sans même pouvoir partager un simple repas avec elle.

Charlotte n'ignorait rien de l'histoire de la guerre d'Indépendance perdue par son camp. Elle le savait : l'Empire avait passé les années qui avaient suivi la défaite à traquer les Patriotes pour les enfermer au Creuset, la célèbre prison de Boston, où les conditions de détention étaient réputées innommables. Elle connaissait de réputation l'horrible Arbre du pendu, réservé aux exécutions, où les détenus du Creuset accueillaient souvent la mort avec gratitude.

Mais par-dessus tout, la guerre lui avait arraché ses parents. Son père et sa mère poursuivaient inlassablement la lutte. Jour après jour, ils risquaient leur vie, pendant qu'elle et son frère se terraient dans les Catacombes en attendant de prendre les armes à leur tour. Sa haine de l'Empire était telle que Charlotte n'aurait jamais cru la voir grandir encore un peu plus. Mais à voir de près l'ennemi, elle découvrait des principes et des aspirations diamétralement opposés aux siens. Ces faux-semblants lui donnaient envie de vomir.

Comme si elle lisait dans ses pensées, Meg effleura sa joue avec douceur.

— Tout ira bien, Lottie. Tu as affronté des adversaires bien plus dangereux que ceux-là. Courage…

Ravalant son émotion, Charlotte la remercia d'un signe de tête. En entendant frapper à la porte, la guérisseuse se hâta d'aller ouvrir.

— Ce doit être Jack.

Sa camarade tenta de porter la main à sa gorge afin de masquer un tant soit peu son décolleté, mais sa propre réaction lui arracha un petit rire amer : impossible de conserver cette posture pendant tout le dîner ! Elle se fit donc une raison et se tourna vers l'entrée de la cabine.

— Ash a emmené Grave au mess des domestiques, disait Jack. Tu ferais bien de les y rejoindre.

— Entendu ! répondit Meg, qui s'effaça pour le laisser entrer.

À peine le seuil franchi, il s'arrêta pour contempler Charlotte. Le dos plus raide qu'une planche, elle prit son mal en patience et attendit qu'il prenne la parole. Ils étaient entre eux : Jack n'avait aucune raison de lui épargner ses sarcasmes. Elle eut toutes les peines du monde à se retenir de courir prendre une pelisse dans sa malle pour se couvrir.

Mais le jeune homme semblait incapable de détacher le regard d'elle. Une curieuse expression s'empara de son visage, et sa mâchoire fut prise d'un tic.

Se retient-il de rire ? Charlotte serra ses poings gantés.

Remarquant cette réaction, il baissa les yeux un court instant comme pour se concentrer. Il redressa brusquement la tête et s'approcha d'elle d'un air dégagé pour lui prendre la main droite et la porter à ses lèvres.

— Mademoiselle Marshall.

Figée comme un lièvre surpris par le chasseur dans son terrier, elle le dévisagea, incrédule. *C'est tout ce qu'il trouve à dire ?*

Meg se racla poliment la gorge d'un air entendu.

— Capitaine Winter, bégaya Charlotte avec un temps de retard.

Il grimaça à ce nom mais lui offrit tout de même son bras.

— Prête à rejoindre Lord et Lady Ott pour le dîner ?

— Puisqu'il le faut, répondit-elle avant de s'appuyer sur lui.

Meg salua leur départ d'une petite révérence. Personne ne semblait aussi agacé par cette mascarade que Charlotte elle-même… et peut-être son frère. Certes, elle ne l'avait pas vu depuis qu'il avait brutalement déposé les bagages dans sa cabine, profondément irrité de devoir jouer les laquais. Nul doute qu'il se sentait aussi peu à sa place que sa sœur : habitué à donner des ordres, il se retrouvait au plus bas de la hiérarchie. Cette idée perturbait autant Charlotte qu'elle lui donnait envie d'éclater de rire.

À mesure qu'elle longeait les couloirs, escortée de Jack, elle dut bien se résoudre à admettre que le *Hector* était un vaisseau absolument magnifique. Des métaux de toutes teintes avaient été battus, façonnés et modelés – parfois même mariés à des pierres précieuses – pour créer des panneaux décoratifs qui couvraient comme des tapisseries les cloisons du navire. À croire que ses concepteurs n'avaient pu se résoudre à laisser dépourvue d'ornements une seule des surfaces murales du dirigeable.

Ils se dirigèrent vers un vaste escalier en colimaçon marqueté d'ébène. Jack demeura étrangement silencieux durant toute leur ascension. Il n'avait pas eu, lui, à se changer pour le dîner – à part peut-être sa chemise, trop immaculée pour ne pas avoir été enfilée juste avant le repas. Il la guida avec raideur à travers les salles et les coursives, comme si son uniforme avait métamorphosé le vaurien qu'elle connaissait en soldat de plomb.

Si seulement il avait pu parler, dire n'importe quoi, pour la rassurer ! Elle avait les nerfs en pelote, et ne parvenait pas elle-même à articuler un mot. Sans doute souffrait-il d'un mal similaire…

La salle à manger, par contraste, bourdonnait de conversations. Sitôt passé la porte, Jack se posta sur le côté, sans doute pour chercher les époux Ott du regard.

Ils ne vont pas être faciles à trouver, pensa Charlotte.

La salle à manger constituait le cœur du vaisseau. Sur son plancher assorti à l'escalier d'ébène qu'ils venaient de prendre, une douzaine de tables ou plus, dressées de nappes immaculées, attendaient les convives. Les chandeliers avaient été astucieusement transformés en un véritable spectacle : un authentique cirque miniature se donnait à voir au-dessus des têtes des dîneurs, la silhouette de son chapiteau soulignée par des globes scintillants au-dessous desquels se produisaient de petits automates.

— Les voilà ! annonça Jack.

Pour le suivre, Charlotte dut s'arracher à la contemplation d'un minuscule funambule de fer-blanc qui dévalait une corde, juché sur un monocycle miniature.

Le positionnement de leurs hôtes dans la salle à manger attestait de leur statut social : Lady Ott présidait à l'avant de la pièce, juste en face d'une immense baie panoramique aménagée dans la cloison. À la table voisine, qui était aussi la plus vaste, trônait un homme en uniforme à la mine grave et à la barbe noire touffue, accompagné d'un groupe de gentlemen eux aussi barbus, tous suspendus à ses lèvres. À en juger par son apparence et la faune qui l'entourait, il devait s'agir du capitaine.

Lady Ott tendit la main pour accueillir Charlotte et Jack.

— Mademoiselle Marshall, vous êtes ravissante ! Où vous êtes-vous procuré un drap de soie d'une telle couleur ? demanda-t-elle en tapotant le siège à côté du sien. Asseyez-vous là, ma colombe.

Si la robe lavande de Charlotte pouvait paraître scandaleuse, que dire alors de celle, bleu saphir, de Lady Ott ? Elle était proprement obscène. Chaque mouvement de l'aristocrate faisait craindre à la jeune fille que l'ample poitrine de sa propriétaire ne s'échappe de son bustier. Elle avait toutes les peines du monde à détacher son regard de ce désastre imminent.

Jack tira la chaise de Charlotte pour lui permettre de s'asseoir. *Ma parole, ici, on prend vraiment les filles pour de véritables assistées…* ronchonna-t-elle intérieurement. Elle fut tout de même rassurée de le voir prendre place à côté d'elle.

— Mon mari s'entretient avec le capitaine, les informa Lady Ott. Il nous rejoindra dans un instant.

À peine avait-elle terminé sa phrase qu'un homme s'approchait de leur table. Jack se leva d'un bond. Charlotte s'apprêtait à l'imiter, quand le jeune homme posa une main ferme sur son épaule pour l'en dissuader.

— Lord Ott, dit l'officier en s'inclinant avec respect.

Le nouveau venu ressemblait à un boulet équipé de bras, de jambes et d'une tête, mais privé de cou.

— Je ne crois pas avoir encore eu l'honneur de faire votre connaissance, jeune homme, répondit-il.

— J'ai rencontré ces charmants voyageurs par hasard dans le salon d'arrivée, mon ami, lui expliqua son épouse.

— Par hasard ? Je suis prêt à parier qu'il s'agissait plutôt d'une embuscade, s'esclaffa Lord Ott qui, décida Charlotte, ressemblait plus à un ours qu'à un boulet.

Un ours capable de l'écraser d'un seul bras ou de l'étouffer sans merci dans sa barbe poivre et sel.

— Oh, vous alors ! gloussa Lady Ott lorsque son mari lui pinça tendrement la joue.

Jack attendit patiemment la fin de ce petit manège.

— J'ai le plaisir de vous connaître de réputation, dit-il. Je suis Jack Winter, capitaine dans la Brigade de l'Air de Sa Majesté Impériale, Quatrième Escadron.

Lord Ott haussa des sourcils broussailleux.

— Winter, dites-vous ? Le lieutenant-colonel ?

— Hélas non, monsieur, répondit Jack avec une pointe d'ironie.

— Mais vous êtes bien le fils de l'amiral Winter ?

Il le confirma d'un hochement de tête.

— Eh bien, vous feriez mieux de vous mettre au travail, mon garçon. Votre frère est la coqueluche de New York. Nous avons hâte que vos exploits alimentent les conversations, eux aussi.

— Le commodore Winter fait la fierté de notre famille, répondit Jack entre ses dents serrées. Je doute qu'il puisse être éclipsé.

— Ah, mais tout le plaisir est dans le défi, jeune homme ! s'exclama Lord Ott. Poussez votre frère dans ses retranchements, voilà mon conseil !

Charlotte se crispa en sentant le regard de l'aristocrate se poser sur elle.

— Et qui avons-nous là ?

Lady Ott s'apprêtait à répondre, mais Jack lui brûla la politesse.

— J'ai l'honneur d'escorter Lady Charlotte Marshall jusqu'à New York pour sa première saison.

— La chasse est donc ouverte. Et elle sera acharnée, mademoiselle Marshall, je peux vous le garantir…

Lord Ott s'empara de la main de Charlotte pour lui faire le baisemain. D'abord prise au dépourvu, elle se surprit à rendre son sourire chaleureux à cet homme ventripotent.

— Je me rappelle avec nostalgie les efforts que j'ai dû déployer pour remporter cette magnifique prise, leur dit Lord Ott en prenant place à la table ronde à côté de sa femme. Ah, les transports de la jeunesse. Levons nos verres en leur honneur !

Le regard d'adoration qu'il jeta à son épouse arracha un autre sourire à Charlotte. L'homme risqua ensuite un coup d'œil lourd de sous-entendu en direction de la poitrine opulente de son épouse. Jack toussa pour masquer un éclat de rire, mais le couple ne sembla aucunement s'en formaliser.

Lord Ott fit signe à un serveur, et bientôt chaque coupe dorée déborda de vin couleur rubis.

— Aux jeunes amours ! trinqua l'aristocrate, assez fort pour faire se tourner quelques têtes.

Mais sitôt qu'ils le reconnurent, les autres passagers se prirent à sourire – l'homme semblait fort populaire parmi ses pairs. Ses trois compagnons de table levèrent à leur tour leurs verres.

— Aux jeunes amours !

Lorsqu'elle prononça ces mots, le regard de Charlotte s'égara en direction de Jack. Elle le trouva en train de la fixer. Elle détourna rapidement les yeux, les joues enflammées par le vin. Oui, c'était sûrement l'alcool.

Même les épaules dénudées, Charlotte se sentait brûlante. Elle aurait voulu ôter ses gants, qu'elle devait cependant garder jusqu'à ce que le repas soit servi. Elle fut donc soulagée de voir revenir le serveur, chargé d'un large plat d'argent dont il souleva le couvercle pour révéler des moules à la vapeur servies dans un bouillon au vin blanc.

La jeune fille se dépouilla de ses longs gants avec autant de cérémonie qu'elle en était capable. Elle savoura sans retenue la chair tendre des mollusques et les délicats arômes du brouet.

— Dites-moi, capitaine Winter, reprit Lord Ott, comment vous êtes-vous donc procuré une si précieuse cargaison ? Je vous aurais cru occupé à survoler le territoire pour le compte de l'Empire, plutôt qu'à escorter ces demoiselles… Mais je ne serais pas fâché d'apprendre comment obtenir pareil ordre de mission !

— Roger ! s'offusqua son épouse, rougissante. Veuillez excuser mon mari, mademoiselle Marshall.

Choquée, la jeune fille ne pipa mot, trop occupée à ne pas s'étouffer sur une moule. Même Jack semblait gêné.

— Eh bien… Je…

— Mille excuses, mesdames ! gloussa l'importun avant d'envoyer un baiser à son épouse. Pardonnez-moi, je n'ai pas pu résister à la tentation de taquiner votre protégée, capitaine Winter. Je voulais en réalité m'informer de vos états de service.

— Bien sûr, répondit Jack, qui avait retrouvé son sang-froid. Ma dernière mission consistait à entraîner de nouveaux pilotes au combat dans les possessions caribéennes de l'Empire.

Lord Ott hocha la tête, les mains nouées autour de son ventre en barrique.

— J'ai entendu dire que l'on craint un assaut français dans les îles, plutôt que le long du Mississippi.

— Il est difficile de démêler le vrai du faux quant aux intentions de la France.

— Sans parler de la Résistance, reprit son interlocuteur. Qui sait ce que mijotent ces scélérats ?

Jack prit le temps de déguster une gorgée de son vin.

— Rien de bon, à n'en pas douter, renchérit-il calmement.

Lord Ott lui adressa un large sourire avant de lancer :

— Puisse le vent nous assister en cas de tempête !

Jack se figea, avant de lever son verre à la santé de son hôte.

— Puisse le vent nous assister, en effet…

Lady Ott toussa d'un air vaguement réprobateur tandis que des serviteurs apparaissaient pour débarrasser la vaisselle de porcelaine.

— Ces messieurs vont sans doute passer tout le dîner à ressasser les détails de cette affreuse guerre. Parlons plutôt de choses plaisantes. Dites-moi, mademoiselle Marshall, avez-vous beaucoup de prétendants ?

Deux réflexions affleurèrent simultanément à la conscience de la jeune fille. La première : qu'elle ne trouvait rien d'affreux à discuter de la guerre – bien au contraire, elle mourait d'envie d'écouter. La seconde : qu'elle ne savait absolument pas comment réagir à la question de Lady Ott.

Alors qu'elle tentait de formuler une réponse, un serveur déposa devant elle un bol fumant de soupe à la crème.

— Inutile de tout me dire, ma chère, lui glissa son interlocutrice, qui avait pris son silence pour de la réticence. Je ne doute pas qu'une horde de gentlemen se dispute votre main. Je dois cependant féliciter votre père pour sa patience. Inutile de vous marier à un insulaire avant de vous avoir accordé la chance d'une saison dans notre capitale.

Le mieux était encore d'incliner la tête. Lady Ott la gratifia d'un sourire béat.

— Que préféreriez-vous ? Devenir la maîtresse d'une plantation ? Ou rejoindre les foules qui arpentent les rues dorées de la Plateforme coloniale ?

Quels drôles de choix offrait la vie fictive de Lady Charlotte Marshall ! On eût dit que son existence se résumait à son mariage. Jamais la jeune fille n'aurait considéré sérieusement aucune des deux options que lui présentait sa voisine. Vivre sur une île en profitant d'une fortune tirée de la canne à sucre ? Ou dans la plus grande métropole de la colonie ? Deux destinées également régies par les desiderata d'un époux imaginaire, qui semblaient bien plus déterminants pour son mode de vie que le caractère ou les désirs de Lady Charlotte Marshall elle-même.

À son corps défendant, elle se surprit à laisser une nouvelle fois son regard errer en direction de Jack, toujours en pleine conversation avec Lord Ott. Le soupir de l'épouse la tira de sa rêverie.

— Je vous le déconseille fortement, chère enfant, murmura l'aristocrate en secouant la tête. Quelle que soit sa prestance, un officier n'est jamais chez lui et vous laissera terriblement seule. Mon mari parcourt la planète pour son commerce, mais il m'emmène toujours avec lui dans ses aventures. (Elle désigna Jack du menton.) Ce garçon, en revanche, ne vous montrera pas le monde. Une épouse n'a pas sa place au front.

Charlotte se sentit blêmir. Son esprit venait-il vraiment d'associer Jack à l'idée de mariage ? Lady Ott tapota la main de sa compagne pâlissante.

— Oh voyons, ma chère… Je ne voulais pas vous faire de peine. Il est bien entendu naturel de vous attacher au jeune officier qui vous escorte depuis la plantation paternelle jusqu'à notre Cité Flottante. Mais croyez-moi, mademoiselle Marshall, dès le premier bal, vous verrez, ces messieurs se feront la guerre pour obtenir l'honneur d'une danse. Et comme le dit souvent mon époux, il ne faut jamais passer à la caisse sans avoir examiné de près toute la marchandise.

Hochant la tête avec un semblant de sourire, Charlotte se concentra sur sa soupe, délicieuse. Mais elle avait perdu tout appétit et repoussa son assiette au bout de quelques cuillerées. Un serveur apparut sur-le-champ pour la débarrasser.

— Un appétit délicat ? lança Lord Ott, interrompant sa conversation avec Jack.

De nouveau, le jeune homme feignit d'éternuer pour masquer son hilarité. Charlotte n'eut pas le cœur de le réprimander. Tous deux savaient que son appétit n'avait rien de délicat : elle revenait en particulier toujours affamée de ses expéditions hors des Catacombes. Pourtant, la bizarrerie du lieu et la richesse excessive des mets servis ce soir-là avaient eu raison de sa faim légendaire.

— Peut-être le prochain plat sera-t-il plus à votre goût, spécula Lord Ott.

De nouvelles assiettes leur étaient en effet présentées : des tranches encore fumantes de porc rôti, généreusement arrosées de sauce et accompagnées de pommes au four relevées d'épices. Charlotte doutait de pouvoir en ingurgiter plus de quelques bouchées.

— Combien de plats compte le service ? demanda-t-elle à son voisin à voix basse.

— Quatre, répondit-il. Cinq, en comptant le plateau de fromages et de fruits servi après le dessert.

— Pardon ?

Charlotte porta la main à son estomac. Comment pouvait-on manger autant tous les jours sans tomber malade ?

C'est alors qu'une cloche retentit dans toute la salle à manger. Les convives se levèrent jusqu'au dernier, en applaudissant à tout rompre.

— Que se passe-t-il ? s'enquit-elle à la ronde.

— New York est en vue, expliqua Lord Ott, qui lui offrit son bras. Vous ne m'en voudrez pas, jeune homme ? demanda-t-il à Jack.

— Mais je vous en prie… Je ne doute pas que vous saurez mieux que moi montrer la ville à mademoiselle Marshall. Et je profiterai de l'occasion pour m'entretenir avec votre charmante épouse.

Lady Ott accepta le bras que lui présentait Jack avec un gloussement ravi.

Tous quittèrent la table pour rejoindre l'immense portail panoramique. Même à cette distance, New York se dressait contre les ténèbres de l'océan et des cieux telle une pile d'or et de joyaux dissimulée dans l'antre d'un dragon.

— Par l'égide d'Athéna… murmura Charlotte, troublée, oubliant toute bienséance.

Lady Ott sursauta, et Jack jeta un regard sévère à sa complice.

— Excusez mon épouse, mademoiselle Marshall, s'esclaffa Lord Ott, qui adressa un sourire bienveillant à Charlotte, visiblement amusé par la réaction de son jeune cavalier. C'est qu'elles ont la langue bien pendue dans les îles, n'est-ce pas, mon garçon ?

— Vous n'avez pas idée ! confirma l'officier d'un air solennel.

Charlotte entreprit de dresser dans sa tête la liste des insultes dont elle comptait l'abreuver une fois qu'ils se retrouveraient seuls.

— La Cité Flottante de New York, annonça Lord Ott en balayant la baie vitrée de la main comme pour écarter un rideau. Merveille de l'Empire, joyau des colonies. Un trésor d'art et d'ingénierie, à commencer par la Roue géante de la Fortune qui relie ses cinq plateformes aéroportées. Chacune plane à une hauteur différente, et l'altitude de la demeure de chaque citoyen reflète bien entendu son statut sur notre bonne vieille terre. New York est la seule cité de l'univers connu à flotter ainsi, contemplant le monde de haut, à l'instar de l'Empire qui veille sur ses sujets.

— Extraordinaire… souffla Charlotte, qui hésitait entre fascination et effroi.

— Si, d'ici, la vue vous semble exceptionnelle, mademoiselle, poursuivit Lord Ott, attendez de parcourir les rues dorées de la Plateforme coloniale ou d'admirer les merveilles de celle des arts. Il y a fort à parier qu'alors, vous vous pâmerez devant la gloire de New York !

— J'espère réussir à garder mes esprits, Lord Ott, répondit-elle. Je m'en voudrais de manquer ce spectacle.

— Excellente réponse ! s'exclama-t-il avec un clin d'œil. Et si vous parvenez à échapper à la vigilance de votre chevalier servant, reprit-il sur le ton de la conspiration, n'oubliez pas d'aller visiter la Foire aux rétameurs. Une fois que vous serez mariée, votre époux vous interdira sans doute de fréquenter un lieu aussi… cosmopolite. Mais si vous voulez mon avis, on accorde trop de prix à l'innocence. Dans les Communes, vous vous amuserez comme une petite folle. Profitez-en un peu, avant qu'on ne vous mette sous cloche dans une grande demeure de la Plateforme coloniale.

Ces propos laissèrent Charlotte incrédule. Cherchait-il à la faire rougir ? Elle tenta un rire effarouché en battant des cils.

— Regagnons notre table, déclara Lady Ott. La viande risque de refroidir, et nous verrons demain de beaucoup plus près les plaisirs de la Cité Flottante.

Son époux s'apprêtait à raccompagner Charlotte à son siège, quand la jeune fille lui lâcha le bras.

— Lord Ott, Lady Ott, veuillez me pardonner. Je crains que la vue de la ville ne m'ait bouleversée. Je dois regagner ma cabine pour m'étendre un moment.

Elle craignait que son départ ne cause quelque agitation, mais les convives ne parurent pas s'en formaliser outre mesure.

— Mais bien entendu, ma chère, dit l'aristocrate replète en lui tapotant la joue. Ce type de voyage est toujours épuisant, surtout la première fois. Vous devez être absolument exténuée.

Ces dames de l'Empire devaient être bien ineptes, pour jouer ainsi à tout bout de champ la carte de l'évanouissement !

— Je vous raccompagne, décréta Jack.

— Non, merci ! Je saurai retrouver mon chemin. Profitez de la fin de votre repas, je vous en prie…

Ses paroles firent sourciller Lord Ott. Charlotte se retira sur-le-champ pour couper court à toute discussion. Jusqu'à l'escalier, elle marcha à pas comptés, mais une fois dans le vestibule désert, bien à l'abri des regards, elle prit ses jambes à son cou.

Chapitre 14

Dans sa cabine, Charlotte trouva Ashley assis sur une chaise qu'il avait tirée en face d'un petit bureau. À l'évidence, il l'attendait.

— Comment était le dîner ?

— Un peu trop copieux à mon goût ! Les habitants de New York mangent-ils vraiment cinq plats à chaque repas ?

Ash eut une moue désabusée.

— Ceux des plateformes supérieures, oui. Les excès, dans tous les domaines, sont une preuve de succès chez ceux de l'Empire. Les habitants des niveaux inférieurs, eux, vivent d'expédients, un peu comme nous. (Il jeta un regard étonné au battant encore ouvert.) Où est Jack ?

— Toujours attablé. Il fait la conversation à je ne sais quel gros négociant.

— Je vois. Ferme la porte, Charlotte.

Elle s'exécuta avant de poser sur son frère un regard interrogateur. Ash sortit un objet effilé de sa veste.

— J'aurais dû te le donner avant de quitter les Catacombes, expliqua-t-il. Mais j'avais l'esprit ailleurs. Tiens…

Aussitôt l'offrande acceptée, la jeune fille tira la lame de son fourreau de cuir. Le stylet était à peine plus long que sa main.

— Tu veux que je me mette à la couture ? demanda-t-elle d'un air taquin.

— Certes, ce n'est pas Pocky, reconnut Ash avec un maigre sourire, mais si tu le plantes dans l'œil de ton adversaire, sa mort sera instantanée.

— Et sacrément sanglante.

— C'est une arme facile à cacher sous tes jupes. Tu vois la petite boucle, au bout du fourreau ? Il te suffit d'attacher la lame à ton mollet avec un cordon de cuir.

Charlotte rangea le poignard avant de prendre place sur la méridienne qui ornait un des coins de sa cabine.

— Comment vont les autres ?

— Grave est toujours aussi étrange, mais il a la présence d'esprit de se taire. Quant à Meg… elle demeure égale à elle-même. Je devrais les rejoindre. Il n'est pas convenable pour un serviteur de s'attarder sans raison dans la cabine de sa maîtresse.

— Toutes ces règles me donnent la migraine, maugréa Charlotte en s'enfonçant dans son siège, un bras en travers des yeux.

Ash rit doucement.

— Estime-toi heureuse de ne pas être celle qui transporte cette fichue malle ! À croire que Jack l'a remplie de briques au lieu de vêtements.

Il ouvrit la porte.

— Veux-tu que je t'envoie Meg avec un élixir ?

— Non merci, répondit-elle sans bouger. J'ai juste besoin de calme.

Il s'éclipsa, la laissant seule avec son mensonge. Si sa migraine s'estompa bien au bout de quelques minutes, une agitation nouvelle ne tarda pas à s'emparer de Charlotte qui se mit à faire fiévreusement les cent pas dans le compartiment richement décoré. Elle fut tentée de lire un des nombreux ouvrages qui tapissaient les étagères, mais tous semblaient se gargariser de la gloire de l'Empire. De ce point de vue, elle en avait déjà assez entendu pour la journée.

Elle se sentait étrangement confinée dans sa cabine pourtant spacieuse. Les parures de satin et de velours, les panneaux d'ébène ciselés commençaient à lui peser. Désireuse de s'échapper pour prendre l'air, elle arpenta les couloirs du *Hector* jusqu'à trouver l'escalier qui menait à la promenade.

Un dais masquait aux yeux des passagers les quatre énormes ballons qui maintenaient le navire dans les airs. Il peinait en revanche à étouffer le rugissement caractéristique des brûleurs destinés à les alimenter en air chaud. Charlotte s'avança jusqu'à la balustrade d'acier qui bordait le pont, aussi haute qu'un homme – sans doute pour éviter qu'une bourrasque soudaine n'emporte quelque passager malchanceux par-dessus bord.

Une mer d'étoiles piquetait le ciel d'encre. La jeune fille longea la rambarde à pas lents. La caresse du vent dans ses cheveux rendait sa flânerie autrement plus agréable qu'à l'intérieur du vaisseau.

— Balade nocturne ?

Charlotte fit volte-face, prise au dépourvu : un homme en uniforme approchait… Et pourtant elle connaissait cette voix. Elle demeura interdite jusqu'à ce que la lumière de la lune tombe sur son visage.

— Jack ! s'esclaffa-t-elle, nerveuse. J'ai eu du mal à te reconnaître dans cette tenue.

— Et moi donc…

Mal à l'aise, elle tapota sa jupe de soie avant de marmonner :

— Je dois avoir l'air ridicule.

— Au contraire. Le style du moment te va à ravir. Tu ressembles à s'y méprendre aux jeunes filles avec lesquelles j'ai grandi.

— Comment étaient-elles… tes camarades de jeu, enfant ?

Un frisson parcourut l'épiderme de Charlotte. Tenait-elle vraiment à connaître la réponse à sa question ?

— C'est du passé. J'ai quelque chose à te montrer, déclara-t-il avant de lui offrir son bras.

— Que fais-tu ?

— À ton avis ? Tu devrais y être habituée, maintenant.

— Trêve de cérémonies ! Tu vois une audience, autour de nous ? rétorqua-t-elle.

Il étouffa un petit rire.

— Il va falloir t'y habituer, tu sais. D'ailleurs, ton frère n'aurait pas dû te laisser te promener toute seule. Les demoiselles de bonne famille ne sortent jamais sans chaperon. Meg aurait dû t'accompagner.

— Ashley est aux cents coups, le pauvre… se gaussa-t-elle. Il a du mal à se couler dans son nouveau rôle.

— Pas étonnant, sourit Jack. Allez, posez votre délicate menotte ici, jeune fille : je vous emmène faire le tour du pont avant, pour commencer.

— Et ensuite ?

— Tu verras bien ! répondit-il en agitant le bras qu'il lui présentait toujours.

Elle plaça ses doigts sur l'avant-bras du jeune homme, qui les couvrit de sa propre main. Le frottement de la vareuse en laine de l'officier sur l'épiderme nu de sa compagne ne la dérangea pas. Mais surtout, la chaleur de la peau de Jack, qui tranchait avec la fraîcheur de l'air nocturne, lui apporta un réconfort inattendu, qui lui serra la gorge.

Elle n'avait jamais osé lui demander ce qu'il ferait après la série de pourparlers prévus à New York. Elle n'avait pas non plus envie d'entendre cette réponse-là. Elle savait que leur vie insouciante, tous ensemble, dans les Catacombes, était révolue pour de bon.

Il la guida vers l'avant du vaisseau, jusqu'à une cage métallique qui n'était pas sans rappeler la timonerie de Pip. Quand il frappa à la porte, un membre d'équipage passa la tête dehors. Avisant l'uniforme de Jack, l'homme s'empressa de lui adresser un salut plein de raideur.

— Que puis-je faire pour vous, mon capitaine ?

— Eh bien, j'espérais…

L'officier se pencha pour murmurer la suite à l'oreille du soldat, qui contempla Charlotte avec un sourire avant de répondre :

— Bien entendu, mon capitaine. Je vous en prie.

Jack prit la jeune fille par la main pour la conduire à l'intérieur de la cabine. Elle reconnut le système de cordes et de poulies : il était presque identique à celui de la timonerie, à ceci près que la nacelle, plus petite, n'arrivait qu'aux genoux de ses passagers et se trouvait, au repos, stationnée dans la salle de contrôle elle-même.

Charlotte jeta un coup d'œil vers la porte. Frappée par le rictus lubrique du militaire, elle détourna précipitamment les yeux.

— Par Athéna, que lui as-tu raconté ? s'inquiéta-t-elle.

Jack grimpa dans la corbeille et l'aida à le rejoindre.

— Ce qu'il avait besoin d'entendre pour nous laisser monter, sourit-il, un peu penaud.

Le plateau, ceint d'une grille si basse qu'elle ne méritait pas le nom de rambarde, était à peine assez large pour les accueillir tous les deux. Jack fit tourner une demi-douzaine de fois la manivelle encastrée dans la paroi de la cabine.

— Tu ferais mieux de t'accrocher à moi, dit-il.

Le panier fit une embardée. Charlotte n'eut d'autre choix que d'obéir aux conseils de son cavalier. Elle se cramponna fermement à lui tandis que la nacelle s'élevait vers le ciel. Quelques mèches s'échappèrent de la coiffure soigneusement épinglée par Meg pour venir lui fouetter le visage.

Poursuivant son ascension, la corbeille ne ralentit qu'une fois à la hauteur des énormes ballons. L'altitude vertigineuse du gréement fit tourner un instant la tête à Charlotte.

— Nous y voilà ! annonça Jack.

Elle essuya les larmes que le vent avait fait perler au coin de ses yeux. Le panier tangua tandis que le jeune homme l'amarrait à la rampe de métal qui entourait la vigie, où il se glissa ensuite.

— Le nid-de-pie ! lança-t-il. L'endroit le plus intéressant d'un pachyderme tel que le *Hector*.

Charlotte le rejoignit, secouée d'un petit rire. Après leur ascension à couper le souffle, la stabilité de la plateforme était plus que bienvenue.

— Un pachyderme, rien que ça ?

— Crois-tu un mastodonte pareil un tant soit peu maniable ? rétorqua Jack. Ce n'est pas un hasard si les vaches ne volent pas. Tout le monde sait, à l'académie, que c'est ici qu'on affecte les pilotes les moins prometteurs, ceux qui ne méritent pas de partir au combat. Je préférerais encore être incarcéré à Boston que de commander ce vaisseau.

— Arrête un peu, murmura-t-elle, soudain saisie d'un frisson. Il n'y a pas pire endroit que la prison du Creuset.

— Tu as raison, pardon, s'empressa-t-il de répondre.

Il lui prit la main pour la mener de l'autre côté du poste d'observation. À l'horizon, la Cité Flottante brillait de mille feux, colorée et accueillante. Sa magnificence ne pouvait cependant rivaliser avec celle de la voûte nocturne, constellée d'un manteau d'étoiles. À dériver ainsi en plein ciel, très loin au-dessus du pont – et surtout des milliers de pieds au-dessus de la terre ferme –, Charlotte se sentait toute petite.

Elle rejoignit Jack dans sa contemplation silencieuse du firmament, leurs doigts toujours enlacés. Après des mois de chamailleries, c'était la première fois qu'il lui tenait la main, ainsi, sans rien dire.

— Quelles que soient les inventions les plus folles de nos amis les rétameurs, ce sont les étoiles qui nous guident, et nous guideront toujours, dit-il après un long silence. À l'académie, on nous force à mémoriser la carte du ciel bien avant de nous laisser monter à bord du moindre aéronef.

La nostalgie, la douleur de l'absence qui perçaient dans sa voix n'échappèrent pas à Charlotte. De sa main libre, elle suivit le tracé des constellations comme elle aurait effleuré une dentelle délicate. L'immensité de la voûte céleste semblait l'hypnotiser, elle aussi. Que ne pouvait-elle flotter, en apesanteur, à travers l'infinité de l'azur !

— Comment as-tu pu quitter cette vie ? Le ciel sans entraves. Ton propre vaisseau… Tout ça pour une existence à l'étroit dans les Catacombes, terré sous la roche et la rivière. Sans étoiles.

— Parce que ce ne sont pas les étoiles qui décident, répondit-il à voix basse. Autrement, je serais sans doute resté.

Et il tourna vers elle un regard hanté par l'émotion. Cet aveu à voix basse, de la part d'un garçon qu'elle avait toujours vu si désinvolte, si insouciant, la prit au dépourvu.

Lorsque Jack leva la main, le souffle manqua soudain à la jeune fille. Il saisit une mèche rebelle, battue par les vents, qu'il glissa derrière l'oreille de Charlotte. Son pouce s'attarda sur la joue de sa compagne, dont le cœur se mit à battre.

— Jack, murmura-t-elle – rien de plus.

Elle avait simplement voulu prononcer son nom tant qu'il se tenait tout contre elle, qu'il la touchait.

Il se redressa soudain.

— On ferait mieux d'y retourner. L'équipe de nuit ne va pas tarder à prendre son service.

Le cœur dans la gorge, Charlotte se rendit cependant à la raison et suivit Jack jusqu'à la nacelle. La descente était heureusement contrôlée par un frein manuel – leur vitesse serait donc plus modérée qu'à l'aller, du moins l'espérait-elle.

— Accroche-toi, fit l'officier d'une voix rauque.

Elle le sentit pourtant se raidir lorsqu'elle passa les bras autour de sa taille. Il n'avait de toute évidence plus qu'une envie – redescendre le plus vite possible. À se demander ce qui lui passait par la tête, parfois… C'était bien lui, pourtant, qui était venu la chercher pour monter dans le gréement ?

Jack relâcha lentement le levier et ils entamèrent leur descente vers le pont. Il avait le regard fixe et un tic de frustration agitait sa mâchoire. La main sur le frein, il ralentit, encore et encore, jusqu'à immobiliser complètement la corbeille.

— Jack… Que fais-tu ?

— Aucune idée.

Il prit une lente inspiration, le regard plongé dans celui de la jeune fille, avant de poser les yeux sur ses lèvres.

Elle attendit, le souffle court. La nacelle tanguait, suspendue entre le pont du vaisseau et le nid-de-pie.

— Je ne devrais pas… dit-il en fixant toujours sa bouche.

À ces mots, le cœur de Charlotte enfla dans sa poitrine, menaçant de l'étouffer, et elle se prit soudain à espérer.

— À cause d'Ash ?

— Entre autres, répondit-il avec un demi-sourire qui s'estompa rapidement. Mais ce n'est pas tout, il y a plus grave...

Quoi donc ? Elle fouilla son visage en quête d'une réponse. En vain.

Suspendus dans la nuit froide, ils semblaient danser sans bouger. Si ce moment pouvait durer à jamais... À nouveau, la force de cette émotion inattendue prit Charlotte au dépourvu. C'était Jack, bon sang ! Jack, insupportablement exaspérant d'un bout de la semaine à l'autre. Jack, qui la taquinait sans cesse, au point de la faire tourner chèvre. Le même Jack à qui elle s'était juré, en vain, de ne plus adresser la parole pendant plus d'un mois l'année précédente. Un paradoxe s'imposa en cet instant à elle comme une évidence : tous ces petits détails qui faisaient de lui quelqu'un de si difficile, ce mélange de vitalité et de suprême légèreté, cette insubordination permanente, ce goût du panache... elle chérissait en fait comme autant de trésors ces aspects uniques de sa personnalité.

Elle resta stupéfaite de sa découverte. Pourquoi, grands dieux pourquoi un tel revirement, inexplicable y compris à ses propres yeux ? Elle n'était tout de même pas assez frivole pour se pâmer devant un uniforme, ou se laisser séduire par un passé mystérieux ?

Au plus profond d'elle-même, une voix lui souffla soudain que ce changement n'avait rien de surprenant ni de subit : elle savait parfaitement, au fond, que son animosité envers le jeune homme n'était depuis longtemps qu'un rempart contre des sentiments autrement plus dangereux, et jusque-là irréconciliables avec l'idée qu'elle se faisait d'elle-même. Cette façon qu'il avait de la mettre au défi en permanence, de la traiter en rivale – mais aussi en égale –, au combat comme dans leurs joutes verbales… Elle se délectait de leurs escarmouches. S'il lui faisait bouillir le sang, ce n'était pas de rage, mais bien d'autre chose.

Elle ferma les paupières un instant pour mieux se concentrer. Elle le sentait tout près d'elle. La chaleur de son corps chassait le vent glacial.

— Plus grave ? insista-t-elle.

Jack sembla soudain sortir d'un rêve.

— Mais j'en ai envie… chuchota-t-il sans répondre à sa question.

Il la fixait d'un regard fiévreux, un peu fou. Le cœur au bord des lèvres, Charlotte referma lentement les yeux.

Seule la brise nocturne lui répondit. Puis il y eut le crissement du frein à main, un grand souffle d'air qui s'engouffrait soudain autour d'eux : ils avaient repris leur descente, de plus en plus vite, vers le pont en contrebas.

La nacelle heurta violemment la plateforme. Charlotte serait tombée à la renverse, n'était Jack qui la serrait toujours contre lui.

— Tout va bien, mon capitaine ? s'inquiéta le militaire, debout dans l'embrasure de la porte.

La jeune fille tourna le dos à son compagnon et bouscula l'équipier pour franchir le seuil, avant de traverser le pont en courant sans se soucier un instant d'attirer les regards. Les cris de Jack eux-mêmes ne freinèrent pas son élan.

Elle atteignait l'escalier lorsque son compagnon la rattrapa par le bras et la força à se retourner.

— Charlotte, arrête ! chuchota-t-il. Calme-toi.

— Que je me calme ?

Elle avait toutes les peines du monde à parler à voix basse.

— À quoi tu joues ? Pourquoi est-ce que tu m'as emmenée là-haut ?

— Parce que je voulais te montrer un spectacle qui m'est cher, dit-il sans la regarder. Parce que… j'ai envie de toi.

Cet aveu direct la stupéfia. Elle s'approcha de lui, prit son visage entre ses mains. Elle voulait poser ses lèvres sur celles du jeune homme. Il lui agrippa les avant-bras et se dégagea brutalement.

— Arrête… Je ne peux pas t'embrasser.

Pétrifiée par l'humiliation, elle se mit à trembler.

— Vas-tu enfin me dire pourquoi ?

— Parce que… tu crois me connaître, mais tu te trompes.

Il se pencha pour déposer un baiser chaste sur son front, mais elle le repoussa violemment.

— Ça suffit ! aboya-t-elle. Je n'ai pas envie de jouer à ton petit jeu.

Il la contempla, pâle comme la lune, et opina lentement du chef.

— D'accord. Tu as sans doute raison.

Rébellion

Charlotte se détourna afin de masquer les larmes qui lui brûlaient les yeux.

— Laisse-moi te raccompagner, s'il te plaît, dit Jack.

Devant son silence, il ajouta :

— Il le faut… pour donner le change.

Relevant la tête, la jeune fille accepta son bras. Mais elle ne lui adressa pas un mot de tout le trajet, y compris lorsqu'ils se séparèrent.

Chapitre 15

Le lendemain, difficile pour Charlotte d'éviter la présence de Jack, qui l'escortait pour le voyage. Aussi décida-t-elle d'ignorer purement et simplement son compagnon d'armes. Elle se refusait à lui adresser la parole, à l'exception de réponses laconiques, de préférence sans le regarder. Le moindre coup d'œil au visage du jeune homme lui faisait l'effet d'un coup de poing à l'estomac. La honte et la colère se le disputaient en elle.

Le comportement étrange et contradictoire de Jack, la veille au soir, l'avait désarçonnée plus qu'elle n'aurait su le dire. À la fois furieuse et blessée, elle n'arrivait pas à faire la part de la tristesse et de la confusion. Elle n'arrivait pas à comprendre ses motivations, de toute évidence complexes, refusait de s'humilier un peu plus en lui demandant de s'expliquer plus clairement, et ne pouvait pas non plus s'empêcher de repasser la scène en boucle dans sa tête. Dès qu'elle fermait les yeux, elle revoyait le visage de Jack à quelques centimètres du sien. Sans doute avait-elle eu tort d'espérer autre chose que des piques verbales de sa part… Elle qui sentait encore malgré elle le contact de sa peau sous ses doigts.

Pour se débarrasser de la sensation, elle ouvrit et ferma les poings à plusieurs reprises avant d'agripper la rambarde du pont. Plusieurs mètres en contrebas, l'équipage du *Hector* lançait une série d'amarres aux dockers du port de New York. Charlotte résolut de se concentrer sur la journée qui l'attendait. La Cité Flottante n'était plus un objet brillant qu'elle admirait à distance. Les premiers rayons du soleil l'avaient révélée dans tout son gigantisme, véritable colosse qui contemplait depuis des hauteurs vertigineuses tous les voyageurs occupés à débarquer sur les docks.

La ville, dont les quais aériens grouillaient d'activité, dominait en effet de haut le bataillon de dirigeables – pourtant de taille respectable – qui étaient amarrés à la Plateforme militaire. Une cohue sans fin de passagers se pressait pour prendre place sur des escaliers mécaniques poussés contre le flanc des vaisseaux dès leur arrivée. Des travailleurs musculeux dirigeaient le déchargement de la cargaison en criant leurs instructions. De petits vaisseaux de patrouille zigzaguaient au-dessus de toutes les têtes. Plus loin, le long des quais ferroviaires, des cloches annonçaient le passage des tramways chargés d'emporter les visiteurs au cœur de la cité.

Accompagnée d'un Jack raide et crispé, à la mine sombre, Charlotte s'engagea dans la rampe mobile qui l'attendait, soulevant ses jupes avec précaution afin que le tissu ne se coince pas dans les marches. Elle doutait que l'humeur de l'officier soit simplement liée à leur escarmouche de la veille. Le petit groupe devait séjourner dans la maison d'enfance du jeune homme, dont elle avait vu l'entrain diminuer d'heure en heure à l'approche de New York. Il ne semblait guère pressé de retrouver la ville qui l'avait vu naître et le foyer familial.

Arrivée en bas, Charlotte attendit Meg : elle préférait la compagnie de sa « bonne » à celle de son cavalier par trop renfrogné. Les deux laquais, qui fermaient la marche, récupérèrent leurs bagages sur la rampe adjacente à l'escalier.

Si Jack semblait redouter leur arrivée en ville, Grave, lui, paraissait surtout très désorienté. Charlotte plaignait son frère : elle se demandait si l'amnésie persistante du garçon éprouvait aussi les nerfs de son compagnon de servitude. Bien que revêtu, le jour de leur rencontre, des oripeaux de la cité, Grave ne semblait pas reconnaître New York le moins du monde. Et s'il jouait la comédie, alors c'était un excellent acteur.

Serpentant entre cantines et valises sur les quais bondés, Jack les mena jusqu'à une colonne d'usagers qui attendaient le tramway. La voiture qui s'arrêta quelques instants plus tard devant le chapelet de voyageurs était décorée de la même manière que la cabine de Charlotte à bord du *Hector* : une série de panneaux d'ébène ciselés et rehaussés de laiton. Les vitres en avaient été abaissées de moitié afin de permettre à l'air matinal de circuler dans le véhicule. Hommes et femmes de la société new-yorkaise commencèrent à embarquer, le petit groupe d'intrus en leur sein. Avant qu'Ash ne monte à son tour, Jack se tourna vers lui.

— Serviteurs et bagages vont dans le wagon arrière, dit-il. Rendez-vous au cinquième arrêt.

Le valet improvisé rallia donc, suivi de Grave, une simple remorque entourée d'une rampe de métal et partiellement couverte d'un dais de toile – sans doute destiné à protéger les bagages, plutôt que les domestiques, de la pluie.

Meg s'apprêtait à les suivre quand Charlotte posa la main sur son bras.

— Attends. (Elle se tourna vers le jeune officier.) Ma suivante ne pourrait-elle pas m'accompagner en voiture ?

Meg et Jack échangèrent un regard.

— D'accord. Les caméristes sont tolérées dans le wagon principal.

— Allons-y…

Sans attendre le jeune homme, Charlotte entraîna son amie vers la file qui s'était avancée.

Elle choisit un siège près de la fenêtre, Meg à ses côtés. Du coin de l'œil, elle vit Jack s'asseoir sur la banquette en face d'elle, mais elle garda le visage résolument tourné vers la vitre. La cloche du tramway retentit et la voiture s'ébranla, tirée le long des rails par un câble suspendu. Une mélodie carillonnante emplit le véhicule en mouvement. Levant la tête, Charlotte remarqua que le plafond était orné d'automates en uniforme équipés de minuscules instruments – tambours, cymbales et cornemuses. Les autres passagers ne prêtèrent nulle attention à la fanfare miniature qui jouait *God Save the King*.

Jack se carra dans son siège, les yeux braqués sur les petits musiciens.

— Dans quelques jours, tu ne pourras plus supporter ce morceau, crois-moi…

Meg pouffa de rire derrière sa main, mais Charlotte fit comme s'il n'avait pas parlé. Un soupçon de culpabilité vint la titiller lorsqu'elle remarqua la peine du jeune homme. Pour se distraire, elle regarda le paysage défiler et les docks disparaître, vite remplacés par d'impeccables rangées d'immeubles de marbre ornés de colonnes doriques.

Là où les docks grouillaient de passagers et de manutentionnaires, la Plateforme militaire, elle, semblait presque uniquement fréquentée par des membres de l'armée. Partout où se portait le regard, ce n'était qu'hommes en uniformes qui se pressaient d'un bâtiment à l'autre, montaient la garde ou effectuaient des manœuvres d'entraînement en plein air.

Si elle faisait partie des strates supérieures de la Cité Flottante, la Plateforme militaire, qui abritait les quais aériens de la ville, n'occupait pas pour autant le sommet de la métropole. Le tramway ne tarda pas à gravir un immense pont qui les mena au niveau suivant, dont l'agencement tranchait avec la sobriété qui régnait jusque-là. Les lignes géométriques des casernes laissèrent place aux courbes des carrefours, des agora et des statues – tantôt danseurs, tantôt divinités du panthéon grec, tantôt créatures fantastiques. Même la forme massive du colisée devant lequel le véhicule fit halte un instant voyait sa façade de marbre adoucie par des ornementations florales.

— Magnifique, murmura Charlotte en contemplant l'orbe doré qui le surmontait et où avait été gravée la carte du monde.

— La Plateforme des arts… annonça sa camarade. Je m'attendais à la voir changée, mais elle est exactement comme dans mon souvenir.

Sur le dirigeable, Meg avait pris un instant son amie à part pour lui expliquer qu'elle aussi avait, dans un lointain passé, vécu à New York – d'où sa connaissance des usages en vigueur dans la cité – mais qu'elle s'était jusque-là juré de ne jamais en parler car son départ avait été la source d'un profond traumatisme. Comme les obligations et les péripéties du voyage les avaient empêchées d'entrer dans les détails, Charlotte sauta sur l'occasion de reprendre le fil de leur conversation :

— Je n'en reviens pas que tu aies habité ici autrefois ! dit-elle.

Meg poussa un rire qui sonnait faux.

— Moi aussi, j'ai presque du mal à le croire, tant le temps a passé. Je regrette mon silence, Charlotte. Je n'avais pas l'intention de te mentir, j'espère que tu le sais.

La future guérisseuse habitait déjà les Catacombes lorsque Charlotte et Ashley, alors âgés de cinq et sept ans, s'étaient joints au petit groupe d'enfants. Or, jusqu'aux bouleversements survenus quelques jours plus tôt, tous la croyaient venue, comme les autres membres de la troupe, d'une des positions avancées de la Résistance.

— Lorsque ma mère m'a forcée à quitter la ville… j'ai laissé le passé derrière moi, souffla la jeune femme d'une voix étranglée.

Elle ne semblait pas prête à ajouter quoi que ce soit. D'ailleurs, elle avait parlé tout bas pour ne pas être entendue des autres passagers, mais malgré les crissements du tramway et l'incessant carillon de la fanfare impériale miniature, il n'eût guère été sage de l'interroger en public. Charlotte garda donc pour elle les questions qui se pressaient dans sa tête.

Le convoi poursuivit sa course jusqu'à une nouvelle plateforme, où les arrêts se firent plus fréquents. Lorsque les passagers débarquaient, c'était pour rejoindre des portails en fer forgé qui s'ouvraient sur des résidences luxueuses aux jardins impeccablement tenus. Même si l'ébène n'y était pas aussi omniprésente qu'à bord du *Hector*, là encore bois et métal se mariaient en abondance sur les façades. Les demeures de l'élite s'élançaient, hautes, anguleuses, dans des nuances brillantes de châtaignier, acajou, érable et chêne, rehaussés de cuivre, de fer, d'acier, voire d'or.

Leur wagon poursuivit son petit bonhomme de chemin, jusqu'à ne plus transporter qu'une poignée de passagers. Lorsque la cloche du tramway signala le terminus, Jack se leva, ses deux camarades sur les talons. Une fois descendue de voiture, Charlotte s'assura qu'Ash et Grave avaient eux aussi bien débarqué. Revêtus de leur livrée de laquais, ils les rejoignirent plus lentement, chargés de leur encombrant fardeau.

Lorsque Jack traversa la rue, elle s'aperçut que les « rues dorées de la Plateforme coloniale » vantées par Lord Ott n'étaient pas qu'un mythe : à y regarder de plus près, les pavés rayonnaient bien d'un léger halo ambré. L'officier s'arrêta devant un portail de fer forgé de taille monumentale. Si la grille qui entourait la résidence imitait le style de ses voisines, la bâtisse, elle, tranchait nettement avec son environnement. Construite à la manière de la Plateforme militaire, elle se dressait, large et robuste, taillée dans un marbre immaculé. Sa façade ne semblait pas celle d'une maison d'habitation : avec ses colonnes corinthiennes ornées de feuilles d'acanthe et incrustées de jade, le bâtiment projetait une atmosphère froide et peu accueillante.

— Allez, finissons-en, murmura Jack avant d'ouvrir le portail.

Ils avaient parcouru la moitié du sentier qui traversait un jardin peuplé de haies taillées en forme de héros grecs lorsque la porte d'entrée s'ouvrit pour révéler une silhouette en habit de domestique.

— Monsieur Jack, fit l'homme avec un large sourire. Votre frère nous a annoncé votre arrivée. Nous sommes tous heureux de vous revoir.

— Bonjour, Thompson, répondit Jack d'un ton affectueux mais chargé de tristesse.

Seules quelques rares mèches de cheveux blancs se cramponnaient encore au crâne du vieux majordome.

— Le personnel a préparé vos chambres conformément aux instructions de votre frère, poursuivit-il avant de poser le regard sur la compagne de son employeur. Lady Charlotte Marshall, je présume ?

Jack confirma son intuition d'un signe de tête. Le dos raidi par l'âge, Thompson exécuta un salut un peu gauche.

— Votre présence honore la maison Winter, mademoiselle. J'espère que vous avez fait bon voyage.

Peu accoutumée à une telle déférence, Charlotte bredouilla un remerciement.

— Avec votre permission, poursuivit le majordome, nous allons installer vos domestiques dans leurs quartiers et leur communiquer le règlement de cette demeure. Nous avons préparé des rafraîchissements pour vous au salon…

— Ma mère ? demanda brusquement le jeune homme.

— Dans le jardin, monsieur Jack, répondit Thompson d'un ton soudain peiné.

— Je vais aller la saluer, déclara son maître d'un air sombre en prenant Charlotte par le bras. C'est là que nous prendrons le thé.

— Comme il vous plaira, monsieur.

Le vieux serviteur s'effaça pour les laisser passer. Charlotte n'appréciait guère de se retrouver ainsi pilotée, un peu comme un navire en mal de gouvernail, mais comment protester en présence de Thompson ?

Sans un mot, Ashley, Grave et Meg suivirent le majordome à l'intérieur et gravirent un escalier monumental, laissant les deux jeunes gens seuls. Elle s'apprêtait à reprendre sa liberté lorsque la main de Jack vint soudain couvrir la sienne.

— Avant que… Charlotte, il faut que tu saches. Ma mère…

La tension qui transparaissait sur son visage se dissipa soudain. Tête baissée, il relâcha ses doigts aussi soudainement qu'il s'en était emparé.

— Qu'y a-t-il ?

— Rien.

Sans ajouter une parole, il la fit sortir du vestibule, puis traverser un salon et un bureau. Au bout d'un couloir, il ouvrit des portes vitrées pour révéler une grande cour nichée au cœur de la maison. Un balcon courait tout autour de l'espace vert, au centre duquel gazouillait l'eau d'une fontaine.

Des bancs de marbre se dressaient face au petit monument où s'égayaient nymphes et faunes. Entre eux était installée une méridienne tapissée de jacquard rubis dont la présence jurait avec la sérénité du lieu.

Une femme revêtue d'une robe de chambre de soie froissée y était étendue. Les mèches brunes parsemées d'argent de sa chevelure, sans doute disposées avec art sur le sommet de sa tête un peu plus tôt dans la journée, retombaient à présent en désordre sur le tissu cramoisi. Un de ses bras pendait mollement par-dessus l'accoudoir. L'extrémité de ses doigts effleurait presque un plateau posé au sol où reposait un verre de sherry vide. Elle serrait un oreiller de soie contre sa poitrine.

— Un instant, dit Jack en abandonnant Charlotte sur l'allée qui entourait le carré de verdure.

Il se pencha sur la méridienne pour secouer doucement son occupante par l'épaule.

— Mère…

Charlotte ne savait plus où se mettre. Il eût été malséant de dévisager Lady Winter dans son état, même si Jack souhaitait de toute évidence la lui présenter.

— Laissez-moi, Thompson, soupira l'aristocrate. Je suis plongée dans le plus charmant des rêves. Un délice.

Jack la secoua un peu plus fort.

— Mère…

Lady Winter souleva une paupière lourde.

— Pardon ?

— C'est moi, Jack… Je suis rentré.

La voix du jeune homme semblait près de se briser. Le cœur au bord des lèvres, Charlotte observait, muette, cet échange entre mère et fils. Elle ignorait ce qu'elle s'était attendue à découvrir en rencontrant la famille de Jack, mais jamais elle n'aurait imaginé pareille scène.

Aveuglée par le soleil, Lady Winter se redressa sur son siège.

— Jack ? Mon petit Jack ?

— Plus si petit, j'espère, répondit-il avec un sourire triste.

— Oh, Jack ! s'exclama-t-elle en enlaçant son fils. Oh, mon chéri, comme tu m'as manqué !

— Vous aussi, mère, répondit-il, gêné, avant de se dégager.

Elle lui adressa un sourire radieux en se balançant doucement sur son siège. En dépit de ces effusions, quelque chose chez cette femme perturbait encore profondément Charlotte.

— Coe ne vous a pas prévenue de ma visite ?

— Oh si, sans doute… répondit-elle en écartant la question du revers de la main. Mais tu sais comme je suis distraite. Thompson se sera chargé de tout, bien sûr. Comme toujours.

Jack fit signe d'approcher à Charlotte, qui s'exécuta, le cœur battant. Lady Winter plissa les yeux.

— Est-ce Eleanor que tu m'amènes là ? Approchez donc, chère enfant ! Ne soyez pas timide.

La jeune fille jeta un regard méfiant à son compagnon d'armes. *Eleanor ? Mais de qui parle-t-elle ?*

— Pas Eleanor, non ! s'empressa de rectifier Jack. Coe vous a certainement dit que nous attendions une invitée ?

Lady Winter écarquilla des yeux indéniablement vitreux.

— Vraiment ? s'étonna-t-elle. Mais nous ne recevons jamais personne !

— Mademoiselle Marshall nous vient des îles… Rappelez-vous, j'étais posté là-bas, expliqua Jack. Elle est héritière d'une plantation de canne à sucre et s'apprête à vivre sa première saison.

Lady Winter n'accorda qu'un bref regard à la visiteuse avant de se renfoncer dans son siège. Elle poussa un profond soupir.

— J'ai toujours rêvé de voir les îles. Ton père avait promis de m'y emmener un jour.

— Les promesses, ça, il s'y connaît ! marmonna le jeune officier.

À cet instant, une femme à peu près du même âge que Thompson apparut avec un plateau, vêtue d'une robe grise toute simple et d'un tablier blanc immaculé.

— Où souhaitez-vous prendre le thé, monsieur Jack ?

Jack lui fit un petit sourire.

— Bonjour, madame Blake ! la salua-t-il en se passant une main sur la figure. J'espère que vous allez bien.

— Je n'ai pas à me plaindre, répondit la gouvernante. C'est un plaisir de vous revoir parmi nous !

Il inclina imperceptiblement la tête.

— Nous prendrons notre thé ici. Vous pouvez laisser le service sur le banc, merci.

Comme elle s'apprêtait à servir le breuvage, il ajouta :

— Ne vous donnez pas cette peine. Je m'en charge.

— Comme vous voudrez, monsieur Jack.

— Toujours deux sucres pour vous, mère ? ajouta-t-il.

— Bah ! Pas de thé pour moi, rétorqua la maîtresse de maison. Mary, apportez-moi un autre sherry.

— Tout de suite, Lady Winter, répondit Mme Blake en ramassant le plateau posé au pied de la chaise.

La cuillère que tenait Jack lui échappa des doigts et tinta plusieurs fois en tombant sur le banc.

— Allons, prenez plutôt un peu de thé.

La gouvernante, prise entre deux feux, dévisagea tour à tour la mère et le fils.

— Je n'en veux pas ! insista Lady Winter, qui s'était redressée sur un coude pour foudroyer la domestique des yeux. Qu'est-ce que tu regardes, vieille rosse ? Un autre verre, j'ai dit !

La pauvre femme fit la révérence avant de disparaître.

— Mère, gronda Jack d'une voix menaçante, ne parlez pas à Mme Blake sur ce ton.

— Et toi, ne parle pas à ta mère comme ça ! éructa Lady Winter, la lippe agitée d'un violent tremblement.

Et sans laisser à Charlotte le temps de saisir ce qui s'était joué exactement dans cet échange, l'aristocrate éclata en pleurs. Son fils s'agenouilla auprès d'elle avec un soupir.

— Ce n'est rien… Ne pleurez pas.

— Tu ne sais pas combien c'est dur, haleta Lady Winter entre deux sanglots. Je me sens tellement seule…

— Quand père est-il revenu pour la dernière fois ?

— Pas une seule fois depuis ton départ. Cette fois, son absence aura duré seize mois. Il devait revenir passer l'été ici, mais il s'est contenté d'une lettre. Elle est arrivée il y a quelques jours…

— Tout ça pour annoncer qu'il ne rentrait pas, termina Jack à sa place.

Elle sanglota de plus belle. Mme Blake réapparut avec une coupe de sherry posée sur un nouveau plateau.

— Voici, dit-elle en le présentant à Lady Winter.

— Oh, je vous remercie, Mary ! s'exclama l'aristocrate, qui tourna son visage baigné de larmes vers la domestique. Pardonnez mon mauvais caractère. Je ne suis plus maîtresse de mes émotions.

— Il n'y a pas de mal, madame. Vous êtes épuisée, c'est tout. (Mme Blake glissa un regard entendu à Jack.) Peut-être préféreriez-vous prendre votre thé au salon ?

Jack accepta d'un signe de tête et, d'un air sombre, regarda sa mère vider le verre en deux gorgées.

La gouvernante s'empara du service, qu'elle emporta à l'intérieur. L'attention de Charlotte, qui hésitait à la suivre, fut soudain attirée par un étrange cri aigu. Un oiseau au plumage fabuleux sortit de derrière la fontaine en lançant un nouvel appel vers le ciel.

Impossible de détacher le regard du paon, dont la poitrine cobalt et le cou de jade ne ressemblaient au poitrail d'aucun des volatiles qu'elle croisait habituellement au cours de ses patrouilles forestières. Eux cherchaient à se camoufler – cette créature, elle, ne vivait que pour être admirée. Se sentant observé, l'animal fit aussitôt la roue. Sa queue se déploya dans un cliquetis singulier, qui arracha à la jeune fille une grimace de dégoût : ses plumes avaient été renforcées d'une armature métallique et leurs yeux décoratifs rehaussés de joyaux. Quand l'oiseau passa devant elle, fier comme Artaban, les rayons du soleil accrochèrent mille feux aux émeraudes et aux saphirs qui ornaient ses ocelles.

— N'est-il pas éblouissant ? fit Lady Winter, qui avait suivi le regard de Charlotte. Et très rare, sachez-le ! Mon mari, l'amiral, me l'a fait expédier d'Inde. Le secret, semble-t-il, consiste à greffer à ses plumes des tiges creuses, afin de ne pas lui faire perdre l'équilibre.

— Je n'avais jamais rien vu de tel ! bredouilla Charlotte, horrifiée par ce spectacle.

Reconstruire les ailes d'une créature pour lui sauver la vie, comme Birch avec Moïse, pourquoi pas… Mais ce paon couvert de pierres précieuses dépassait les limites de l'entendement.

Son hôtesse se rallongea sur la méridienne avec un ricanement.

— Évidemment !

— Vous venez de demander pardon à Mme Blake, la réprimanda Jack. Faites un peu attention ou vous devrez aussi présenter des excuses à Char… Mlle Marshall.

Lady Winter grommela son assentiment, les yeux déjà clos. L'instant d'après, elle se mettait à ronfler.

Le jeune homme contempla sa mère un moment encore, avant de s'éloigner en secouant la tête. Il regagna la porte-fenêtre sans un regard pour Charlotte, qui se hâta de le suivre jusqu'au salon, où Mme Blake avait déposé le service à thé.

Jack se mit en devoir de préparer deux tasses, ajouta lait et sucre dans l'une d'entre elles, qu'il tendit à sa compagne sans un mot, et une cuillerée de sucre dans la sienne. La jeune fille s'assit dans un fauteuil. Lui resta debout, les yeux fixés sur elle.

— Alors ? demanda-t-il.

Pour gagner du temps, elle sirota une gorgée de son breuvage.

— Alors quoi ?

— Tu n'as rien à dire ? fit-il d'une voix sourde.

— Je ne me le permettrais pas, répliqua-t-elle.

Jack rit si fort qu'il renversa même un peu de thé.

— Tu ne… Par Héphaïstos, Charlotte, à t'entendre, tu as déjà ta place ici !

Il cherchait à la provoquer, mais elle savait bien contre qui était vraiment dirigée la fureur du jeune officier.

— Ce que j'essaie de dire, c'est que je ne connais pas bien ta mère, répondit-elle, les sourcils froncés. Et que je ne me permettrais de toute façon jamais de la juger.

— Mais je t'en prie, ne te retiens pas pour moi ! aboya Jack. Tu peux la juger comme bon te semble, comme tout ce que tu vois dans cette maison et dans cette ville !

— Jack…

Sans pour autant lui pardonner la déception de la veille, Charlotte n'eut pas le cœur à ignorer la douleur évidente que procuraient au jeune homme ses retrouvailles avec sa mère. Il se laissa tomber sur un sofa de cuir.

— Elle n'a pas toujours été comme ça, murmura-t-il au bout d'un moment d'une voix étouffée.

Lady Winter était-elle malade ? Charlotte se leva pour aller s'asseoir à côté de lui. Elle n'osait pas poser la question, de peur que la réponse soit non. Son camarade devrait alors reconnaître que sa génitrice n'était en fait qu'un odieux personnage, tout simplement. Elle se contenta donc de lui prendre les mains, qu'elle serra entre les siennes.

— Je ne voulais pas revenir ici, dit Jack, les yeux rivés au sol. J'étais parti pour ne jamais revenir.

Chapitre 16

Bien plus tard, après que Mme Blake eut conduit Charlotte à sa chambre et ordonné au personnel de lui préparer un bain qu'elle trouva délicieux, Meg chassa les employées de la maison, décrétant qu'elle seule aiderait la jeune fille à se vêtir pour la soirée. Contre toute attente, elle l'informa alors qu'ils dîneraient dehors.

— Notre présence contrarie-t-elle Lady Winter ? demanda Charlotte.

— Je doute que cette dame se rappelle même notre arrivée, répondit Meg en boutonnant la nouvelle robe.

Leurs regards se croisèrent dans le miroir.

— Elle est malade, non ?

La guérisseuse confirma ce diagnostic d'un petit signe de tête.

— L'amiral est rarement chez lui et, au fil des ans, les nerfs de Lady Winter se sont détériorés. Elle est de toute évidence la proie d'accès de mélancolie.

Charlotte ne comprenait pas comment une simple maladie nerveuse pouvait expliquer un tel comportement – à l'exception peut-être de la crise de larmes.

Sa perplexité n'échappa pas à Meg, qui finit par ajouter :

— La mère de Jack soigne son mal à coup de fortes doses de laudanum. D'après Ashley, elle serait incapable de supporter une seule journée sans ingurgiter plusieurs verres de sherry coupé au laudanum. Et ce, depuis des années.

Charlotte croisa les bras, glacée par cette révélation. Son amie se mit à fredonner à voix basse en sélectionnant une veste pour aller avec la robe.

— Pourquoi l'amiral Winter n'est-il jamais chez lui ? Ne se soucie-t-il donc pas de la santé de sa femme ?

— Apparemment, c'est un mariage de convenance, et non d'amour, expliqua Meg. Il préfère consacrer son existence à la gloire de l'Empire, entouré d'officiers, plutôt que se soucier de la gestion de son foyer.

— Mais… Et ses deux enfants ?

La guérisseuse l'aida à enfiler un spencer de soie vert pâle.

— Il tient assez à ses fils pour s'assurer qu'ils intègrent les meilleures académies militaires et reçoivent des affectations dignes de leur standing une fois leurs études terminées. Mais son goût pour la paternité s'arrête là, il faut bien le dire.

Jack doit mépriser l'amiral, pensa Charlotte. *C'est évident. Sinon, comment pourrait-il trahir ce que son père aime le plus au monde, au risque de condamner sa propre famille ?*

— Où allons-nous ce soir ? demanda-t-elle afin de dissiper ces sombres pensées.

— Nous occuper du cas de Grave !

Un frisson d'excitation la secoua de la tête aux pieds. Quel que soit le danger, une expédition clandestine au cœur de la Cité Flottante présentait bien plus d'attraits que la perspective d'un dîner sinistre dans cette demeure hantée par de tristes fantômes.

Une fois convenablement habillée et coiffée, Charlotte descendit le grand escalier en compagnie de Meg pour retrouver les garçons dans le vestibule. Jack arborait toujours une tenue militaire, mais il avait changé d'uniforme. Ash et Grave avaient eux aussi troqué leurs habits de voyage froissés pour des livrées impeccablement amidonnées.

Sans s'embarrasser de formalités, le jeune officier annonça simplement :

— Nous allons prendre le tramway jusqu'à la Plateforme du marché, où nous monterons sur la Grand-Roue. Il nous faudra en tout une bonne heure pour atteindre les Communes.

— Est-ce vraiment le plus court chemin jusqu'à la terre ferme ? soupira Ash.

D'un pas décidé, Jack se dirigea vers l'entrée du manoir.

— Si l'on veut éviter d'attirer l'attention, oui, répondit-il en dévalant à la tête du petit groupe l'escalier qui menait aux jardins. Les résidents de la Cité Flottante sont censés vivre à des lieues des rigueurs d'une existence laborieuse. Jamais ils ne s'approchent de la Ruche ou de la Grande Fonderie, s'ils peuvent s'épargner cette épreuve. Les ascenseurs installés à l'arrière des plateformes sont strictement réservés à un usage officiel ou aux cas d'extrême urgence.

— Ton uniforme me semble assez officiel, remarqua Ash.

— Mais pas votre accoutrement. Personne ne s'étonnera de voir Charlotte escortée en ville par un officier… Cependant une dame et ses domestiques ne peuvent pas emprunter les ascenseurs.

Lorsqu'ils atteignirent la rue, Ash désigna la Grand-Roue qu'on voyait se dessiner à l'horizon, dans une mer de brume.

— Les gens passent vraiment par là pour circuler entre plateforme et terre ferme ? demanda-t-il, fasciné.

— Tu supposes que les allées et venues son fréquentes, constata Jack, le fantôme d'un sourire sur les lèvres. Mais la plupart des New-Yorkais ne quittent les échelons supérieurs de la Cité Flottante qu'en dirigeable, pour regagner leurs maisons de campagne.

— Et les résidents des Communes qui voudraient monter en ville ? demanda Charlotte.

— C'est l'autre utilité de la Grand-Roue. Selon la loi impériale, tout citoyen est libre de pénétrer dans la cité. Mais l'accès aux plateformes n'est pas gratuit, et peu de travailleurs peuvent se l'offrir. Ce péage a été mis en place par les autorités afin de reléguer la plèbe aux strates inférieures, bien sûr.

Choqué par ces procédés, Ash grommelait toujours dans sa barbe lorsqu'ils embarquèrent tous à bord du tramway. Installée près de la fenêtre, Charlotte s'attendait à voir Meg la rejoindre, mais c'est Jack qui prit place à côté d'elle sur la banquette. Sans un mot, il posa la main sur celle de la jeune fille, entrelaçant leurs doigts à l'abri des regards de leurs compagnons. Charlotte lui jeta un coup d'œil interrogateur, mais il fixait l'horizon d'un air buté.

À mesure que la voiture s'emplissait de passagers, l'atmosphère se fit plus festive. Trop distraite par la sensation de la main de Jack sur la sienne, Charlotte remarquait à peine les rues et les places qu'ils longeaient. La Plateforme militaire défila après celle des arts. Ce n'est que lorsqu'une clameur joyeuse retentit dans le véhicule bondé qu'elle se décida à lever les yeux.

Le wagon ralentissait à l'approche d'une immense roue dont chaque élément – cadre, essieu, rayons – était illuminé. Lancée dans un mouvement perpétuel, elle se parait d'or et de bronze, ses nacelles de verre suspendues comme autant de flocons étincelants autour de sa circonférence.

Le tramway freina dans un long crissement perçant avant de recracher une cohorte de passagers qui se joignirent tous à la file d'attente de la Grand-Roue. Bien qu'apparemment interminable, la queue progressait de façon régulière au rythme des rotations.

Un véritable défilé de calèches se rangeait presque sans discontinuer non loin du quai. Charlotte vit des femmes drapées de soie et de velours sortir des attelages, accompagnées d'hommes en redingote et haut-de-forme, dont le visage s'encadrait de favoris soigneusement taillés. Leurs rires joviaux, qui emplissaient l'air nocturne, laissèrent Charlotte perplexe.

— Quel besoin ont-ils de prendre un fiacre quand le tramway dessert toutes les plateformes ? demanda-t-elle à Jack.

— Même s'il est toléré de se déplacer en transports ferroviaires, il est bien plus chic d'emprunter des voitures privées. La calèche n'est qu'un moyen parmi d'autres d'afficher sa fortune…

Elle fit la grimace et résolut, comme ses compagnons, de prendre son mal en patience. Dans ce lieu étrange se croisaient toutes les classes sociales. Entourée de citoyens de l'Empire qui, au premier regard, la prenaient pour l'une des leurs, Charlotte devait bien l'avouer : elle trouvait un goût un peu amer à l'ambiance festive qui régnait autour d'elle.

Ne savent-ils donc pas qu'ils sont en guerre ? s'étonna-t-elle en son for intérieur. Combien d'années avait-elle passées dans la clandestinité, vivant d'expédients, à guetter le jour où elle pourrait enfin prendre les armes contre le tyran dont la Cité Flottante tenait sa puissance ? L'insouciance de cette classe de privilégiés la laissait pantoise. Elle remarqua que son frère, malgré l'expression sereine qu'il se forçait à afficher, serrait lui aussi les poings. Elle fut soulagée de le voir partager son malaise.

Meg, en revanche, semblait plus introvertie qu'à l'accoutumée. Plongée dans ses pensées, elle ne remarquait rien de ce qui l'entourait et ne répondait aux questions qu'à coup de monosyllabes. *Près de onze ans qu'elle n'a pas revu la ville de son enfance, après tout…* songea Charlotte.

Lorsque leur tour arriva, Jack paya leur passage. Ils embarquèrent en compagnie d'une douzaine de passagers dans l'une des navettes de la Grand-Roue, qui entama sa longue descente. La nuit descendit doucement sur le paysage qui s'étalait sous leurs yeux : au loin, des hectares de forêt et, sous leurs pieds, les lumières brillantes des Communes.

Au bout de quelques minutes, Charlotte ne put que s'associer, une fois de plus, à la consternation de son frère : la roue tournait à une lenteur intolérable. Un majordome – chaque voiture en comptait un, de toute évidence – distribua des flûtes de champagne aux passagers de qualité, parmi lesquels Jack et Charlotte. Bientôt, le tintement des verres emplissait la cabine. Levant sa coupe à chaque toast pour donner le change, Charlotte y trempa à peine les lèvres. Elle n'avait d'autre solution que de ronger son frein…

Près de trois quarts d'heure s'écoulèrent avant que la nacelle ne touche terre. Elle déposa ses passagers afin d'accueillir, cette fois, des candidats à la montée. Les Communes, comme on les appelait, réservaient au visiteur un accueil pour le moins bruyant : à peine sortie de l'habitacle, Charlotte se retrouva submergée par le vacarme ambiant. Le rugissement de l'eau qui alimentait la Grand-Roue vint noyer ses tympans, doublé – oh, joie ! – d'une cacophonie d'orgues, de carillons et de cuivres mugissants.

Cette improbable symphonie s'accompagnait de lumières tout aussi tapageuses : des tiges de fer grandes comme deux hommes et surmontées de moulins tournoyants projetaient une pluie d'étincelles dans les bassins des chutes d'eau qui propulsaient la Grand-Roue. Ces engins étranges bordaient de part et d'autre un petit sentier qui menait jusqu'à un long escalier aboutissant à une vaste avenue piétonne.

Les passagers, qui se bousculaient en riant, se diri-geaient tous vers l'est. Au loin, Charlotte aperçut les couleurs chatoyantes des fanions – mais aussi des tentes et autres pavillons – qui formaient la Foire aux rétameurs. Seuls deux voyageurs (deux hommes, remarqua la jeune fille) prirent la direction opposée, tête baissée.

Charlotte étreignit le bras de Jack.

— Qu'y a-t-il, de ce côté ?

— La Forêt d'acier. Au départ, c'était un projet caritatif destiné à offrir un peu de culture aux Communes. Forgée à partir de limaille, elle devait symboliser l'union entre nature et machine, art et industrie – les apanages respectifs de nos divins patrons, Athéna et Héphaïstos.

— Et maintenant ?

Charlotte suivit le sentier des yeux. Les deux silhouettes avaient déjà disparu, englouties par les ténèbres.

— La couronne a financé la création de la Forêt d'acier mais s'est bien gardée de pourvoir à son entretien, laissant cette responsabilité au gouverneur colonial. Et comme ce parc devait d'abord bénéficier aux Communes, le gouverneur a jugé inutile de payer pour entretenir un spectacle « frivole » que ni lui ni ses pairs ne pouvaient apprécier. C'est devenu un repaire des coupeurs de bourses, assassins et autres sinistres personnages. Imagine la ville comme un fruit : là-haut, sur les plateformes, elle semble mûre, juteuse, parfaite, mais d'ici, tu découvriras son cœur pourri.

Tout en devisant, Jack l'entraînait vers l'est à la suite des autres passagers. Charlotte contemplait, fascinée, les soies et autres bannières carnavalesques qui continuaient d'attirer l'œil du visiteur, même à présent que la nuit était tombée.

— Et la Foire aux rétameurs ? demanda-t-elle. Elle semble florissante, en revanche…

— Détrompe-toi, la fête foraine est corrompue, elle aussi. On l'a juste repeinte de mille couleurs vives pour en cacher la fange. Nombre d'habitants de la Cité Flottante viennent ici dépenser leur argent pour s'offrir les délices et les scandales de la foire. Car ses attractions varient sans cesse, là où la Forêt d'acier a été abandonnée à la rouille. C'est que les rétameurs financent eux-mêmes l'entretien du lieu. Ils n'ont que faire du soutien de l'Empire.

Elle fit les gros yeux, moqueuse.

— Délices et scandales, tu dis ? Mais qu'entends-tu par là ?

— Allons, Charlotte… je peux te faire confiance pour éviter les ennuis ?

— Qui sait ! Tu es censé assurer ma sécurité, n'est-ce pas ta responsabilité ? le taquina-t-elle malicieusement.

Mais Jack ne s'en laissa pas conter. Il se pencha pour murmurer à son oreille :

— Ne crois pas que tu pourras échapper à ma surveillance. Je ne te lâcherai pas d'une semelle.

Les yeux rieurs, il glissa les doigts entre la manche du spencer et le gant de la jeune fille pour lui caresser le poignet. Surprise, Charlotte faillit trébucher. Elle se laissa porter par la chaleur de Jack, par la douceur de son souffle sur sa tempe, émerveillée de l'effet qu'avait sur elle cette caresse interdite.

Mais son esprit méfiant ne se laissa pas faire. *Je ne peux pas t'embrasser.* Et sans qu'elle sache pourquoi, une autre phrase lui revint elle aussi en mémoire, prononcée le jour même par Lady Winter : « *Est-ce Eleanor que tu m'amènes là ?* »

Elle se raidit et se dégagea sans ménagement.

— Je sais me défendre. Inutile de t'inquiéter pour moi… Inquiète-toi plutôt de tenir parole.

Elle pouvait consoler un ami dont la mère était malade, mais pas encourager les avances contradictoires d'un affabulateur. Jack lui avait caché son identité depuis le premier jour et continuait de faire des mystères. Il soufflait tour à tour le chaud et le froid… Or Charlotte, d'un caractère franc et entier, n'aimait pas se sentir manipulée.

Elle était sur le point de s'éloigner quand le jeune homme la retint.

— Je reste ton escorte.

— Et je saurai feindre de me sentir honorée par la présence d'un tel gentleman, tu peux compter sur moi ! rétorqua-t-elle, acide.

— Charlotte… souffla-t-il d'une voix peinée.

Elle refusait de le regarder. Un nouveau souvenir s'était insinué dans le tourbillon de ses pensées. « *Tu crois me connaître, mais tu te trompes…* »

Son cœur se serra. Après une déclaration pareille, comment faire confiance au jeune officier ? Et comment pouvait-elle se laisser ainsi attendrir par de petites attentions, distillées à sa convenance ? Que savait-elle vraiment de lui ? Ses véritables intentions demeuraient une énigme. Le silence s'installa entre eux, et ils pénétrèrent dans la fête foraine sans prononcer une autre parole.

Peuplée de tentes et d'étals divers, bondée de saltim-banques, la Foire aux rétameurs bouillonnait d'activité.

Une ribambelle sans fin d'attractions illuminait les ténèbres. Les spectateurs s'agglutinaient çà et là, bloquant le passage, ou se bousculaient pour se glisser sous les divers chapiteaux afin d'y admirer acrobate, cracheur de feu ou cartomancien.

Meg avait pris la tête du cortège. Elle semblait déambuler au hasard et faisait mine d'admirer les lieux, mais on la sentait déterminée à les mener à une destination bien précise. À mesure qu'ils approchaient du cœur de la foire, la foule se faisait plus dense. Les petits étals de nourriture laissèrent peu à peu la place à d'opulents pavillons. Les voix des bonimenteurs qui interpellaient les passants couvraient miraculeusement la cacophonie ambiante.

« Homme ou grand singe, qui est le plus fort ? Venez placer vos paris avant le début du combat ! »

« Vos désirs sont des ordres, mesdames ! Le rétameur Godwin lira dans votre cœur afin de forger pour vous l'ornement parfait ! Chaque pièce est unique ! Messieurs… comment gagner éternellement les faveurs de votre belle ? Surprenez-la avec ce symbole sans pareil de votre amour ! »

Et un peu plus loin :

« Saurez-vous gravir l'échelle de Jacob ? Venez dompter la machine la plus intelligente de la foire ! »

Bien que distraite par ces diverses attractions, Charlotte se contraignit à suivre le mouvement car, sans se soucier des sollicitations, leur guide filait droit vers son but, en l'occurrence le plus vaste des pavillons. Si grand qu'il comptait plusieurs entrées, il était constitué de différentes tentures métallisées qui reflétaient la lueur des torches. Meg leur fit contourner sans perdre un instant la structure de toile.

Ils firent halte devant un vaste pan de velours argenté. Tiré pour dévoiler l'intérieur de la tente, il était maintenu en place par un cordon de soie noué à un poteau. Pas d'aboyeur pour les inviter à entrer, mais une étrange installation dressée près de la porte.

Charlotte prit tout d'abord la sculpture métallique pour un arbre biscornu, mais comprit vite son erreur : ses bras de cuivres s'animèrent en effet à leur approche. En son cœur, un chapelet d'orbes flottait autour d'un globe de verre illuminé d'un feu ambré. Une voix rauque leur annonça :

— Ici réside Madame Jedda, maîtresse de l'univers. Entrez, vous qui cherchez la vérité, et apprenez ce que dissimulent les étoiles.

Meg se tourna vers Ash et Jack.

— Restez ici. Assurez-vous que personne ne nous interrompe pendant notre entretien.

— Tu es sûre que ça va aller ? lui demanda leur chef, le front plissé. Ça fait des éternités que tu ne l'as pas vue…

La guérisseuse avait en effet les traits tirés, et une expression étrange sur le visage, que Charlotte ne lui avait encore jamais vue.

— Ça, je suis bien placée pour le savoir ! Non, tu n'as pas à t'inquiéter.

— Bon, entendu. Si tu es sûre de toi…

— J'ai besoin de monnaie, l'interrompit Meg.

Jack tira une poignée de pièces d'argent de sa poche.

— Vous deux, suivez-moi ! ajouta la jeune fille d'un ton brusque. Et ne prononcez pas un mot, sauf indication contraire.

Charlotte se hâta d'obtempérer, hébétée par l'air d'autorité de son amie. Grave, comme à son habitude, suivit docilement le mouvement.

À l'intérieur de la tente les attendait la deuxième entrée du domaine de Madame Jedda, tout aussi élaborée que la première. Un panneau de bois semicirculaire occupait un espace rond, faiblement éclairé par une série de chandelles. Sur la partie gauche de la paroi étaient sculptés les signes du zodiaque, tandis que sur la droite se dessinaient les dieux et déesses grecs, accompagnés de leurs planètes respectives. Au centre de la cloison était enchâssée une statue de femme, bras tendus, les paumes tournées vers le ciel. Charlotte reconnut Ariane : le fil magique de cette sorcière, favorite d'Athéna, la patronne des arts et de l'artisanat, avait guidé Thésée hors du labyrinthe. Émissaire de la déesse de la sagesse, Ariane était la gardienne des doctrines ésotériques.

Meg déposa l'argent de Jack dans l'une des paumes du personnage. Le poids des pièces fit s'ouvrir une trappe dans la main de la statue. Charlotte entendit la monnaie tomber et dévaler l'intérieur de son bras creux.

Au bout d'un moment, un engrenage s'enclencha de l'autre côté de la cloison de bois. Le panneau de gauche s'ouvrit dans un grincement sinistre et une voix féminine désincarnée souffla :

— La requérante peut entrer…

Sans hésiter, Meg franchit la porte entrouverte, Charlotte et Grave sur les talons. Ils se retrouvèrent dans un couloir drapé de tentures de soie diaphanes qu'ils écartèrent comme autant de toiles d'araignée pour émerger dans une pièce abritant en son centre un grand objet rectangulaire couvert de velours noir.

Lorsque Meg s'en approcha, les pans de tissu s'écartèrent pour révéler un caisson de verre dans lequel se trouvait un œil gigantesque, rehaussé de saphir et d'onyx et serti dans une pyramide dorée. Éclairé par le dessous, il semblait brûler d'un feu intérieur. Œil et pyramide étaient entourés d'un cercle relié à sept bras de cuivre dont les mains tournaient sans cesse. À son passage au bas de la vitrine, chacune attrapait une carte de tarot qu'elle présentait ensuite aux visiteurs.

— Madame Jedda est une machine ? murmura Charlotte.

Le regard de reproche que lui jeta son aînée la réduisit au silence. Un ordre finit par retentir :

— Choisissez une carte.

Examinant chaque tarot qui défilait sous ses yeux, Meg attendit le passage d'un cœur percé de trois épées. Elle tira alors rapidement une poignée de cuivre encastrée dans la vitrine et gravée de la mention « CHOISIR ».

— Le trois de cœur, murmura la voix. Il se pourrait que nous vous connaissions.

La jeune femme poussa un autre levier étiqueté « INTERROGER ».

— Posez votre question, psalmodia leur interlocutrice invisible.

Décrochant un tuyau de cuivre suspendu à côté de la manivelle qu'elle venait d'actionner, Meg parla dans l'embouchure évasée.

— L'enfant prodigue peut-il connaître le pardon ?

Ébahie, Charlotte tint néanmoins sa langue. *Quel charabia !* se dit-elle. Même à admettre que Grave soit une sorte d'enfant prodigue, la formulation n'aurait pas pu être plus vague. Et puis… quelle sorte d'aide pouvait donc leur apporter une machine divinatoire ? Ils avaient perdu bien assez de temps à bord de la Grand-Roue, il y avait sans doute mieux à faire dans les Communes pour retrouver l'origine de Grave. Mais le garçon ne semblait pas partager son impatience : il paraissait fasciné par l'œil et les mains mécaniques de Madame Jedda.

Lorsque s'interrompit soudain leur rotation, il afficha d'ailleurs une déception presque comique. Le silence s'étira, interminable.

— Que se passe-t-il ? finit par demander la jeune fille.

— Silence ! souffla Meg.

Le lourd rideau de velours remua, comme soulevé par la brise. Une ombre apparut derrière le caisson vitré. Charlotte porta la main à sa bouche pour étouffer un cri. Sur la lumière tamisée se détacha une silhouette féminine, si silencieuse dans ses mouvements qu'on eût dit un spectre.

— Te voilà de retour, mon enfant, dit l'inconnue, dont la voix était la même que celle de la machine. Je t'avais pourtant mise en garde…

— Je n'avais pas le choix, répondit Meg d'un air de défi. J'ai besoin de ton aide, maman.

Chapitre 17

— **M**adame Jedda est ta mère ?

La même mère qui l'avait exilée de New York pour une raison mystérieuse à l'âge de six ans à peine ? Charlotte s'était attendue à beaucoup de choses, mais pas à ça. Bien sûr, elle n'imaginait pas que Meg quitte la ville sans tenter de renouer avec sa génitrice si celle-ci était toujours vivante. Mais… Cartomancienne à la Foire des rétameurs ? Voilà qui dépassait toutes ses attentes.

Meg fit volte-face.

— Je t'ai dit de te taire ! s'écria-t-elle d'une voix rauque.

— Paix, mon enfant ! Laisse-moi plutôt te regarder.

La haute silhouette de Jedda dominait la petite pièce. Un filet d'or et d'argent enserrait ses boucles noires. Une robe de soie vert pâle mettait en valeur sa peau brune. Elle resta muette un long moment.

— Es-tu donc si déçue de me voir ? demanda Meg d'une voix douce.

Sa mère fit non de la tête : les minuscules clochettes suspendues à ses oreilles tintèrent, cristallines.

— Comment peux-tu le croire ne serait-ce qu'un instant ? dit-elle en ouvrant les bras.

Meg s'y glissa, les yeux pleins de larmes.

— Je suis heureuse de te revoir, ma fille. Tant de temps a passé… Mais mon devoir est de te mettre en garde : cette ville est un nid de vipères, tu le sais bien, poursuivit Jedda. Allons, dis-moi ce qui t'amène…

La jeune femme se dégagea avant d'essuyer ses pleurs de la paume de ses mains. Elle désigna du doigt le pauvre Grave, qui n'en menait pas large.

— Ce garçon est venu chercher refuge dans les Catacombes, expliqua-t-elle. Il portait la tenue des travailleurs de la Ruche, mais n'a aucun souvenir de son identité ou de ses origines.

L'oracle posa sur sa fille un regard perçant.

— Pas de signe de maladie ?

— Aucun que j'aie pu détecter.

— Pourquoi me l'amener ? s'étonna Jedda, troublée. Son amnésie est probablement liée à un traumatisme. La mémoire finira sans doute par lui revenir. Toi, en revanche, tu risques gros en venant ici.

— Je sais, maman… Mais quelque chose chez ce garçon me tracasse. Dès que j'ai posé les yeux sur lui, j'ai su qu'il fallait te l'amener.

La cartomancienne effleura la joue de Meg avec une infinie tendresse, un petit sourire triste aux lèvres.

— Tu peux continuer de prétendre ne pas avoir hérité de mon don, mon enfant… Mais si ton intuition t'a menée jusqu'ici, c'est que tu étais guidée par la main d'Athéna. Comment se nomme ton protégé ?

— Nous l'avons surnommé Grave.

Majestueuse, Jedda tendit la main au garçon.

— Approche, dit-elle.

Il ne se fit pas prier.

— Alors la machine… c'est vous ? demanda-t-il, les sourcils froncés.

— Bien sûr que non, jeune homme, murmura la voyante. Je me contente de la manœuvrer. Ce type d'engin ne peut entrer en communication avec les esprits. Or, sans les esprits, les cartes demeurent muettes. Allons, donne-moi tes mains, veux-tu ?

Un peu méfiant, Grave plaça ses doigts dans les paumes ouvertes de Jedda. Elle frissonna à l'instant où ils se touchèrent. Les yeux clos, elle s'absorba dans un tel recueillement que Charlotte n'osa plus respirer. Mais lorsque l'oracle finir par secouer la tête, ce fut avec une grimace.

— Nous avons un sérieux problème, dit-elle. L'esprit du garçon est voilé, son passé hors d'atteinte. Comme une âme qui, au lieu de s'attarder ici bas, serait déjà passée de l'autre côté.

— Qu'a-t-il subi pour en arriver là ? demanda Meg.

Charlotte écoutait leur échange, plongée dans une espèce de torpeur. Elle en avait la chair de poule.

— Je l'ignore, répondit Jedda. Que lui a-t-on fait et pourquoi ? Je sens quelque chose de très étrange en lui, mais je ne parviens pas à comprendre ce qui cloche. D'autant que sa peau est glacée… Es-tu bien certaine qu'il n'est pas souffrant ?

— Il est en pleine forme, c'est le moins qu'on puisse dire… C'est un autre de ses symptômes, en fait.

— Que veux-tu dire ?

— Il est d'une force exceptionnelle… Surhumaine même…

Le visage de la voyante se troubla.

— D'autres que moi pourraient bien détenir les réponses que tu cherches.

Charlotte ne put contenir plus longtemps sa curiosité :

— Qui donc ? fit-elle, avant de se mordre la langue.

Mais Jedda la rassura d'un sourire.

— Les dépositaires des mystères d'Athéna, qui servent dans son temple.

— Les Sœurs ? s'exclama Meg. Est-ce vraiment sage ?

— Je ne vois pas d'autre solution, répondit sa mère. Les prêtresses de la déesse savent déverrouiller l'esprit humain. Elles seules pourraient disperser les brumes qui masquent l'identité et la véritable nature de ce garçon.

La guérisseuse courba le dos un instant, mais finit par se ranger à ce conseil.

— N'aie crainte, murmura Jedda. Rappelle-toi qu'elles servent Athéna, et non l'Empire.

Meg poussa un soupir avant de s'adresser à Charlotte :

— Tu veux bien me laisser un instant avec ma mère, et ramener Grave auprès d'Ash ?

— Bien sûr…

Elle laissa les deux femmes face à face et, tirant le garçon par le poignet, reprit le couloir par lequel ils étaient venus.

— Qui sont les Sœurs ? lui demanda-t-il.

— Je n'en suis pas bien sûre, reconnut-elle.

Elle connaissait mal les cultes d'Athéna et d'Héphaïstos. Tout ce qu'elle savait, c'est que certains faisaient le choix d'abandonner leur existence ordinaire pour se mettre au service de l'une des deux divinités patronnesses de l'Empire.

S'ensuivit une question pratiquement inaudible.

— Tu crois qu'elles vont me faire du mal ?

— À toi ? Je ne suis pas sûre que ce soit possible… répondit Charlotte en riant.

Loin de le rassurer, cette réponse le plongea dans une tristesse plus grande encore.

— Au début, j'ai cru que la machine détenait la réponse, marmonna-t-il à l'approche de l'entrée du pavillon.

— Pardon ?

— Les machines ne commettent pas d'erreur, dit-il. Elles sont parfaites.

Intriguée par ces paroles, la jeune fille ralentit le pas.

— Qu'est-ce que tu racontes ? D'où te vient cette idée ?

Il la dévisagea en clignant des paupières, comme au sortir d'un rêve.

— Je… Je ne sais pas pourquoi j'ai dit ça.

Charlotte fut tentée de rebrousser chemin pour ramener son protégé à Jedda. Malgré l'aveu d'impuissance de la voyante, leur visite semblait avoir débloqué quelque chose dans la mémoire du garçon. Mais ils passaient déjà le seuil. Après l'atmosphère étriquée de la tente, elle huma avec soulagement la brise nocturne.

— Alors ?

Agacée par le ton impérieux de son frère, Charlotte décida de ne pas le ménager :

— Tu savais que la mère de Meg était à l'intérieur ? demanda-t-elle vertement.

Il écarta les bras, penaud.

— Je lui avais promis de ne rien dire.

Jack siffla entre ses dents, abasourdi par la nouvelle.

— La mère de Meg est oracle à la Foire aux rétameurs ? Ça, c'est un scoop ! Et tu le savais ? Comment as-tu réussi à lui tirer les vers du nez, camarade ?

— Oh, la ferme ! grommela leur chef, dont les oreilles viraient au cramoisi.

Il se racla la gorge, donna deux petits coups de canne sur le sol et posa sur sa sœur un regard grave.

— Vas-tu nous dire ce qui s'est passé, oui ou non ?

— Eh bien, Madame Jedda…

— « Madame Jedda » ? l'interrompit Jack en haussant un sourcil moqueur.

— Jack… gronda Ash d'un ton menaçant.

Charlotte poursuivit sur sa lancée, comme s'ils n'avaient pas parlé.

— N'a pas su nous dire qui était Grave, mais elle nous a…

Ses paroles furent brusquement noyées par le hurlement de centaines de sirènes.

Elle plaqua les mains sur ses oreilles. Tout autour d'eux, la foire sombra dans un chaos indescriptible en l'espace de quelques secondes. Dans la bousculade générale, spectateurs et saltimbanques paniqués surgirent des tentes pour se disperser dans toutes les directions.

Les lèvres de Jack s'agitaient sous les yeux de Charlotte. Elle s'approcha pour mieux entendre.

— Une descente ! criait le jeune homme.

Mais encore ? À cet instant, Grave se mit à hurler à pleins poumons :

— Non ! Oh non, pas ça !

Les yeux exorbités, il agitait les bras en tous sens.

— Pitié ! Pas ça ! beugla-t-il.

— Du calme, bonhomme, dit Jack en lui tendant la main. Viens, déguerpissons d'ici.

Sitôt que l'officier l'effleura, Grave fit volte-face et lui asséna un coup de poing en pleine poitrine qui l'envoya bouler à plusieurs mètres de là. Désorientée par le bruit assourdissant des sirènes, Charlotte perdit de vue l'officier, aussitôt masqué par la foule en fuite.

— Jack ! l'appela-t-elle, en vain. Ash, il va se faire piétiner !

— Attends-moi ici, lui ordonna son frère avant de se ruer dans la cohue.

La jeune fille se tourna vivement vers Grave.

— Pourquoi l'as-tu frappé ? Qu'est-ce qui t'a pris, enfin ?

Indifférent à ces paroles, le garçon s'arrachait à pleines poignées des mèches de cheveux bruns.

— Pas ça… Non, pas ça !

— Grave ! hurla-t-elle.

Elle se retint à grand-peine de le secouer pour le ramener à la raison, craignant qu'il ne l'envoie valser comme une simple poupée de chiffon. Il finit par poser sur elle un regard vide, terrifié et complètement désemparé.

Elle fit un petit pas vers lui.

— Non, Grave…

Trop tard. Il avait pris la fuite.

— Attends ! s'écria-t-elle en se lançant à sa poursuite.

En quelques instants à peine, il avait déjà fendu la foule. Charlotte peinait à le suivre mais les reflets noirs de sa chevelure surgissaient de temps à autre au milieu de l'assistance bigarrée. Où courait-il ainsi ? Que fuyait-il ?

Les sifflements stridents se firent soudain plus proches. Comme un seul homme, la foule se déporta sur la droite. Le cœur de Charlotte se contracta dans sa poitrine lorsqu'elle comprit pourquoi. Enfant, une telle vision eût été pour elle celle d'un cauchemar.

Ces démons ne ressemblaient en rien aux visiteurs de la foire. Vêtus de cuir noir de pied en cap, ils avaient les mains gantées d'acier et la moitié du visage dissimulée par un masque de métal poli. La tête recouverte d'une capuche, les silhouettes massives empoignaient les fuyards pour les envoyer rouler aux pieds d'autres agents de l'Empire restés, eux, en retrait. Au loin, Charlotte aperçut les Pots de rouille, dressés entre les tentes qu'ils dominaient de toute leur hauteur. Les assaillants semblaient choisir leurs victimes sans rime ni raison.

Submergée par la terreur, elle oublia toute velléité de rattraper Grave. Portée par la déferlante de la foule paniquée, elle contrôlait à peine ses mouvements. Il lui fallait s'extirper de la masse si elle voulait en réchapper.

Courant à toutes jambes, elle jeta cependant un regard en arrière pour mesurer la distance qui la séparait encore de ses poursuivants. Bien mal lui en prit : elle constata avec dégoût que, non contents de faire des prisonniers, les agents de l'Empire brutalisaient gratuitement les passants.

Comme dans un rêve éveillé, elle vit un poing ganté d'acier s'abattre sur la mâchoire d'une femme, dont le visage fut réduit en une bouillie écarlate. Plus loin, un autre agent saisissait à la gorge un garçon d'à peine une dizaine d'années. Sous les yeux horrifiés de Charlotte, il écrasa lentement le larynx du gamin qui se débattait. Derrière eux s'avançaient des cohortes de Pots de rouille. Leurs cages thoraciques débordaient déjà de captifs, ce qui n'empêchait pas leurs pilotes d'enfourner dans les entrailles des Cueilleurs toujours plus d'hommes, de femmes et d'enfants, pour certains condamnés à mourir écrasés ou étouffés.

Jouant des coudes, Charlotte se démenait pour se frayer un chemin jusqu'à la lisière de la foule. Emportée par la cohue, elle s'agrippa à la toile d'un chapiteau pour se hisser hors du flot des fuyards et prendre, enfin, ses jambes à son cou. Elle ne s'autorisa à reprendre son souffle que quand le bruit des sirènes diminua.

Il fallait qu'elle retrouve ses camarades. Jack et Meg connaissaient bien les lieux, ils sauraient les sortir de ce pétrin.

Elle pivota sur elle-même pour tenter de se repérer. Perdue au milieu des tentes aux formes et aux couleurs variées, elle avisa le cadre illuminé de la Grand-Roue au loin et tenta de déterminer sa position en l'utilisant comme point de référence.

En vain. Elle s'était complètement fourvoyée dans les méandres de la foire. Et puis comment savoir jusqu'où elle avait pourchassé Grave ? Bref, impossible de s'orienter ou de retrouver ses compagnons.

Le cœur glacé par l'appréhension, elle passa en revue les diverses possibilités qui s'offraient à elle. Premier impératif : échapper à la rafle. En cas de capture, son identité fictive résisterait peut-être à un interrogatoire, mais à en juger par la panique qui s'était emparée de la foule, l'appartenance à la bonne société ne protégeait pas toujours les prisonniers de la colère de l'Empire.

La meilleure solution était encore de trouver une planque où attendre que passe le danger. Se faire discrète, au moins un moment, lui permettrait de chercher de l'aide une fois le calme revenu. Un pis-aller, mais avait-elle le choix ?

Plutôt que de se remettre à courir, elle se fondit dans l'ombre des chapiteaux. Les sirènes hurlaient toujours, mais sans se rapprocher. Malgré tout, il lui fallait se mettre à l'abri. Mais où ? Devait-elle choisir une tente au hasard, en priant pour qu'elle soit vide ? Ou bien fuir tout bonnement la foire pour se risquer dans les ténèbres de la Forêt d'acier ?

Charlotte longeait un pavillon de soie noir et rouge, plus vaste que les autres, quand deux bras surgirent d'une fente adroitement dissimulée dans les tentures qui le fermaient. Empoignée sans ménagement, elle fut traînée de force à l'intérieur.

— Regardez donc ce que j'ai trouvé là ! murmura un timbre caressant à son oreille.

Elle ne perdit pas un instant en conjectures et rejeta violemment la tête en arrière, aussitôt récompensée par un cri de douleur. Libérée de l'emprise de son assaillant, elle s'accroupit et tira le stylet du fourreau attaché à son mollet.

Le fil du couteau jeta un éclair dans la pénombre.

— Oh, mais c'est que le chaton a des griffes… ricana la voix – féminine, semblait-il.

Charlotte fit un bond de côté, le poignard brandi devant elle, pour laisser le temps à ses yeux de s'ajuster à la faible luminosité. Elle trébucha sur un objet mou, un oreiller peut-être, mais retrouva vite son équilibre. L'espace confiné de la tente puait le chèvrefeuille et la fumée de cigare.

— Approche, chaton, et rengaine ta lame, roucoula l'inconnue. Je saurai te faire ronronner, je te le promets.

— Par la grâce d'Athéna, Linnet, tonna une nouvelle voix. Cesse donc de provoquer cette petite, ou tu pourrais bien le regretter ! Je parie qu'elle sait se servir de son joujou.

La combattante leva la main devant ses yeux pour les protéger de l'éclat de la lanterne qui venait de s'allumer.

« Linnet », ainsi que l'avait appelée son complice, était plutôt une jeune fille qu'une femme. En dépit de sa tenue provocante, elle ne devait pas être loin de l'âge de Charlotte. Ses cheveux, noirs comme l'encre, cascadaient avec grâce le long de son dos. Un corset de satin couleur jade et rehaussé d'agrafes d'argent lui sculptait une taille étroite, surmontée d'une poitrine généreuse. Sous sa longue jupe de cuir noir, une paire de dagues était enfoncée jusqu'à la garde sur le flanc de ses bottes de daim. Charlotte avait beau être plutôt habile de sa lame, quelque chose lui soufflait qu'en cas d'affrontement, l'inconnue aurait le dessus.

— Quel dommage ! lançait justement Linnet, non sans jeter un regard contrarié à l'homme qui se dressait derrière elle. Si on ne peut même plus s'amuser… Quelle fougue, en tout cas ! J'ai très envie de mieux connaître cette demoiselle.

— Tu te trouveras une camarade de jeu quand on en aura fini avec les choses sérieuses, rétorqua-t-il d'un ton sec.

Elle esquissa un sourire malicieux. Avec un grognement agacé, l'homme pénétra dans le rayon de lumière jeté par la lanterne.

— Lord Ott ? bredouilla Charlotte.

— Bienvenue à la Foire aux rétameurs, mademoiselle Marshall ! s'esclaffa l'aristocrate. Je suis ravi de voir que vous avez suivi mon conseil… J'espère que vous saurez nous pardonner cette regrettable démonstration des Forces impériales. Croyez-moi, les nuits, à la fête foraine, prennent rarement une tournure aussi sombre. L'Empire a tout simplement eu vent d'une réunion de la Résistance qui devait se tenir ici ce soir. Et malheureusement, quand il nous envoie ses sbires, c'est sans jamais se soucier des potentiels dommages collatéraux.

Charlotte ferma les yeux un instant. Derrière ses paupières se rejoua la scène où une femme innocente voyait son visage réduit en bouillie.

— Allons, vieil homme, accélérez un peu le mouvement ! gronda Linnet. Si je n'ai pas le droit de jouer avec cette petite, alors vous non plus !

— Le jour où tu me paieras et non l'inverse, tu pourras t'en donner à cœur joie, rétorqua Lord Ott sans ambages.

— Méfiance, ou vous pourriez bien prédire l'avenir ! s'esclaffa-t-elle. Mes services se vendent de plus en plus cher, ces temps-ci.

— À qui le dis-tu… grommela l'aristocrate.

Charlotte profita de cet échange pour examiner les lieux. L'objet sur lequel elle avait trébuché était bien un oreiller : la pièce, isolée à l'aide d'un rideau du reste du pavillon, était d'ailleurs remplie de coussins et autres tentures de soie. Charlotte laissa une nouvelle fois son regard s'attarder sur la tenue de Linnet, avant de baisser les yeux, mal à l'aise.

— Ne t'inquiète pas pour moi, chaton ! lança la propriétaire du vêtement. Ce n'est que la devanture, pas l'activité principale. De quoi pimenter aussi un peu les choses, parfois… Allons, l'habit ne fait pas le moine ! Mais je ne t'apprends rien, pas vrai ?

Et la jeune fille de lui faire un clin d'œil appuyé.

Charlotte, qui perdait patience, fixa sur Lord Ott un regard de défi.

— Moi qui vous prenais pour un homme d'affaires respectable !

— Oh, mais je le suis, répondit Lord Ott. J'excelle dans tous les domaines. Le plus vieux métier du monde reste encore le plus lucratif, et sert mon autre entreprise de prédilection : le renseignement. Les hommes sont prompts à révéler leurs secrets dans un lieu comme celui-ci.

— Jack vous décrit comme un ami de la Résistance. Prétendez-vous à présent être un espion ?

Et à la solde de qui ?

— Non, mademoiselle, un simple homme d'affaires. Les informations sensibles ne sont que l'une des nombreuses marchandises dont je fais le commerce. Par exemple, la nouvelle du raid prévu ce soir s'est révélée infiniment précieuse aux yeux des rebelles qui ont eu la chance d'en réchapper.

Les rouages du cerveau de Charlotte tournaient à toute vitesse. L'homme n'était donc pas un révolutionnaire, mais leur fréquentation ne le rebutait pas, de toute évidence. Pouvait-elle pour autant le considérer comme un soutien ? Comment savoir s'il disait la vérité ? Jack était resté loin de New York une année entière : les alliances avaient pu tourner, entre-temps. Les Pots de rouille venaient bien de débarquer, après tout… Et si tout ceci n'était qu'un piège ?

Lord Ott parut un peu dépité de sa réaction.

— Ah… Votre jeune pilote ne vous a pas mise au courant, à ce que je vois. Très bien. Je ne peux vous demander de me faire confiance sans connaître ma véritable identité, c'est vrai. Je n'ai pas eu le loisir de vous la révéler à bord du *Hector*, où les murs ont des oreilles.

— Si Jack ne s'est pas donné la peine de la mettre au parfum, comment être sûr qu'elle est digne de confiance ? grommela Linnet, les mains sur les hanches.

— J'ai toute sa confiance, voyons ! protesta Charlotte, qui se rendit compte au même instant qu'elle aurait bien voulu en être sûre, justement.

— Ma chère, nous ne sommes tous que des acteurs dans le grand théâtre du monde, répliqua Lord Ott. Jack voulait sans doute se faire le plus discret possible sur le *Hector*. (Il se tourna vers Linnet.) Nous n'avons aucune raison de remettre en question la confiance du capitaine Winter à l'égard de Mlle Marshall. S'il a gardé pour lui certaines informations, c'était sans doute pour lui faciliter la transition. Cette ville est, après tout, un véritable nid de vipères. La petite sort à peine de sa caverne, ne l'oublions pas. Ici, la rébellion est d'une autre ampleur.

— Je ne « sors pas de ma caverne », comme vous dites ! cracha Charlotte, le regard mauvais.

— Ce n'est pas ce que dit Jack, fit Linnet avec un rictus dédaigneux.

— Vous vous connaissez ? aboya Charlotte, qui s'en mordit aussitôt les doigts.

— Tu donnerais cher pour le savoir, avoue !

— Cesse donc de tourmenter Mlle Marshall, Linnet, grommela Lord Ott. Dois-je te rappeler qu'elle est sous notre protection ? Le capitaine Winter serait furieux, s'il t'entendait.

— Et alors ? répondit la jeune femme avec aigreur. Mon frère peut se fâcher tout son soûl, je ne lui dois absolument rien !

— Ton quoi ? s'étouffa Charlotte.

Impossible… Jack n'avait jamais évoqué de sœur, seulement un frère aîné.

— Demi-frère, précisa Linnet en examinant ses ongles effilés à la lueur de la lanterne. Pas qu'il tienne à admettre le moindre lien de parenté avec moi, d'ailleurs…

Charlotte ne s'était pas encore habituée à aller de surprise en surprise, même si les événements des jours précédents avaient commencé à lui en donner un peu de pratique. Elle écarta les bras, éberluée, s'attendant presque à se réveiller dans son lit, de retour dans les Catacombes.

Le lourd rideau qui fermait la pièce s'ouvrit brusquement pour laisser passer un homme bien plus jeune que Lord Ott.

— Vous l'avez trouvée ? jeta-t-il.

Linnet leva les yeux au ciel.

— Si tu prenais la peine d'avancer, tu pourrais le constater par toi-même...

— Ravi de te revoir aussi, Linnet, rétorqua-t-il en s'approchant du centre de la pièce.

Brun et athlétique, le nouvel arrivant portait un uniforme d'officier similaire à celui de Jack, mais barré de nombreuses décorations. Il fit halte devant la jeune fille, qu'il détailla de pied en cap.

— Voici donc notre fuyarde, fit-il, pensif. Jack ne mentait pas quand il la disait jolie.

— Tss... Puisse Athéna nous venir en aide ! souffla Linnet, méprisante.

— Et qui comptez-vous piquer, exactement, avec ce cure-dent ? poursuivit le jeune homme, comme si personne n'avait parlé.

Charlotte en avait presque oublié son stylet. Mais était-il déjà temps de le rengainer ? Elle n'était pas certaine d'avoir un seul véritable allié dans cette tente.

— Cette petite n'est vraiment pas commode, fit remarquer Lord Ott en la voyant hésiter. Et elle a la tête sur les épaules... Allons, mademoiselle Marshall, notre ami est venu vous ramener « dans les étages », si je puis dire. Sur le toit du monde, où est votre place !

— Je ne connais pas cet homme, rétorqua Charlotte en reculant, le poignard pointé devant elle. Je ne le suivrai nulle part.

L'entrepreneur haussa un sourcil étonné.

— Alors comme ça, Coe, on n'était pas chez soi pour accueillir ses hôtes ? Ce n'est pas très convenable…

— Vous êtes mal placé pour me donner des leçons d'étiquette, vieux pirate ! répondit l'inconnu avec un large sourire. Je suis débordé, vous le savez bien.

— N'écoutez pas ces sarcasmes, jeune fille, glissa Lord Ott à Charlotte. Je suis un homme d'affaires sagace, tout au plus. Le jour où vous rencontrerez un vrai pirate, vous comprendrez…

— Pensez-vous ! La seule différence, c'est que vous savez porter le costume !

Mais Charlotte avait entendu prononcer, dans cet échange, un nom qu'elle connaissait.

— Coe ? répéta-t-elle, soupçonneuse. Vous êtes le frère de Jack ?

— Lui-même, répondit le nouveau venu avec un petit salut. Même si je vous prierais de ne pas me juger à l'aune de mon frère… ou de ma sœur ici présente.

L'intéressée le foudroya du regard.

— Paix, chers amis ! marmonna Lord Ott en poussant son complice vers Charlotte, qui eut tout juste le temps de baisser son arme pour éviter de le blesser. Mademoiselle Marshall, je vous présente le commodore Coe Winter.

— Tu veux que je me fasse embrocher, vieux brigand ? sourit l'officier.

— Ça t'apprendra à arriver en retard… Allons, faites-moi le plaisir de filer avant que les agents de l'Empire ne viennent fouiller ce pavillon.

— Que fait-on, mademoiselle ? Vous me poignardez ou vous acceptez de me suivre gentiment ? J'ai promis à nos frères respectifs de vous ramener saine et sauve.

Un rapide examen avait déjà permis à Charlotte d'écarter le moindre doute quant à son identité : les deux fils de l'amiral Winter se ressemblaient en effet beaucoup. Même s'il était plus grand que son cadet, l'aîné avait, lui aussi, des cheveux châtains – couleur bronze pour Jack, et brun foncé pour Coe. Si le premier les portait courts, le second préférait une coupe plus traditionnelle : coupés aux épaules, retenus par un catogan. Aux yeux noisette de Jack, répondaient ceux de Coe comme de Linnet, bleus, parsemés de taches brunes tels des œufs de moineau. Frères et sœur possédaient tous le même nez aquilin.

— Jack, Ash et Meg sont-ils en sécurité ? demanda-t-elle au commodore.

— Personne dans ce monde n'est véritablement en sécurité, objecta-t-il, faussement sérieux. Mais si vous entendez par là qu'ils ont réchappé de la rafle, alors oui, ils sont saufs, tous les trois.

La jeune fille s'agenouilla le temps de rengainer son stylet avant de lever les yeux pour accepter le bras tendu de l'officier.

— Très bien, allons-y…

Rébellion

C'est alors qu'elle vit s'étaler, sur le visage d'un autre, le sourire de Jack. Ce sourire qu'elle connaissait si bien – par cœur, même – et en même temps si mal puisque son ami s'était finalement révélé une énigme… Ce sourire, tellement ambigu aux yeux de Charlotte, devint en une fraction de seconde plus équivoque encore quand elle le vit s'étirer à l'identique sur les traits d'un inconnu.

Son cœur se serra dans sa poitrine, mais elle emboîta le pas sans sourciller au jeune homme qui se dirigeait vers la fente astucieusement ménagée dans la tenture. Cependant, saisie d'une brusque inspiration, elle re-broussa chemin au bout d'un instant. Si Lord Ott était bien celui qu'il prétendait, son aide lui serait précieuse.

— J'ai besoin de retrouver quelqu'un, fit-elle.

— Et qui donc ? demanda l'aristocrate ventripotent, les pouces glissés dans les poches du gilet de son costume.

— Un garçon qui a pris la fuite au cours de la rafle. Il ne connaît pas la cité et il est très malade.

Elle ne tenait pas à en dire plus. Pourvu que cette courte explication suffise à convaincre Lord Ott…

— Nous n'avons pas pour habitude de ramener au bercail tous les infirmes de la ville ! claironna Linnet avant de jeter un regard perçant à son patron. Je me trompe ?

— Jack a-t-il mentionné ce garçon ? demanda le négociant à Coe.

— Non, mais pourquoi nous mentirait-elle ?

— Très bien, dit Lord Ott. Tu n'as pas tort, Linnet, ce n'est pas dans nos habitudes. Mais nous allons faire une exception. Retrouve-le.

— D'accord, soupira la jeune fille. Mais je dois me changer, d'abord. Passez-moi mon manteau. (Elle se tourna vers Charlotte.) À quoi ressemble ton fugitif ?

Charlotte lui décrivit Grave, et les vêtements qu'il portait, le plus précisément possible.

— Un teint de cendre, tu dis ? De quel mal souffre-t-il ?

— Je n'en suis pas certaine... Mais il vit avec nous depuis plusieurs jours, et personne n'est encore tombé malade.

Linnet sembla se contenter de cette explication.

— Dois-je le ramener ici ?

— Allons, que veux-tu que j'en fasse ? rétorqua Lord Ott. Ramène-le à ses compagnons, chez les Winter.

— Une petite visite au domicile familial, comme c'est charmant ! Oh... Non, pardon, cette famille-là ne m'a jamais reconnue. Quel dommage... ironisa Linnet.

Charlotte ne connaissait pas les détails de l'arbre généalogique des Winter mais, de toute évidence, il y avait là matière à rumeurs.

— Je ne t'ai jamais interdit de venir au manoir, tu le sais, grimaça Coe.

— Mais ta mère, elle, m'a clairement fait comprendre que je n'étais pas la bienvenue. Et loin de moi l'envie de la contredire !

Ayant enfilé son manteau, elle quitta la pièce sur cette déclaration pleine d'amertume.

— Cette histoire ne me dit rien qui vaille ! marmonna Coe. Si jamais mère la croise...

— Linnet prendra soin de l'éviter, elle non plus ne goûte guère la perspective d'un face-à-face, le rassura

Lord Ott. Veille simplement à ce que Jack n'envenime pas les choses.

— Je le tiendrai à l'œil, vous pouvez compter sur moi, maugréa Coe, qui ne semblait pas franchement ravi.

— Je vais m'assurer que Linnet saura se tenir, annonça Lord Ott avant de quitter la pièce à la hâte.

Charlotte resta en tête-à-tête avec Coe, dont le sourire s'était teinté d'amertume.

— La maison Winter. La famille parfaite, comme tu peux le voir…

Chapitre 18

Lorsque Linnet eut troqué sa tenue légère contre une chemise de lin assortie d'un corset de cuir et d'une jupe toute simple, elle escorta Charlotte et Coe hors du pavillon. Ils s'enfoncèrent dans les ténèbres afin de quitter les environs immédiats de la foire.

— Ne t'en fais pas, chaton, lança la jeune femme avant de les quitter. Je vais retrouver ton protégé et te le ramener en une pièce.

— Tu m'énerves, avec tes petits noms ! répondit Charlotte.

— Tu le prends comme une insulte… sourit Linnet. Mais même les chatons ont des griffes, ne l'oublie pas.

— Sois prudente, dit Coe à sa demi-sœur.

— Puisse le vent nous assister en cas de tempête, fit-elle.

— Puisse le vent nous assister, répondit-il, solennel.

Après un bref salut, ils prirent des chemins séparés. Coe se racla la gorge avant de déclarer :

— Il ne faut pas en vouloir à ma sœur. Elle a son franc-parler.

— Ne vous laissez pas berner par ma tenue, répliqua Charlotte. Là d'où je viens, la franchise est de rigueur.

— J'en suis sûr, sourit-il. Mais si je puis me permettre, ces atours vous vont à ravir, vous n'avez rien à envier aux dames de la Plateforme coloniale.

— Trêve de flatteries, commodore, murmura la jeune fille, soulagée que les ténèbres cachent le fard qui lui montait aux joues.

— C'est la stricte vérité. Et je vous en prie, appelez-moi Coe.

Intriguée par leur hôte dans la Cité Flottante, elle se surprit à l'épier : elle était fascinée par les similitudes et les différences, pour certaines infimes, qu'elle décelait entre les deux frères.

Avançant d'un bon pas, ils traversèrent au bout de quelques minutes un entrelacs de tubes de métal et de verre qui reliaient le sol des Communes à la plateforme immédiatement supérieure. Certains disparaissaient sous terre, d'autres s'étiraient jusqu'au fleuve Hudson.

Une odeur rance flottait dans l'air, que Coe huma non sans une grimace.

— Toutes mes excuses pour l'odeur. Notre trajet, malheureusement, nous oblige à longer certains des égouts de la ville.

Au milieu de ce dédale de tuyaux métalliques apparaissaient de temps à autre des feux de camp. Les flammes, autour desquelles se pressaient de petits attroupements, jetaient leurs lueurs fantomatiques sur des masures délabrées. Charlotte désigna de la main un de ces camps de fortune.

— Qui sont-ils ?

— Pour la plupart, des pilleurs ou des vagabonds qui

ne disposent pas des talents d'artisan nécessaires pour être employés dans la Ruche et préfèrent vivre sous la cité plutôt que de s'échiner le dos sur les enclumes de la Grande Fonderie. Il tombe assez de débris des plateformes pour leur permettre de survivre en les revendant, par exemple. L'endroit sert aussi de refuge à une poignée de criminels qui ont réussi à éviter la prison. Nous ne risquons pas grand-chose, mais vous ne devriez jamais venir seule ici.

— Nous venons pourtant d'abandonner Linnet ! protesta Charlotte.

— Elle sait se défendre.

Moi aussi, pensa-t-elle, mais elle tint sa langue. Elle se racla la gorge avant de changer de sujet.

— Vous ne voyez donc pas d'objection…

Elle hésitait à terminer sa phrase.

— À quoi ?

— À ce que Linnet travaille… dans un endroit pareil ?

Coe haussa un sourcil ironique.

— Devrais-je m'en inquiéter ?

— Je ne me permettrais pas de… commença Charlotte avant de s'interrompre.

Jack lui avait reproché l'usage de cette même formule un peu plus tôt dans la journée. Coe, lui, ne sembla pas s'en formaliser.

— Linnet est libre de ses choix. Et quand bien même j'essaierais de lui dicter sa conduite, elle n'hésiterait pas à m'envoyer sur les roses, sachez-le. En revanche, vous vous trompez sur la nature de son travail.

— Alors, elle ne… (Elle chercha la formulation la plus inoffensive possible.) Divertit pas les hommes ?

Coe s'étouffa un peu – de rire ou d'indignation ? – avant de répondre :

— Seulement quand elle s'ennuie, ou du moins est-ce ce qu'elle prétend. Ott a pris soin d'elle depuis sa naissance. La mère de Linnet travaillait dans un de ses établissements, à Charleston. C'est là qu'elle a mis le grappin sur mon père. À en croire notre ami Ott, l'amiral était fou d'elle et lui rendait très souvent visite. Quand elle est morte en couches, il a versé une somme rondelette à son vieux camarade pour qu'il prenne soin du nourrisson. Ce brigand la traite comme sa propre fille, car Lady Ott n'a jamais pu avoir d'enfant.

Charlotte poussa un cri d'horreur.

— Mais dans ce cas, comment peut-il la laisser… se livrer à de telles pratiques ?

— Il serait ravi de lui trouver un mari fortuné et une demeure tranquille dans les beaux quartiers de Charleston. Mais Linnet s'y refuse obstinément. Chaque fois qu'il aborde le sujet, elle lui rétorque : « Je dois être la fille de mon père, car je sais que mariage et foyer ne suffiront pas à mon bonheur. »

Coe ne semblait pas rechigner à partager son histoire familiale avec une parfaite inconnue. Charlotte hésita tout de même à lui poser la question suivante.

— L'amiral lui rend-il parfois visite ?

— Rarement. Mais on ne peut pas dire qu'il vienne nous voir plus souvent… sourit-il, amer.

Elle se tâta un plus long moment encore avant d'aborder le sujet qui lui brûlait les lèvres.

— Et donc… Votre mère est au courant, pour Linnet.

— Oui, même si elle prétend le contraire, répondit-il d'une voix dure. En fait, mon père a cru bon de nous faire rencontrer Linnet, enfants. Jack et moi étions encore tout petits. Le rendez-vous s'est déroulé dans l'une des boutiques d'Ott, sur la Plateforme du marché. À l'époque, j'étais assez grand pour comprendre pourquoi Linnet ne faisait pas partie de la famille, mais pas Jack. Père aurait dû s'en rendre compte. Ce soir-là, au dîner, le pauvre a demandé à notre mère pourquoi notre sœur ne pouvait pas venir vivre avec nous.

Le cœur de Charlotte manqua un battement. Elle imaginait un petit garçon haut comme trois pommes, avec les yeux de Jack, lancer cette question en toute innocence.

— Comment a-t-elle réagi ?

— Elle a démoli toute la vaisselle de la maison avant de s'enfermer dans sa chambre pendant une semaine. (Il poussa un profond soupir.) Mon père en voulait terriblement à Jack. Il l'a fouetté jusqu'au sang. Quand j'ai dit à mon frère qu'il n'y était pour rien, savez-vous ce qu'il m'a répondu ?

— Quoi donc ? murmura la jeune fille.

— « Je sais. C'est la faute de Linnet. »

Voilà qui expliquait les mises en garde de Lord Ott concernant Jack et sa demi-sœur.

— Est-ce qu'il lui en veut toujours ?

Coe parla d'une voix sourde, où perçait une grande lassitude.

— Je ne crois pas, non. Mais il tient notre père responsable du malheur de notre mère… à juste titre, d'ailleurs. Et aux yeux de Jack, l'existence de Linnet

ajoute de la souffrance à la souffrance. Il a donc du mal
à se montrer courtois avec elle.

— Contrairement à vous.

— Contrairement à moi, oui. Je…

Un bruit de pas précipités les fit s'immobiliser au
beau milieu du sentier… Au bout d'un instant, plusieurs
silhouettes se détachèrent sur les ténèbres de la forêt, devant
comme derrière les deux promeneurs. Ils étaient cernés.

— Votre bourse, vos armes et la fille… Et nous vous
laisserons la vie ! lança une voix éraillée.

— Vous ne me laisserez rien du tout, messieurs !
répondit Coe. Vous avez mal choisi votre gibier. Tournez
les talons maintenant, et je jure de vous laisser partir sans
vous faire de mal.

Les brigands s'esclaffèrent en chœur. Charlotte
distinguait huit voix, peut-être dix. Contre deux proies
apparemment sans défense. Coe cessa de tergiverser et
dégaina son sabre.

— Restez derrière moi, murmura-t-il.

La jeune fille chercha sa dague à tâtons. Mais sans
crier gare, l'officier lançait déjà en l'air un objet rond qui
éclata dans un geyser de lumière. Aveuglés, les voleurs,
comme Charlotte, se couvrirent les yeux en geignant.
Coe se jeta sur-le-champ sur son premier adversaire.

Son pistolet dans la main gauche, il tira avec aisance
plusieurs salves. Deux de leurs attaquants s'abattirent au
sol, leurs vêtements souillés de sang. Sans se soucier du
sort de leurs camarades, quatre autres brigands fondirent
sur leur proie, armés de gourdins rudimentaires hérissés
de clous, pour la rouer de coups.

Le militaire abattit le premier d'une balle en plein visage, tout en repoussant les autres à coups de sabre, sans se laisser déborder. En dépit de leur nombre, il leur opposait des parades aussi fluides que létales – surtout comparées aux assauts désordonnés de l'ennemi. Pour des yeux non avertis, sa garde aurait pu passer pour détendue, voire négligente. Mais son dédain pour les brigands était évident : il se savait supérieur au combat et comptait sans doute les écraser sans mal.

Charlotte battit en retraite sans quitter la mêlée des yeux. Elle ne repéra les deux scélérats lancés sur elle que juste à temps pour esquiver leurs lames d'une feinte bien placée et planter son stylet dans la gorge de l'un d'entre eux. Le pauvre hère tomba, bouche bée, dans une gerbe de sang. La jeune fille se hâta de dégager son arme, mais son autre assaillant était déjà sur elle et l'empoignait par derrière. Il la souleva sans mal pour l'emporter dans les bois.

Son ravisseur était un géant dont la poigne lui coupait la respiration. Mais malgré la surprise, elle était heureusement parvenue à conserver sa dague.

Elle laissa pendre sa tête en avant et détendit chacun de ses membres, feignant l'évanouissement afin que l'homme desserre, même légèrement, son étreinte. Alors, elle rejeta le cou en arrière pour lui heurter violemment le crâne. Le brigand lâcha sa victime dans un hurlement. Charlotte s'écartait d'un bond quand elle se prit les pieds dans le tissu de sa robe.

— Par Athéna ! ragea-t-elle.

Elle se releva sans perdre un instant pour faire face à son agresseur. L'homme essuya d'une main massive ses narines ensanglantées avant de cracher une de ses dents par terre.

— Tu vas le regretter, ma petite demoiselle.

— J'aimerais bien voir ça ! rétorqua-t-elle.

Il se jeta sur elle en vociférant, comme s'il espérait la terrasser par sa taille et le volume de sa voix. Charlotte plongea hors de portée, non sans planter la dague au passage dans la chair tendre de son estomac. Emporté par son élan, l'homme ne parvint à s'emparer que d'un seul trophée : un petit morceau de sa robe, dont le tissu léger se déchira comme du papier. Il tomba à genoux, le long lambeau de soie serré entre les doigts, l'autre main pressée contre son abdomen.

Son regard ahuri se fit bientôt vitreux, et il s'affala au sol. Coe, surgi des ténèbres, vint la rejoindre au pas de course.

— Charlotte !

Il paraissait indemne, en dépit de son épée ensanglantée. Il regarda tour à tour la jeune fille et le brigand éventré.

— Vous aussi, vous savez vous défendre… constata-t-il.

Elle contempla le massacre avec tristesse.

— Des survivants ?

— Non. À nous deux, nous sommes venus à bout de toute la troupe. Mais Charlotte… vous n'êtes plus tout à fait décente.

Le tissu déchiré de sa robe exposait une quantité gênante de peau dénudée. Elle plaqua les mains sur sa poitrine, mais Coe ôtait déjà sa veste. Le vêtement vint engloutir la silhouette de la jeune fille. Comme les paumes de l'officier s'attardaient sur ses épaules, elle se retourna vivement pour lui faire face.

— Merci, dit-elle.

— Je n'avais encore jamais combattu aux côtés d'une femme, fit-il d'un ton neutre.

— Pas même Linnet ?

— Linnet et moi n'évoluons pas dans les mêmes cercles, répondit-il très sérieusement.

Charlotte le dévisagea un moment avant d'éclater de rire. D'abord déconcerté par sa réaction, il finit par l'imiter.

— Allons, jeune guerrière… Il est temps de déguerpir, dit-il quand il eut retrouvé son souffle.

Elle s'émerveilla un instant de ce que les réactions, les attitudes et les inflexions de la voix de Coe, tout en lui rappelant fortement celles de Jack, s'en écartaient pourtant si foncièrement que la personnalité propre du jeune homme, en quelques heures à peine, lui apparaissait déjà clairement.

Ils reprirent leur route en silence. Au bout de quelques minutes, Coe fit halte devant un large tuyau métallique.

— Nous y voilà. (Il en effleura la surface du bout des doigts.) Et le loquet devrait être… ici.

Un clic retentit, puis un panneau qui lui arrivait à la taille s'ouvrit pour révéler un tube creux.

— Il va falloir nous serrer, j'en ai peur, annonça son compagnon. L'ascenseur est conçu pour une personne.

— Supportera-t-il notre poids combiné ? s'inquiéta Charlotte, les sourcils froncés.

Elle ne tenait pas à prendre le risque de dévaler le conduit à mi-parcours.

— Sans problème, la rassura Coe. Allez-y, je vous suis.

Charlotte se glissa dans le tuyau et constata qu'il n'avait pas menti concernant les dimensions de la cabine. Ils se pressèrent l'un contre l'autre.

— Avez-vous déjà voyagé par pneumatique ? demanda-t-il.

Elle pouvait à peine remuer.

— Non.

— C'est un peu brutal la première fois. Tenez-vous bien à moi. Et pas un bruit, surtout. Nous ne pouvons risquer d'être découverts.

Charlotte avait une sainte horreur de n'avoir aucune prise sur son destin. Si, depuis le début du voyage, elle avait eu plus que sa part de trajets difficiles, la capsule qui l'avait transportée depuis la Libellule jusque sur le *Hector* faisait partie de ses plus mauvais souvenirs. Elle s'agrippa à son compagnon de toutes ses forces tandis qu'il actionnait un levier dissimulé dans un boîtier de commande placé au-dessus de sa tête. Un doux ronronnement emplit l'atmosphère et fit vibrer la plateforme de métal sous leurs pieds.

Puis, sans autre forme de procès, ils furent projetés vers le haut. L'estomac de Charlotte se retourna et elle serra les dents pour ne pas hurler. Ce n'est pas l'envie qui lui en manquait, pourtant ! Ils furent expulsés le long du tube comme une balle du canon d'un fusil. Et s'ils finissaient écrasés à l'autre extrémité du conduit ?

Comment diable allaient-ils réduire leur vitesse ? pensa-t-elle, paniquée.

Le trajet lui parut interminable. Quelque part, très loin, Coe lui parlait à l'oreille d'un ton apaisant. Le vent cessa de rugir, signe qu'ils ralentissaient.

La voix de l'officier se fit plus nette et ses paroles plus distinctes.

— Vous pouvez lâcher prise, Charlotte. Nous sommes arrivés.

Lentement, elle releva la tête. Coe la regardait d'un air amusé qui lui rappela Jack avec une telle force que sa torpeur se dissipa d'un seul coup. Elle se dégagea, les doigts endoloris d'avoir serré trop fort. Elle découvrit avec horreur que ses dents avaient laissé une empreinte sur la chemise de l'officier.

— Où sommes-nous ? demanda-t-elle.

Ils se trouvaient dans une petite pièce vide aux cloisons de bois et dont le sol semblait découpé dans la même matière que celui de la cabine.

— Dans un placard, répondit Coe.

Il tourna une poignée. La porte s'ouvrit sur l'atelier d'un horloger, où plusieurs établis croulaient sous les engrenages et les cadrans de laiton.

— Nous nous trouvons dans l'une des nombreuses boutiques que possède Lord Ott sur la Plateforme du marché.

Charlotte quitta le cagibi sans perdre de temps : elle ne tenait pas à s'attarder à proximité de l'ascenseur pneumatique. Coe lui fit signe de le suivre jusqu'à la porte de service du magasin.

Elle tenta d'arranger sa tenue et sa coiffure tandis qu'ils traversaient une vaste place pavée pour rejoindre le tramway. Les légères oscillations de la voiture lui offrirent un répit bienvenu après leur pénible ascension. Soulagée d'être enfin hors de danger, elle se laissa gagner par l'épuisement.

Quand leur wagon s'arrêta enfin devant la résidence Winter, Charlotte accepta avec gratitude le bras que lui présentait Coe, et s'appuya contre lui sur les derniers mètres qui les séparaient de leur refuge.

La porte s'ouvrit : Thompson, armé d'une lanterne, s'encadra sur le seuil.

— Monsieur Coe, quel soulagement de vous voir de retour ! La nouvelle du raid vient tout juste de nous parvenir.

Son maître lui posa une main rassurante sur l'épaule.

— Vous n'auriez pas dû rester debout pour nous attendre, Thompson. Nous sommes indemnes, comme vous pouvez le voir. Vous pouvez aller vous coucher.

Le majordome se redressa de toute sa hauteur.

— Je ne saurais me reposer tant que tout le monde ne sera pas en sécurité dans son lit, monsieur ! Votre frère était terriblement inquiet.

— Ah oui… Que Jack me retrouve au salon, répondit Coe, la mine grave.

— Dois-je vous servir un brandy ?

— Je m'en occupe, merci. Dites simplement à Jack que je l'attends puis allez vous coucher.

Thompson ne semblait guère ravi d'être congédié ainsi, mais il s'inclina tout de même avec raideur avant de se tourner vers Charlotte.

— Je vais réveiller Mme Blake pour qu'elle vous fasse couler un bain.

Charlotte rougit, consciente du désordre de sa tenue.

— Allons, allons, Thompson, le gronda Coe. N'allez pas réveiller Mme Blake à une heure pareille !

— Ma femme de chambre peut s'en charger, dit-elle.

— Comme vous voudrez, mademoiselle Marshall, répondit le vieil homme, mortifié. Bonne nuit.

Thompson parti, Coe mena Charlotte à travers la longue salle à manger jusqu'au salon où, à son grand soulagement, elle put enfin s'asseoir sur un sofa de velours. Épuisée, elle tenait à peine debout. La journée avait été longue.

L'officier empoigna une carafe de cristal et remplit un premier verre d'un liquide ambré.

— Brandy ? lui proposa-t-il.

— Non, merci.

Elle voulait voir ses camarades avant de dormir : c'était là sa seule raison de ne pas avoir encore pris la direction de son lit.

Coe vint s'asseoir tout près d'elle et déposa le verre d'alcool dans sa main.

— Buvez-en rien qu'une gorgée, l'encouragea-t-il. Vous méritez de vous détendre. La soirée a été mouvementée.

— C'est vrai, acquiesça Charlotte.

Elle porta le verre à ses lèvres, et goûta le velours flamboyant, capiteux et épicé du brandy sur sa langue. Coe lui prit la main.

— Vous n'êtes arrivée que ce matin. Entre les émotions du voyage et la violence du raid de ce soir… Vous devez être épuisée.

Charlotte fut touchée de ces attentions. Mais le visage du jeune homme était bien trop proche du sien pour un garçon qu'elle connaissait à peine.

— Ça va, ne vous inquiétez pas, dit-elle.

Elle frissonna. Coe n'était pas Jack, et pourtant l'effet qu'il avait sur elle lui semblait étrangement similaire. Parce qu'ils étaient frères, peut-être ? Elle était sur le point de se dégager lorsque des pas résonnèrent sur le parquet de la pièce.

Ash venait d'entrer, un soulagement évident sur le visage.

— Charlotte ! s'exclama-t-il. Tu n'as rien, Athéna soit louée !

— Non, heureusement, répondit-elle.

Elle s'interrompit en apercevant Jack. Debout dans l'embrasure de la porte, il l'observait, le visage blême. Sur ses traits se mêlaient toute une série d'émotions contradictoires, parmi lesquelles un immense soulagement. Elle se rendit compte que Coe lui tenait toujours la main.

— Pourquoi Charlotte porte-t-elle ta veste ? demanda Jack à son frère.

— Nous sommes tombés dans une embuscade en traversant la Forêt d'acier, répondit-elle. Ma robe est en lambeaux.

Elle se leva pour embrasser Ash, qui la serra contre lui.

— J'ai eu si peur pour toi, murmura-t-il. Tu n'es pas blessée ?

— Non, tout va bien. Où est Meg ?

— Meg est bien rentrée avec nous, mais Grave manque toujours à l'appel.

— Plus pour longtemps, déclara Coe en se levant à son tour. Linnet est partie le chercher.

La mine de Jack s'assombrit un peu plus.

— Linnet ? gronda-t-il. Ne me dis pas que Charlotte a rencontré Linnet !

— À ton avis ? rétorqua Coe. Lord Ott m'avait promis de la retrouver, et tu sais bien à qui il confie ce genre de mission.

Jack resta silencieux, les traits pâles et tirés.

— Les Communes sont vastes et Grave n'a pas toute sa tête, intervint Ash. Êtes-vous sûr que votre amie saura le localiser ?

— Absolument, sourit Coe. Ott contrôle un réseau d'informateurs plus vaste encore que le Service des renseignements de l'Empire. Et Linnet est son bras droit. Elle retrouvera votre fugitif – et nous le livrera sain et sauf – en moins de temps qu'il ne faut pour le dire.

— Linnet va venir au manoir ? s'écria Jack, qui traversa la pièce pour prendre son frère par les épaules. As-tu seulement pensé à la réaction de mère ?

— Mère ne se rendra compte de rien. Notre sœur saura rester discrète, tu le sais bien.

Jack fusilla Coe du regard sans ajouter un mot. Un silence gêné s'installa.

— Bon, tout le monde au lit ! décréta Ash.

— Oui, assez parlé, reconnut Coe. Nous avons tous besoin de sommeil.

Il descendit son verre cul sec, s'inclina devant Charlotte, souhaita bonne nuit à la cantonade et quitta la pièce. Ash lui emboîta le pas, mais Jack se tourna vers Charlotte.

— Est-ce que je peux te parler un instant ?

— Ça ne peut pas attendre demain ? protesta leur chef. Nous avons tous besoin de repos.

— Ça ne prendra qu'une minute.

Ash déposer un baiser sur la joue de sa sœur.

— Comme vous voudrez ! Bonne nuit, Lottie.

— Bonne nuit, dit-elle avec un sourire las.

Son cœur, pourtant, battait la chamade. Sitôt qu'Ash eut passé la porte, Jack prit les mains de Charlotte, qui se sentit soudain parfaitement alerte. Il dégrafa la veste de Coe qu'elle portait toujours, et lui dénuda l'épaule.

— Que fais-tu ?

— Je veux m'assurer que tu n'es pas blessée, dit-il d'une voix si douce qu'elle le laissa faire.

Il suffit à Jack d'un regard pour constater que malgré ses vêtements déchirés, elle n'avait ni plaies, ni égratignures. Il referma le manteau et lui reprit la main.

— Vous avez eu beaucoup de chance. Les pauvres bougres qui habitent la Forêt d'acier n'ont rien à perdre. Et les Pots de rouille n'ont pas fait de quartier, ce soir.

Elle hocha la tête, les doigts toujours enlacés avec ceux, noueux et tièdes, du jeune homme.

— Linnet… commença-t-il.

— A l'air courageuse et pleine de ressources, termina Charlotte à sa place.

Il la regarda, surpris. Elle fut tout aussi étonnée de s'entendre ajouter : « Je l'aime bien. » C'était pourtant la vérité.

Jack haussa les sourcils, guère satisfait de cette déclaration.

— En tout cas, je suis soulagé de voir que tu n'as rien.

— Moi aussi, dit-elle.

Et malgré la fatigue et les épreuves de la journée, elle se mit à rire tout bas, ce qui fit naître un sourire sur le visage du jeune homme.

— Je te raccompagne ?

— S'il te plaît.

Lorsqu'ils parvinrent en haut du grand escalier, Jack lui tenait toujours la main. Ils s'arrêtèrent devant la porte entrouverte de la chambre de la jeune fille, plongée dans les ténèbres.

— Charlotte… murmura-t-il.

Distinguant à peine son visage, elle sentit les doigts de Jack effleurer sa joue. Sans se poser de questions, elle se laissa aller à tourner la tête pour lui effleurer la paume du bout des lèvres. À ce contact, il se figea.

Charlotte se redressa aussitôt, choquée par son propre comportement.

— Je ferais mieux d'y aller, dit-elle d'une voix sourde.

Les mains de Jack se posèrent sur sa taille avant de glisser vers le creux de son dos pour l'attirer à lui. La soie de sa robe crissa, pressée contre le torse du jeune homme.

La voix de Coe claqua comme un fouet.

— Jack !

Ils sursautèrent tous les deux et Charlotte se dégagea.

— Bon sang, à quoi joues-tu ? protesta le cadet des deux frères.

Dressé à quelques mètres d'eux dans la pénombre, Coe demeurait quasiment invisible, mais ses pas se rapprochèrent dans le couloir.

— Je pourrais te retourner la question, dit-il. Il est temps pour Mlle Marshall d'aller dormir.

— Mêle-toi de tes affaires, grommela Jack.

Charlotte poussa la porte de sa chambre.

— Attends ! l'implora-t-il en lui agrippant la main.

— Jack… grinça Coe d'un air menaçant.

Son frère se rendit à la raison.

— Bonne nuit, Charlotte, dit-il à contrecœur.

— À demain, parvint-elle à murmurer.

Coe monta la garde, telle une sentinelle, jusqu'à ce que Jack disparaisse au détour du couloir.

— Bonne nuit, commodore Winter, dit-elle à mi-voix.

— Charlotte… Que vous a dit mon frère, exactement, de sa vie avant les Catacombes ?

— Pas grand-chose, reconnut-elle.

Pour ne pas dire rien du tout, ajouta-t-elle en son for intérieur. Une tension extrême semblait régner entre les deux frères. Quelle pouvait bien être la source de leur conflit ?

— C'est bien ce que je pensais, dit Coe comme pour lui-même. Bonne nuit, Charlotte.

Il se retira dans les ténèbres, et elle referma sa porte.

Chapitre 19

Le lendemain, quand le déjeuner arriva sans que Linnet ait ramené Grave, Charlotte se mit à faire les cent pas dans le vestibule du manoir.

— Ne vous en faites pas, la rassura Coe. Linnet sait ce qu'elle fait. Je serais surpris qu'elle ne l'ait pas encore retrouvé. Sans doute cherche-t-elle simplement le meilleur moyen de le raccompagner sans attirer l'attention. Laissons-lui un peu de temps.

Il n'offrit en revanche aucune explication à l'absence de son frère, qui ne s'était pas montré depuis le matin. Interrogé par Charlotte, Ash balaya ses inquiétudes d'un hochement de tête.

— Jack a des affaires à mener en ville, tu t'en doutes. Ne t'inquiète pas, il sera vite rentré.

Confinée de fait dans la résidence pour la journée, Charlotte redoutait une nouvelle confrontation avec Lady Winter, mais la maîtresse de maison semblait partager son temps à égalité entre ses appartements et le jardin. Pas une seule fois elle ne se joignit à ses hôtes dans la salle à manger, le boudoir ou l'étude.

À l'instar de son frère, Coe s'était éclipsé après le déjeuner pour vaquer à ses affaires sur la Plateforme militaire. À force de tuer le temps avec Meg et Ash dans les vastes salons du manoir, Charlotte en vint à éprouver de la sympathie pour Lady Winter. Si luxueuse que soit la grande demeure, ses hauts plafonds et ses pièces immenses devenaient vite oppressants – or, contrairement à la maîtresse des lieux, Charlotte, au moins, avait de la compagnie.

— Cette attente est insupportable ! s'exclama Ash lorsque tomba le crépuscule. Je vais perdre la tête si je dois rester assis ici une minute de plus.

Des trois jeunes gens, Meg était la plus tranquille. Elle n'avait pas reparlé des événements de la veille, du moins pas en présence de Charlotte… Aussi sa sérénité avait-elle quelque chose d'étonnant, quelques heures à peine après ses étranges retrouvailles avec celle qui était tout de même sa mère.

— Qu'attendons-nous, exactement ? demanda Charlotte. Le retour de Grave ?

— Jack est parti organiser une rencontre qui doit se tenir ce soir, finit par admettre Ash.

— Avec qui ?

Le jeune homme, qui n'aimait pas parler des rendez-vous secrets avec leur allié potentiel, saisit le kaléidoscope qui ornait la table voisine de son siège et le porta à son œil.

— Lord Ott, ainsi que plusieurs figures-clés de la rébellion au sein de l'Empire, fit-il à contrecœur.

Il jouait avec l'appareil, faussement détendu, mais son manège ne trompa guère sa sœur.

— Y compris Lazarus ? demanda-t-elle.

— Peut-être, qui sait ? En fait, nous étions censés le rencontrer hier, avoua Ash en reposant l'objet avec un soupir.

— À la foire, donc, termina Charlotte.

— Oui. Mais Jack craint à présent que Lazarus n'ose plus se montrer. Il l'a échappé belle, hier soir. Nous ignorons s'il acceptera un autre rendez-vous.

— Je ne comprends pas… déclara Charlotte. Lord Ott a pourtant averti la rébellion qu'une descente allait avoir lieu. Lazarus était donc le premier informé, j'imagine ?

— Notre réseau de renseignements n'a eu vent de l'opération qu'une heure avant la réunion d'hier, expliqua Ash. La plupart des participants, y compris Lazarus, se trouvaient déjà sur place. Tu imagines la débandade… Ils ont dû fuir en catastrophe pour éviter d'être capturés.

— Ne m'en parle pas, frissonna-t-elle.

Elle ne se rappelait que trop bien la silhouette cauchemardesque des Pots de rouille. Son frère hocha la tête, pensif.

— Coe est venu nous avertir du danger, mais en vain : Grave et toi aviez déjà pris la poudre d'escampette.

— Grave a pris ses jambes à son cou, tu veux dire, rectifia la jeune fille. Moi, j'ai simplement essayé de le rattraper.

— Ce qui est fait est fait, les interrompit Meg. En attendant, ma mère nous a conseillé de nous rendre au temple d'Athéna et je pense qu'elle a raison.

Dubitatif, Ash fronça les sourcils.

— C'est loin d'être notre priorité… Surtout après ce qui vient de se passer.

— Il le faudra bien, pourtant, insista la guérisseuse. Tu as tort de négliger l'importance de ce garçon.

Les paroles de Jedda, la veille, retentirent tout à coup aux oreilles de Charlotte : « *Tu peux continuer de prétendre ne pas avoir hérité de mon don, mon enfant… *»

Depuis les événements de la Foire aux rétameurs, Meg s'était comme renfermée sur elle-même. Très sereine, elle semblait parfois plongée dans une espèce de transe contemplative. Repensait-elle, elle aussi, aux mots prononcés par sa mère ?

On toussa soudain poliment à l'entrée du salon.

— On m'informe que vous dînerez ici ce soir, annonça Thompson. Le repas sera servi dans une heure.

Charlotte poussa un profond soupir.

— Laissez-moi deviner… Je suppose que je vais devoir me changer ?

— Je vais t'aider, déclara Meg en riant.

Les deux jeunes femmes montèrent l'escalier en silence et se retirèrent dans la chambre de Charlotte. La femme de chambre improvisée ouvrit tout grand les portes de l'armoire tandis que son amie se brossait les cheveux.

— Une couleur de prédilection pour ce soir ?

— Non.

Charlotte n'avait que faire de la couleur de sa parure. Il y en avait tellement. Autant de rappels – certes exquis – que son séjour en ville n'était qu'un tissu de mensonges.

— La robe améthyste est vraiment ravissante…

Stupéfaite, Meg s'interrompit et laissa tomber sur le lit le vêtement qu'elle venait de sélectionner : Jack venait de faire irruption dans la pièce.

— Charlotte, il faut que je te parle ! haleta-t-il, comme s'il était venu en courant.

Sa veste était déboutonnée, son col de chemise défait.

— Que se passe-t-il ? demanda Charlotte. Vous avez retrouvé Grave ?

Il lui fit signe que non et implora Meg des yeux. Après un long regard pénétrant, la jeune femme quitta la pièce sans un mot, prenant soin de fermer la porte derrière elle.

— Jack, dis-moi ce qui se passe ! s'impatienta son amie, glacée d'effroi.

— Je suis désolé, Charlotte. Je ne sais pas quoi faire d'autre.

Il traversa la pièce en trois enjambées. Elle fit un pas en arrière, effarée par l'agitation qui perçait dans sa voix.

— Il faut que je sache, ajouta-t-il. Rien qu'une fois, avant ce soir. J'ai besoin d'en avoir le cœur net.

— Comment ça ? Que se passe-t-il, ce soir ?

Elle pensa aussitôt à la réunion prévue en fin de journée. Ash lui avait-il donc caché le danger qu'elle représentait ?

Jack se tut, le regard tourmenté. Il saisit les avant-bras de la jeune fille, l'attira vers lui et posa sans crier gare ses lèvres sur celles de Charlotte. Un contact désespéré, brusque, presque douloureux. Et inattendu. Elle ferma pourtant les yeux, submergée par l'émotion. Leur baiser était si profond qu'elle aurait pu s'y noyer tout entière. Elle savourait cet assaut fiévreux, où s'exprimait la force d'un désir inespéré.

Jack brisa leur étreinte et appuya son front contre celui de Charlotte. Leurs souffles courts se mêlèrent. Elle ne pouvait plus penser qu'à une chose : la chaleur des lèvres du jeune homme sur les siennes.

— Est-ce que tu m'aimes ? demanda-t-il, les yeux clos, le front plissé par la douleur.

— Q… Que dis-tu ? bredouilla-t-elle, interdite.

— Dis-moi la vérité, Charlotte. (Il la regardait, à présent.) Est-ce que tu m'aimes ?

Elle tendit une main qui tremblait pour lui effleurer le front. Son cœur battait si fort qu'elle s'entendit à peine murmurer : « Oui. »

Et avec ce simple mot, tout devint clair. Oui, elle aimait Jack. D'où la force de sa réaction quand il l'avait repoussée. Ce début d'attirance inexpliqué qu'elle éprouvait pour Coe. C'est Jack qu'elle voyait en Coe, son Jack. Et puisqu'elle ne pouvait pas l'avoir, lui, elle le cherchait en vain dans le visage d'un autre homme. Toutes ces émotions refoulées avaient fini par déborder et le flot de ses sentiments avait tout emporté sur son passage.

Jack se pencha pour l'embrasser encore. Cette fois, sa bouche se fit plus tendre, audacieuse plutôt qu'autoritaire. Charlotte glissa un bras autour de son cou. Sa peau s'enflammait sous les baisers de son compagnon. Elle entrouvrit la bouche pour goûter sa langue. Une étrange frénésie s'empara alors de lui. Glissant une main dans ses cheveux et l'autre entre ses omoplates, il pressa des lèvres frémissantes contre sa joue, la ligne de sa mâchoire, son cou.

Charlotte passa une main sous la veste de l'officier. La peau du jeune homme était-elle aussi brûlante que la sienne ? Elle effleura le creux de son dos, dont les muscles se contractèrent sous ses doigts.

Quand il fit pleuvoir une pluie de baisers sur ses épaules, elle poussa un profond soupir. La sueur perlait à sa nuque enfiévrée. Sa main glissa sur l'estomac de Jack pour explorer les lignes de son abdomen. Avec un gémissement, il se redressa et attrapa les deux mains de la jeune fille, qu'il repoussa.

— Non, dit-elle d'une voix rauque. Ne t'arrête pas.

— Il le faut, maugréa-t-il entre ses dents serrées.

Il posa ses deux mains de part et d'autre de son visage.

— Je veux faire les choses correctement. Demain, je parlerai à Ash. Pour tout mettre au clair.

Elle le dévisagea, abasourdie. Parler à Ash, mais pour quoi faire ? Avait-il l'intention de demander sa main ? De l'épouser ? Tout allait décidément trop vite pour Charlotte. Les murs de la pièce se mirent à tanguer autour d'elle.

Il déposa sur ses lèvres un baiser léger comme une caresse.

— Il faut que je parte, malheureusement. Mais nous en reparlerons demain matin, tu as ma parole.

Comme elle acquiesçait, il embrassa une dernière fois son cou et lui glissa à l'oreille :

— Je n'ai jamais éprouvé un tel désir pour personne.

Elle frissonna à ces mots, qui reflétaient l'intensité de ses propres sentiments. Cette lucidité soudaine l'effrayait. Il lui était tellement plus aisé de combattre Jack que de le désirer ainsi.

Une fois seule, elle ôta sa robe pour se rafraîchir. En chemise, elle alla s'allonger sur son lit d'un pas chancelant. À mesure que s'estompait le choc de la surprise, un vertige nouveau s'emparait d'elle. Les yeux fixés au plafond, elle sourit comme une idiote. Elle aimait Jack !

Par Athéna, que va dire Ash ?

Éclatant d'un rire sonore, elle roula sur le côté et serra un oreiller contre son cœur. Son corps lui paraissait infiniment souple, et plus vaporeux que la soie.

Elle sursauta lorsqu'on frappa à la porte.

— Entrez !

Elle s'attendait à voir Meg franchir le seuil – même si elle espérait que Jack, qui lui manquait déjà, ait rebroussé chemin, oubliant toute raison. Elle poussa un cri et tira la couverture jusqu'à son menton en reconnaissant Coe.

Le jeune homme fit aussitôt volte-face.

— Je suis confus, Charlotte. Vous m'aviez bien dit d'entrer ?

— Je vous ai pris pour Meg ! protesta la jeune fille qui s'enfonça sous les draps, emmitouflée comme une momie.

Elle laissa passer quelques secondes avant de s'écrier, outrée :

— Vous allez rester planté là longtemps ?

— J'ai bien peur qu'une urgence ne requière notre présence, malheureusement.

— Comment ?

Elle remarqua alors qu'il avait une robe de bal drapée sur le bras. Elle n'en avait jamais vu d'aussi belle. La soie grenat du vêtement rappelait la profondeur d'un grand cru. Un soupçon de dentelle en bordait le décolleté et l'ourlet.

Coe vint la déposer au pied du lit.

— Ma mère la portait pour ses débuts. Il m'a semblé approprié que vous la revêtiez ce soir.

Charlotte fut saisie d'un mauvais pressentiment.

— Le bal du gouverneur n'est bien prévu qu'à la fin de la semaine, pourtant ?

— Changement de programme, expliqua Coe. Un bal militaire se tient ce soir au palais du gouverneur. Un événement modeste, qui fera office pour vous de répétition. Comme vous êtes parrainée par la maison Winter, votre absence pourrait éveiller les soupçons. Il faut faire vite.

Charlotte effleura le tissu soyeux de la robe.

— Est-ce qu'Ash et Meg nous accompagnent ?

— Les serviteurs n'ont pas leur place dans les bals. Je vous servirai de cavalier.

Charlotte braqua sur lui un regard hésitant.

— Et Jack ?

— Il a un autre engagement, mais je suis sûr que vous le verrez plus tard dans la soirée.

Après son rendez-vous avec la rébellion, pensa-t-elle. Elle n'aimait guère l'idée d'assister à des mondanités pendant que ses proches risquaient leur vie.

— Je ferai vite, lui promit-elle.

— Très bien, je vous attends dehors.

À sa grande surprise, Meg ne vint pas l'aider à s'habiller. Après une lutte acharnée, Charlotte parvint à venir à bout de tous les boutons et autres lacets de sa robe. Elle réussit même à épingler ses cheveux sur le sommet de sa tête, et à y glisser un peigne d'argent orné de perles.

Lorsqu'elle quitta sa chambre, la maison lui sembla bien silencieuse. Comme promis, Coe l'attendait devant le portail, mais il n'était pas seul.

Un cocher et un valet de pied se tenaient devant une calèche laquée de noir, rehaussée d'ornements cuivrés. Attaché à l'avant de l'attelage se dressait un cheval mécanique. Entièrement fait de métal, il rappelait plus un squelette qu'autre chose. Elle frissonna, éminemment mal à l'aise.

— Cette robe vous va à ravir, murmura Coe en l'aidant à monter en voiture.

Charlotte frissonna au contact de sa main. Elle se morigéna aussitôt rageusement. Elle aimait Jack, le doute n'était plus permis. Elle devait se sortir son frère de la tête, et sur-le-champ ! Mais comment supprimer en soi une réaction aussi fondamentale ? L'automate s'élança alors, et la voiture se mit en branle. Nerveuse, elle se mit à jouer avec les boutons de ses gants.

— Quel est le programme de la soirée, exactement ?

Son cavalier s'esclaffa.

— La plupart des dames accueillent la perspective de leur premier bal avec un peu plus d'enthousiasme.

— Je ne sais à quoi m'attendre, justement. Dites-moi.

— Rien que de très banal : souriez et charmez vos interlocuteurs, répondit Coe. Et n'oubliez pas de faire la révérence lorsqu'on vous présentera la noblesse de New York.

— C'est tout ? s'étonna-t-elle. Je n'aurai pas à donner de discours, au moins ?

Il balaya ses craintes d'un revers de la main :

— Hélas, on dit souvent des femmes de la Cité Flottante qu'elles sont là pour être admirées, et non entendues.

Charlotte étouffa un juron. Elle ne parvenait pas à maîtriser son agitation. Où était Jack ? Son rôle ne consistait-il pas justement à l'escorter dans les rues et les bals de la ville ? Si seulement Ash et Meg, au moins, avaient pu les accompagner…

Elle se renfonça dans son siège, maussade.

— Ce ne sera pas si terrible ! Les meilleurs musiciens de la cité sont là. Nous pourrons danser toute la nuit, si vous le désirez.

Charlotte se força à sourire. Coe n'était pas responsable de la situation.

Ils firent le reste du trajet sans parler, dans un silence somme toute assez inconfortable.

Chapitre 20

Le palais du gouverneur était érigé au point culminant de la Cité Flottante. Ses flèches vertigineuses et son envergure imposante occupaient pas moins d'une plateforme entière. Le bâtiment, qui dominait de toute sa taille le reste de la ville de New York, ne laissait aucun doute quant au siège exact du pouvoir de l'Empire.

Lorsque le cheval mécanique commença à ralentir, Charlotte jeta un coup d'œil furtif par la fenêtre de la voiture : leur cabriolet avait rejoint une file de véhicules similaires – la créature qui tirait leur attelage était cependant le plus ordinaire des animaux en présence. Elle vit défiler une autruche, plusieurs lions… et même un éléphant, attelé à une carriole de taille imposante dont pas moins de quatre couples de convives émergèrent.

Leur calèche finit par faire halte devant les grilles dorées à l'or fin de l'auguste demeure, où un valet aida Charlotte à mettre pied à terre. Quand elle fendit la foule au bras de Coe, les têtes se tournèrent et plus d'un murmure s'éleva autour d'eux. La débutante se raidit aussitôt, mais son cavalier lui souffla :

— N'oublie pas, Charlotte : tu es ici chez toi. C'est ton monde.

Elle se contraignit à regarder droit devant elle, le dos raide, malgré une prémonition tenace, obsédante : une catastrophe l'attendait en ce lieu. Comment Ash avait-il pu autoriser cette sortie ? Elle jeta un regard à son compagnon. De haute taille, la silhouette élancée, les cheveux bruns, des décorations plein son uniforme et un sourire qui ne présageait rien de bon. Elle se fit soudain la réflexion que dans le cercle fermé de l'aristocratie britannique, son apparition au bras d'un officier aussi prometteur risquait de lui attirer les foudres de bon nombre de débutantes.

Charlotte se creusait toujours la tête pour comprendre les raisons de sa présence à la fête quand ils franchirent enfin le seuil de la résidence du gouverneur. Le couple fut escorté jusqu'à une porte monumentale. De l'autre côté s'ouvrait un vaste palier qui dominait un imposant escalier de marbre.

Coe glissa la main à l'intérieur de sa veste d'uniforme. Il en retira un minuscule rouleau ceint d'un ruban doré qu'il tendit à un domestique debout au garde-à-vous sur leur droite. Les marches qu'ils s'apprêtaient à descendre menaient à une gigantesque salle de bal où fourmillaient une multitude de convives dans leurs plus beaux atours. Une grande partie des hommes portaient des uniformes d'officiers, les autres des vestons et des gilets taillés dans de riches étoffes.

Le majordome se racla alors la gorge. Sa voix sonore s'éleva au-dessus de la foule. Elle dévala les escaliers et porta jusqu'aux plus lointains recoins de la pièce – pourtant immense.

— Lady Charlotte Marshall, qui nous vient des Bermudes, et le commodore Coe Winter !

Sitôt que leurs noms furent prononcés, le vacarme ambiant déclina. Des regards de curiosité furent braqués sur le palier où se tenaient les nouveaux arrivants. *Faites que j'aie l'air moins paniquée que je ne le suis en réalité !* pria Charlotte avec ferveur. Elle étreignit plus fort le bras de son cavalier, et s'efforça d'afficher un sourire serein tout au long de leur descente malgré les centaines de paires d'yeux qui détaillaient son apparence.

Elle, une aristocrate ? Jamais personne ne se laisserait abuser, quelques secondes encore et elle serait démasquée ! Le cœur battant à tout rompre, elle avait les jambes en coton – une grande première, pour elle… Quelle ironie ! En cet instant, elle aurait accepté avec joie les sels qu'on lui avait proposés avec tant d'insistance à bord du *Hector*.

Mais quelques instants plus tard, son pied touchait le parquet luisant de la salle de bal, et le nom des invités suivants résonnait déjà derrière elle. Quelques curieux la dévisageaient encore, mais elle semblait sortie d'affaire. Elle poussa malgré elle un soupir de soulagement et regarda avec curiosité autour d'elle.

Lambris et boiseries incrustées de marqueterie décoraient les murs et les plafonds de l'immense pièce, agrémentés çà et là de lustres majestueux. Un laquais chargé d'un plateau de flûtes de champagne passa non loin d'eux. Coe s'empara de deux verres, et offrit le premier à Charlotte.

— Voilà qui devrait vous faire du bien, dit-il.

Il avait semblé d'un calme olympien durant le trajet, mais à présent qu'une nuée de convives se pressait autour d'eux, il semblait presque aussi nerveux que sa compagne.

Elle sirota le breuvage sans se presser – elle brûlait pourtant de vider sa coupe en deux gorgées.

Une voix de femme retentit brusquement derrière elle :

— Allons donc, mais qui voilà !

Lady Ott fondit sur sa proie.

— Quelle délicieuse surprise ! Votre robe est ravissante, ma chère. Et je vois que le commodore Winter vous accompagne. Vous êtes rapide en besogne, chère petite. Tant mieux pour vous… Et vous, commodore, c'est un plaisir de vous voir ici, vous vous faites trop rare ! L'Empire aurait-il donc réglé son compte à tous ses ennemis sans en laisser un seul ?

Vêtue d'une opulente robe de bal incarnat, l'aristocrate bien en chair adressa au jeune homme un sourire éclatant.

— Hélas, madame, tant que l'Empire sera l'Empire, il aura son lot d'adversaires.

— Vous m'en direz tant ! Mais, au moins, vous avez trouvé un peu de temps pour entourer cette charmante demoiselle de vos attentions. Vous faites un très joli couple, sachez-le… Mon époux sera vraiment très pris au dépourvu de vous voir. Ah, le voilà ! Roger, mon cher, venez voir qui est là…

De l'emphase placée par Lady Ott sur les mots « très pris au dépourvu » ou du haut-le-corps de Coe lorsqu'il vit la silhouette ventripotente de Lord Ott s'extirper de la foule, Charlotte ne sut jamais vraiment ce qui lui avait mis la puce à l'oreille. Mais son opinion était faite : quelque chose clochait.

Malgré sa bedaine, l'aristocrate s'inclina avec grâce devant elle.

— Mademoiselle Marshall, quelle joie de vous revoir si vite !

— Il est naturel que Charlotte soit des nôtres ce soir, mon cher : c'est sa première saison, l'auriez-vous déjà oublié ? lui fit remarquer sa femme.

— Vous avez raison, bien sûr, lança-t-il. Et pour sa première participation, elle a pris au collet la proie la plus insaisissable qui soit ! Je ne me rappelle même pas votre dernière visite au palais du gouverneur, commodore.

— Mon poste m'en tient trop souvent éloigné, se hâta de répliquer Coe. Mais comme mademoiselle Marshall est parrainée par la maison Winter, j'ai trouvé approprié de…

— Inutile de vous justifier, mon garçon, l'interrompit Lord Ott, qui se pencha ensuite pour gronder à voix basse. Que faites-vous ici, par Héphaïstos ? Plus exactement : que fait cette jeune fille au palais ?

Les yeux écarquillés par la surprise, l'objet de ce débat coula un regard inquiet en direction de Lady Ott, dont l'expression béate ne varia pourtant pas d'un pouce.

— Inutile de vous tracasser, mademoiselle Marshall, lança du tac au tac l'intéressée, sans cesser de sourire. Laissons ces messieurs à leurs affaires. Allons, ressaisissez-vous : vous allez renverser votre champagne !

Derrière cette gaieté feinte, Charlotte décela une acuité évidente. *Par Athéna, cette femme fait partie de la conspiration !* Bien loin d'une simple épouse tenue dans l'ignorance, elle venait de se révéler une véritable partenaire pour Lord Ott. Son associée dans tous les domaines, même les plus équivoques.

Sidérée, la jeune débutante poussa un léger rire pour entretenir l'illusion d'une conversation de salon, et continua de siroter son champagne en surveillant du coin de l'œil les deux adversaires.

Une expression hilare sur le visage, l'entrepreneur feignait comme son épouse l'amusement. Il n'en jeta pas moins :

— Partez sur-le-champ, c'est plus sûr. Votre protégée se trouve sous une fausse identité dans le nid du scorpion lui-même.

— Non, pas encore.

— Mais que mijotez-vous, enfin ?

Perdant patience, la jeune fille était sur le point de les interrompre pour exiger de connaître la nature exacte du nouveau plan et la raison pour laquelle Lord Ott n'en avait pas été tenu informé, quand sa question se perdit dans l'annonce de l'arrivée de nouveaux convives.

— Lady Eleanor Stuart et son fiancé, le capitaine Jack Winter.

À ces mots, Charlotte se figea comme si elle venait de croiser le regard mortel de la Méduse. Non, elle avait dû mal comprendre ! Elle avait cru entendre…

La voix chaude de Coe sonna soudain à ses oreilles, mais étrange et étouffée, comme s'il se tenait à une très grande distance.

— Je… Je suis désolé.

Lorsque la main de l'officier se posa sur son épaule, la vie afflua tout à coup dans les membres jusque-là paralysés de Charlotte. Sans marquer la moindre hésitation, elle vida cul sec le reste de son champagne.

— Eh bien ! souffla Lady Ott, qui jeta un regard entendu à son mari et s'empressa de lui arracher la coupe vide.

Lord Ott fixa tour à tour l'escalier monumental, Charlotte, et pour finir Coe.

— Voilà donc de quoi il retourne… Vous devriez avoir honte, jeune homme. Vous n'aviez pas besoin de procéder ainsi.

L'objet de toutes leurs attentions baissait la tête. Elle n'avait pas la moindre envie de tourner le regard vers l'entrée… son corps refusa cependant d'écouter les avertissements de son esprit. Elle avait encore du mal à croire qu'il ne s'agisse pas tout simplement d'une erreur.

Mais il était bien là. Jack. Son Jack. Il descendait une à une les marches, une jeune fille svelte, revêtue d'une robe bleu azur, pendue à son bras. Jack Winter et sa fiancée. La lumière des lustres se brouilla et se mit à tourner sur elle-même. Des taches noires flottèrent soudain devant les yeux de Charlotte. Elle ferma les paupières, s'efforça de respirer calmement. Quand elle les rouvrit, sa vision était de nouveau claire, mais la nausée ne l'avait pas quittée.

— Allons, éclipsez-vous avant d'aggraver encore la situation ! grinça Lord Ott.

— Non, Jack mérite une bonne leçon, répondit Coe, les bras croisés sur la poitrine.

L'aristocrate pointa un doigt accusateur sur lui.

— Votre frère importe peu ! Ménagez donc cette demoiselle !

Lady Ott le corrigea aussitôt :

— Ces demoiselles, vous voulez dire… Imaginez ce qui attend Eleanor !

La capacité de l'aristocrate à garder le sourire tout en foudroyant son interlocuteur du regard était infiniment troublante.

— Mais je pense à Charlotte, justement ! Elle mérite de voir mon frère dans ses œuvres et de pouvoir le confronter à ses mensonges…

À quelques mètres à peine, Jack et sa cavalière venaient de poser le pied sur le parquet d'acajou. La débutante retrouva soudain l'usage de la parole et souffla d'une petite voix tendue :

— Je ne veux pas rester.

— Pardonnez-moi, Charlotte, je ne voulais pas vous blesser, chuchota Coe. Mais quand j'ai compris qu'il vous mentait depuis le début…

— On s'en va !

— Passez par là, nous allons vous couvrir, suggéra Lady Ott en désignant une petite porte.

Trop tard ! Depuis l'autre côté de la piste de danse, Jack avait aperçu Coe. Il fronça les sourcils, déconcerté de voir son frère assister à la fête. À la vue de Lord Ott, il sembla plus troublé encore – que faisaient les conspirateurs réunis là, à son insu ? Mais quand son regard se posa sur Charlotte, il devint blême et recula d'un pas.

Lady Ott posa furtivement la main sur le bras de Charlotte pour l'encourager en silence. Les nouveaux venus firent lentement leur chemin jusqu'au petit groupe.

— Ravi de vous voir, capitaine ! jeta le doyen de la troupe en s'inclinant d'un air grave.

— Lord Ott, répondit Jack, je ne pense pas que vous connaissiez Lady Eleanor Stuart…

— C'est un plaisir ! Mais laissez-moi vous présenter mon épouse, Lady Margery Ott.

Eleanor exécuta à son tour une révérence pleine de grâce, et adressa un grand sourire à Coe.

— Jack m'avait caché votre présence ici ce soir, commodore. Quel bonheur, vous nous avez beaucoup manqué !

— Vous êtes trop bonne, Lady Stuart. J'aime réserver de petites surprises à mon frère… Bonsoir, Jack.

À en juger par la fureur qui habitait son regard, l'intéressé se retenait avec peine de mettre son poing dans la figure du commodore.

Mais de quel droit se laissait-il aller ainsi à la colère ?

Charlotte n'avait pas sollicité ses attentions, ni la déclaration passionnée qu'il lui avait faite quelques heures plus tôt à peine. Pourquoi diable lui promettre de s'entretenir avec Ash quand il était de toute évidence fiancé, sans doute depuis des années, à une jeune fille dont elle n'avait pas soupçonné l'existence jusque-là ?

Jack avait décidément le mensonge chevillé au corps : sa véritable identité, sa mission secrète, et pour finir…

Pas une seule fois il n'avait mentionné sa fiancée.

Sa mère, en revanche, oui. « *Est-ce Eleanor que tu m'amènes là ?* »

Des vagues successives de rage et d'incrédulité menaçaient d'étouffer Charlotte. Elle se contraignit à rester parfaitement immobile. Elle devait impérativement maîtriser sa langue trop acérée. Sans lever les yeux vers Jack – de peur que son émotion ne l'emporte sur son éducation –, elle se tourna vers Eleanor.

Elle aurait voulu lui trouver un défaut, un seul, rien qu'une raison de la mépriser. Mais la jeune fille avait une peau de lait. Des cheveux d'or qui coulaient en cascade, brillants comme de la soie, sur ses épaules frêles et dénudées. De grands yeux bruns, liquides comme ceux d'un faon nouveau-né. Et quand Eleanor souriait à Jack, debout à ses côtés, l'affection brillait dans ses prunelles.

Charlotte serra les dents pour ne pas faire volte-face et les planter tous là. Ne pas faire de scène, ne pas attirer l'attention sur elle-même. Trop dangereux… Et puis sa dignité ne s'en remettrait pas.

Le regard d'Eleanor alla de Coe à sa compagne.

— Vous ne me présentez pas votre cavalière ?

La mine défaite de Jack se mua en une véritable grimace.

— Mais bien sûr, pardonnez-moi ! fit le commodore. Lady Eleanor, puis-je vous présenter Lady Charlotte Marshall. Elle est originaire des Bermudes.

La nouvelle venue applaudit à cette nouvelle, étonnée et ravie.

— Vraiment ? s'exclama-t-elle. C'est la première fois que je rencontre une habitante des îles. Ce doit être si fascinant de vivre là-bas ! Rien d'étonnant à ce que vous ayez captivé l'attention de notre cher commodore. Vous êtes-vous rencontrés lors d'une de ses missions ? Quelle chance ! Je rêve souvent d'accompagner Jack pour les moins dangereuses de ses expéditions militaires, mais la règle est très stricte : les seules femmes autorisées à proximité de la ligne de front, ce sont nos infirmières.

À chacun des mots qui sortaient de la bouche d'Eleanor, le visage de Jack s'assombrissait un peu plus.

— Notre père et celui de mademoiselle Marshall sont deux vieux amis, précisa-t-il. La maison Winter a donc accepté de la parrainer à l'occasion de son entrée dans la bonne société. Charlotte et Coe viennent tout juste de se rencontrer.

— Ah… Mais quel beau couple ils font, vous en conviendrez !

— Merci, Eleanor, murmura le commodore, une main posée au creux des reins de sa cavalière. Je n'aurais jamais osé rêver, en effet, de gagner les faveurs de Lady Marshall. J'ai beaucoup de chance.

Charlotte n'en croyait pas ses oreilles. Inerte comme une poupée de chiffon, elle se tourna vers le malotru pour le dévisager avec la plus grande incrédulité. Par Athéna, où était-il allé chercher ces sornettes ?

— Ma chère, je dois absolument vous présenter à quelques-unes de mes amis, s'exclama Lady Ott, qui prit Eleanor par le bras et l'entraîna sans attendre avec elle. Ne vous inquiétez pas, capitaine, je vous la rends dans une minute !

— Comment as-tu osé ? lança Jack à son frère aussitôt les deux femmes hors de portée de voix.

— Je te retourne la question, répliqua froidement Coe. Et je parie que Charlotte pense comme moi.

La jeune fille ne savait plus quoi penser, justement. Il lui semblait avoir quitté son corps et regarder une catastrophe dévaster la vie d'une autre, mais pas la sienne. Jack fit un pas en avant, l'air menaçant, mais Lord Ott glissa son imposante carcasse entre les deux adversaires.

— Allons, messieurs ! Dois-je vous rappeler où nous sommes ? Il est de la plus haute importance que vous ne vous fassiez pas remarquer ici.

À ces mots, Jack posa enfin les yeux sur son amie. Il fit un pas en avant, la main tendue.

— Écoute-moi…

Ce geste força Charlotte à réintégrer son corps, et à participer à l'échange qui avait lieu. Or c'était bien le dernier endroit sur terre où elle souhaitait se retrouver. Elle tressaillit et recula d'un pas.

— Ne t'avise pas de me toucher ! cracha-t-elle d'une voix pleine de venin.

Cette fois, c'est Coe qui s'interposa entre eux. Jack interrompit aussitôt son mouvement.

— Attends, tu ne comprends pas…

Les yeux de la jeune fille lui brûlaient.

— Non, en effet !

Lord Ott se racla la gorge pour attirer leur attention :

— Charlotte, ma chère, je suis bien conscient de ne pas saisir tous les tenants et les aboutissants de la situation… Mais sachez que vos larmes causeraient ici un aussi gros scandale qu'une rixe entre ces messieurs.

Les dents serrées, la jeune débutante cligna rapidement des paupières et refoula ses pleurs.

— Je t'en prie, accorde-moi juste un instant, murmura Jack d'une voix chargée d'émotion.

Lord Ott leva les yeux au ciel.

— Allons, jeune homme, ce n'est ni le moment, ni l'endroit…

— Ah, vous voilà enfin !

Charlotte faillit sauter en l'air quand une main se referma sur son bras.

— Vous êtes bien tendue, mademoiselle ! s'exclama une voix teintée d'ironie.

Elle mit un moment à reconnaître Linnet, qui s'était métamorphosée des pieds à la tête : cheveux élégamment relevés en chignon et tenus en place par les fines mailles d'un filet décoré de perles d'eau douce. Le décolleté de sa robe, assortie au bleu roi de ses yeux, était rehaussé d'un collier ras du cou où se mêlaient, cette fois, saphirs et perles.

— Que fais-tu ici ? s'étouffa Lord Ott. Et combien cet accoutrement m'a-t-il coûté ?

— La couturière vous enverra sa note. Le bijoutier aussi, d'ailleurs, rétorqua-t-elle. Je suis venue faire mon rapport. J'ai ramené le garçon au manoir des Winter. Vous m'aviez demandé de vous tenir au courant dès que ce serait fait. Alors me voilà !

Elle désigna Charlotte du doigt avant de poursuivre :

— Oh, et le frère de cette demoiselle est très inquiet de sa disparition soudaine, alors je lui ai promis de la retrouver. Une bonne chose de faite. Mes aïeux, quel talent !

— Ash ignore que je suis ici ? s'insurgea Charlotte, qui décocha un coup d'œil assassin à Coe.

— C'est vrai, avoua-t-il.

— Que t'a dit mon frère pour te convaincre de venir, Charlotte ? lui demanda Jack.

Elle n'avait aucune envie de lui répondre, mais lança tout de même à la ronde :

— Que notre plan d'action, ce soir, avait changé. Que pour sauver les apparences, je devais assister à ce bal.

Le cadet regarda son aîné d'un air blessé, plein d'incompréhension.

— Arrête un peu ton cirque, Jack ! jeta Coe. Rappelle-toi qui tu es ! Tu ne joues plus aux petits soldats dans la forêt. Ta vie est ici !

Pour Charlotte, ces mots furent une véritable douche froide.

Jouer aux petits soldats dans la forêt... En d'autres termes, faire semblant. Les attentions de Jack appartenaient au passé. Prêt à tout pour échapper à une existence loin d'être parfaite, il s'était au passage fourvoyé dans une petite amourette. Mais ici, il était quelqu'un d'autre – un jeune homme doté d'obligations. Leur attirance réciproque n'était qu'une illusion, un simple jeu. Mais bien sûr... Comment avait-elle pu croire le contraire ? Elle laissa son regard s'attarder sur les splendeurs du bal. C'était l'univers de Jack, plein de soieries chatoyantes, de dentelles et d'argenterie. Un véritable coffre aux merveilles. Le monde de Charlotte, lui, était miteux et chaotique, tout de cuivre usé et d'acier froid.

Linnet glissa un bras autour de la taille de la jeune fille, qui vacillait.

— Vous ne tenez plus sur vos pieds, mademoiselle Marshall, intervint Lord Ott d'une voix douce. Rentrez, c'est mieux.

— Je te raccompagne ! déclara Jack, qui tenta de forcer le barrage de ses compagnons pour s'approcher d'elle.

— Ça m'étonnerait bien, répliqua Coe, soudain tourné vers Charlotte. Venez, mon attelage est prêt.

— Si tu oses ne serait-ce que la toucher… gronda Jack.

— Messieurs, cessez vos enfantillages ! les interrompit Linnet. Je m'en charge, je vous rappelle que vous avez des obligations, tout à l'heure.

— Linnet a raison ! Si vous pouviez non seulement cesser de vous comporter en mufles, mais aussi vous souvenir qu'il nous reste par ailleurs quelques… problèmes à régler d'urgence.

Ces quelques mots firent hésiter les deux adversaires. Charlotte en profita pour souffler à Linnet :

— On y va !

Sans laisser à personne le temps d'intervenir, les deux jeunes filles se glissèrent dans le tourbillon des festivités et, ignorant l'éclat que jetaient les lustres sur le cristal des verres et l'acajou des boiseries, filèrent jusqu'à l'extrémité de la salle. Linnet mena Charlotte jusqu'aux larges portes-fenêtres qui ouvraient sur une vaste terrasse surplombant les jardins du palais.

Elles laissèrent derrière elle le bruit des réjouissances et se faufilèrent dans l'obscurité, entre les buissons plantés de roses odorantes. Linnet s'arrêta près d'un banc, fourra la main sous la haie la plus proche et en sortit deux manteaux de voyage.

— J'avais prévu ces précautions au cas où je doive t'exfiltrer du palais. Couvre-toi, nous pourrons ainsi prendre le tramway sans trop attirer l'attention.

Raide et engourdie, Charlotte passa la houppelande sur ses épaules avant de suivre sa camarade sur les sentiers bordés de verdure. À mesure qu'elle avançait, elle s'abîmait dans une mélancolie de plus en plus profonde. Linette finit par ralentir pour marcher avec elle épaule contre épaule.

— Tu sais, si tu apprécies autant Jack, tu devrais juste l'accueillir dans ton lit.

Prise au dépourvu, Charlotte trébucha et faillit s'étaler.

— Tu plaisantes, j'espère ? s'exclama-t-elle.

Linnet, qui avait tendu le bras pour l'aider à retrouver l'équilibre, haussa un sourcil ironique :

— Pourquoi s'embarrasser de fiançailles et de mariages ? Moi, en tout cas, je m'en passerai ! Le roi des Indes pourrait me promettre sa main, je n'y accorderais pas la moindre importance. Un mari, une famille, c'est une prison pour une fille comme moi – ou comme toi. Rien de plus.

— Tu te moques de moi, je le savais !

Même si sa compagne la taquinait, la distraction était plus que bienvenue.

— Juste un peu. Tu pourrais quand même y réfléchir.

— À prendre un amant au lieu d'un mari ? murmura Charlotte, que le simple fait de prononcer ces mots à voix haute mettait mal à l'aise.

— Exactement.

— Je n'y ai jamais pensé, ne serait-ce qu'une minute…

Elle avait bien flirté avec Jack quand toute haine entre eux s'était évanouie, mais sans jamais se projeter plus loin. À dire vrai, elle n'avait pas du tout considéré où la menaient ses sentiments.

— Jamais, jamais ? rétorqua Linnet, sceptique.

— Quand on vit dans les Catacombes, on se soucie surtout de mener la lutte. De ne pas se retrouver piégé comme un lapin dans son terrier. Je ne me suis jamais vraiment préoccupée de… ce genre de chose.

— Jusqu'à l'arrivée de Jack.

Le silence de Charlotte ressemblait à un aveu.

— Désolée, chaton, reprit Linnet. J'ai tout de suite compris ce qui se passait : tu as vu rouge dès que tu m'as prise pour autre chose que sa sœur, souviens-toi ! (Elle laissa s'écouler un long moment avant de reprendre.) Il ne faut pas trop lui en vouloir, tu sais.

— Tu ne sais même pas ce qu'il a osé faire… s'insurgea Charlotte.

Sa camarade se mit à rire.

— J'en sais plus long que tu ne le penses ! Et avant même de te rencontrer, je savais déjà que Jack allait droit dans le mur. Tu n'as fait qu'accélérer un processus inéluctable.

Dans les ténèbres du parc, Charlotte ralentit le pas, les sourcils froncés.

— Je ne te suis plus du tout…

— Mon frère s'est fourré tout seul dans un piège, sans s'en rendre compte. Et il vient juste de le laisser se refermer sur lui.

Pour quitter le somptueux jardin, elles durent se glisser dans un trou aménagé dans la haie qui courait sur tout son pourtour.

— Tu parles par énigmes, Linnet ! protesta Charlotte quand elle se fut enfin extirpée par l'ouverture.

— Toute sa vie, Jack n'a eu de cesse d'éviter de devenir son père. Il déteste purement et simplement l'amiral.

— C'est ce que j'ai cru comprendre.

À une telle distance du palais, les rues étaient calmes et silencieuses. Pas un bruit – à part l'écho de leurs pas sur les pavés.

— Il sait que le mariage de ses parents était une union sans amour, reprit Linnet. Arrangée. Une alliance idéale entre une famille militaire de premier plan et une deuxième maison – issue de la société civile cette fois – tout aussi puissante. Il a décidé d'éviter ce destin en se trouvant une épouse avant que son père ne puisse organiser des fiançailles sans le consulter.

— Je vois… Il a donc cherché – et trouvé –Eleanor, répondit Charlotte d'une voix triste. Et il est amoureux d'elle ?

— Je suis sûre qu'il pensait l'être. C'est une fille adorable, qui a beaucoup de qualités. Mais je me doutais bien que ça ne suffirait pas. Je lui ai dit, souvent, que c'est l'amour qui vient vous trouver un jour. Et non l'inverse.

— Que t'a-t-il répondu ?

— Il m'a suggéré d'aller me faire voir, avoua la sœur du garçon en riant. Il n'écoute jamais ni mes conseils, ni un seul des mots que je prononce. (Elle jeta à sa compagne un regard en coin.) Et maintenant que l'amour est venu trouver notre Jack, il est dans un terrible pétrin.

— S'il m'aime… Car en fait tu n'en sais rien, Linnet.

Charlotte resserra son lourd manteau autour de ses épaules. Elle ne voulait pas se laisser abuser par de faux espoirs. Elle ne supporterait pas deux fois une déception comme celle qu'elle venait de vivre.

— Tu as raison. Je n'en sais rien. Il n'y a que lui qui sache. Mais Jack n'est pas du genre à jouer avec les sentiments de quelqu'un, surtout pas après ce qu'il a vu sa mère traverser.

— C'est étonnant de te voir ainsi le défendre.

Linnet aboya un autre rire sans joie, qui arracha à Charlotte une grimace embarrassée.

— Parce qu'il me déteste ?

— Pardon, je ne voulais pas t'offenser.

— Il n'y a pas de mal. Ce n'est pas moi que Jack déteste. C'est ce que son père a fait à sa mère. Il se trouve simplement que j'en suis la preuve vivante. Et si je comprends pourquoi Jack ne supporte pas ma présence, je ne le laisse pas pour autant m'accuser de ce dont je ne suis pas responsable. Je m'y refuse absolument !

Une fois devant l'arrêt du tramway, Linnet se tourna lentement vers sa camarade.

— Alors, verdict ?

Quand Charlotte haussa les sourcils d'un air interrogateur, la jeune fille lui lança un sourire diabolique et précisa sa pensée :

— Vas-tu accorder une deuxième chance à mon frère, oui ou non ?

— Je ne sais pas si j'en serai capable, rétorqua la débutante, les yeux baissés sur les voies.

La cloche du tram retentit au loin.

— Eh bien… Ce n'est peut-être pas plus mal. Parce que je suis à peu près certaine que Coe ne t'a pas emmenée au palais du gouverneur, ce soir, pour le simple plaisir de tourmenter son petit frère.

— Il a dit que Jack méritait une bonne leçon…

— Ce n'est pas tout, je le crains.

— Que cherche-t-il ?

La voiture fit halte devant elles dans un long grincement.

— Ça me semble assez évident, rétorqua Linnet, avant de grimper dans le wagon. Coe, lui aussi, a jeté son dévolu sur toi.

Chapitre 21

Charlotte n'aurait jamais pu imaginer que la journée du lendemain s'avère pire que la soirée qui l'avait précédée. Ce fut pourtant ce qui arriva.

Elle se réveilla reposée et, l'espace de quelques merveilleux instants, ne se rappela pas le moins du monde les événements qui s'étaient produits au palais du gouverneur. Mais la vérité ne tarda pas à revenir s'abattre sur elle, soudaine et dévastatrice. Elle remonta les draps sur son visage et ferma les paupières de toutes ses forces. Elle aurait donné n'importe quoi pour se trouver loin de cette grande demeure froide. Si seulement elle pouvait se réveiller dans les Catacombes, sans jamais avoir contemplé la Cité Flottante, rencontré Lord Ott ou pénétré dans le manoir des Winter ! Elle aurait surtout donné n'importe quoi pour ne jamais avoir avoué à Jack qu'elle l'aimait.

Quand il devint évident que toutes les prières de la terre ne parviendraient pas à la renvoyer en arrière dans le temps, elle repoussa les couvertures et se prépara à affronter une nouvelle journée. Elle se vêtit d'une chemise propre et d'une robe de mousseline soyeuse. Puis elle drapa un châle en cachemire autour de ses épaules avant de s'aventurer dans les couloirs.

La maison était plongée dans le silence. Son frère était-il enfin rentré ? À son retour au manoir en compagnie de Linnet, bien après minuit, Ash, lui, était déjà parti pour sa première rencontre secrète avec le petit contingent de rebelles installés en ville. Un peu soulagée de ne pas avoir à lui relater les événements de la soirée, Charlotte avait souhaité bonne nuit à son ange gardien avant d'aller s'effondrer en pleurant dans les bras de Meg. Ce qui n'était pas plus mal : sa compagne avait laissé la jeune fille sangloter en vouant Jack aux gémonies et à tous les supplices auxquels elle pouvait penser. La pauvre ne se rappelait même pas s'être endormie, mais elle savait que Meg avait veillé sur elle jusqu'à ce qu'elle finisse par tomber de sommeil, épuisée.

Si par malheur Ash avait assisté à la scène, il aurait tout aussi bien pu, dans sa colère, provoquer Jack en duel sur-le-champ. Charlotte ne voulait plus jamais revoir le jeune homme, mais ne souhaitait pas pour autant sa mort. Et Meg, elle, saurait trouver les mots pour expliquer la situation à Ashley sans déclencher d'affrontement.

Même si elle risquait d'y croiser Lady Winter, Charlotte décida de sortir dans le jardin. Si la maîtresse de maison ne s'y trouvait pas, Grave, en revanche, regardait le paon de la famille parader autour de la fontaine, assis sur un banc de marbre.

En entendant approcher son amie, le garçon releva la tête.

— Désolé de m'être enfui. Et d'avoir frappé Jack.

— Oh, c'est bien fait pour lui, ne t'inquiète pas ! Quant à toi, je suis soulagée de te voir sain et sauf.

Il la dévisagea d'un air sombre et se remit à observer l'oiseau couvert de joyaux. Charlotte s'assit à ses côtés.

— Sais-tu pourquoi tu t'es sauvé ? Est-ce que quelque chose t'est revenu en mémoire, peut-être ?

— Non, simplement que j'avais déjà éprouvé une terreur semblable, et qu'à défaut de prendre mes jambes à mon cou, j'allais y laisser la vie.

Elle réfléchit un instant à cette bribe d'information avant de demander :

— Où t'as trouvé Linnet ?

— Je ne sais pas trop. Quand elle m'a rattrapé, j'approchais de la Ruche, c'est tout ce qu'elle m'a dit.

— Tu portais les vêtements d'un travailleur de la Ruche, le jour où je t'ai rencontré. Et si c'était de là que tu viens ?

— Qui sait ? Mais les prêtresses du temple, elles, sauront me le confirmer avec certitude, non ? demanda Grave d'une voix neutre.

Il ne semblait en effet ni gai, ni triste à cette perspective.

— C'est ce qu'a laissé entendre la mère de Meg.

— Alors, quel est le programme de la journée ?

— Ash avait un rendez-vous crucial, hier soir. Nous déciderons de la marche à suivre dès son retour.

Elle se massa les tempes un instant. Pourvu qu'ils puissent se rendre au temple le jour même afin de résoudre une bonne fois pour toutes le mystère de la nature de Grave ! Ils pourraient ensuite, à son grand soulagement, quitter pour toujours cette maudite cité.

— Charlotte !

Elle aurait reconnu la voix de Jack entre mille. Elle fut si ébranlée de l'entendre que son premier instinct fut de se cacher sous le banc. Maîtrisant à grand-peine ce réflexe plein de lâcheté, elle se redressa sur son siège, le dos bien droit, et suivit des yeux l'arrivée de l'officier. Il traversa la magnifique pelouse du manoir d'un pas décidé, mais ralentit l'allure en constatant que sa camarade n'était pas seule.

— Bonjour, Jack ! lança Grave, qui se leva d'un bond. Je suis vraiment désolé de t'avoir frappé, l'autre jour.

— N'y pense plus, va !

Le jeune homme hésita un instant avant d'ajouter :

— Si tu veux te faire pardonner, tu peux me laisser quelques instants seul avec Charlotte : j'ai quelque chose d'important à lui dire.

— Je préférerais que tu restes, Grave, rétorqua-t-elle sans chercher à dissimuler la colère qui colorait sa voix.

Jack s'approcha du banc et mit un genou en terre.

— S'il te plaît… Laisse-moi une chance, une seule, de t'expliquer ce qui s'est passé.

— Je t'en prie, lance-toi ! jeta-t-elle en dissimulant ses mains tremblantes sous son châle. Mais Grave, lui, reste.

— Écoute, je ne sais pas s'il…

— Il reste, ou bien c'est moi qui pars, point final. J'aimerais avoir son avis sur toute cette histoire.

Le garçon fronça les sourcils, l'air inquiet.

— Je ne sais pas si je te serai très utile…

— Je suis sûre du contraire !

Elle lui tapota la main, rassurante. Certaine qu'en l'absence d'un témoin, Jack essaierait de l'embrasser, elle n'était pas sûre d'avoir assez de cran et de dignité pour refuser.

— Je t'écoute ! lança-t-elle donc à son adversaire d'une voix sèche.

Elle se délecta du regard ennuyé que l'officier jeta à Grave. Il finit pourtant par se décider à entonner ses explications à voix basse :

— J'étais sur le point de rompre mes fiançailles, Charlotte. Il faut que tu me croies.

Comme elle ne répondait rien, il ajouta :

— Je te jure que j'étais prêt à le faire hier soir.

— « Étais prêt » ? jeta-t-elle, glaciale. En d'autres termes, tu es toujours fiancé à Eleanor ?

Il prit soin d'éluder la question :

— Mais je ne souhaite pas le rester.

— En attendant, c'est toujours le cas ! Même à présent que je sais tout, tu n'as pas rompu ? Je crois que tout est dit.

— Bien sûr que non, insista Jack. Tu ne veux vraiment pas qu'on se parle seule à seul ?

— Jamais de la vie. (Elle se leva, furieuse.) Tu aurais dû m'en parler, nom d'un chien ! Comment as-tu pu me cacher une chose pareille ?

Il se redressa à son tour, se planta en face d'elle.

— Je ne savais tout simplement pas comment te *dire* une chose pareille ! J'ai pensé qu'il était préférable de rompre mes fiançailles discrètement et que tu n'en saches jamais rien. Je ne voulais pas que tu me méprises. De te l'avoir caché – et de l'avoir trahie, elle, par-dessus le marché !

— Eh bien tu as fait le mauvais choix… Parce que maintenant, oui, je te méprise. Tu as gagné !

— Charlotte… Hier, tu m'as dit que tu m'aimais. Ça n'a donc pas la moindre importance ?

Grave se leva, fit le tour du banc, se rassis dos à eux et s'absorba dans la contemplation du paon. La gorge de Charlotte se serra si fort qu'elle crut étouffer.

— Comment oses-tu ramener ça dans la conversation ! gronda-t-elle. Tu m'as menti. Tu ne m'as jamais ne serait-ce que laissé entendre que tu avais une fiancée ! Tu as promis de l'épouser, Jack ! Et moi, hier soir, avant ce satané bal, j'ai cru…

La gorge serrée par l'émotion, elle ne parvint pas à finir sa phrase, mais il s'en chargea à sa place :

— Et tu as eu raison ! C'est toi que je veux, pas Eleanor.

Elle baissa les yeux. L'herbe, à ses pieds, enfla à mesure que ses prunelles se remplissaient de larmes.

— Je te le jure, Charlotte. Je n'ai jamais désiré personne comme je te désire, toi.

Elle aurait voulu pouvoir le croire, mais le doute enraciné dans son esprit avait commencé à germer.

— Dans ce cas… Dis-moi simplement pourquoi tu n'as pas rompu tes fiançailles.

Elle ne releva pas la tête. Un long moment s'écoula avant qu'il ne réponde :

— J'avais d'abord besoin de te parler.

— Pourquoi ? Pour t'assurer que j'étais toujours disponible, toujours partante ? Et dans le cas contraire, garder toutes tes chances avec Eleanor ?

Délibérément, elle lui tourna le dos.

— Je sais bien que c'est à ça que ça ressemble. Mais c'est faux. Eleanor est une fille adorable. On n'était encore que des enfants quand j'ai demandé sa main. C'était stupide, je m'en rends compte à présent. Mais je ne veux pas la déshonorer sans raison, pas sans une très bonne raison.

Elle fit volte-face pour le foudroyer du regard, sans se soucier à présent qu'il puisse voir les larmes qui lui coulaient sur le visage.

— Sans raison, tu dis ? Tu prétends m'aimer, mais tu l'épouseras quand même si je ne te pardonne pas, c'est ça ?

Il secoua la tête, las et désabusé.

— Tu ne comprends pas les contraintes qui règnent ici. Mon père est amiral. Je dois tenir compte de considérations politiques et des attentes de la bonne société à mon endroit. Rompre des fiançailles sans causer de scandale, c'est loin d'être simple. J'essaie simplement de me comporter avec honneur.

— Oh, mais je comprends très bien, au contraire ! Tu es tenté par l'aventure, mais tu ne veux pas ternir le merveilleux futur que tu t'es préparé. Tu peux garder ton honneur et ta jolie fiancée, va ! Je m'en passerai…

— Charlotte, réfléchis bien à ce que tu fais…

Il tenta de lui prendre la main, mais elle recula d'un pas.

— Moi ? Mais je ne « fais » rien de spécial, figure-toi. C'est toi qui as creusé ta propre tombe. Personne ne l'a dit mieux que ton frère : tu ne joues plus aux petits soldats dans la forêt, camarade !

De chaque côté de son uniforme, les mains de Jack formèrent des poings.

— Il n'avait pas le droit de parler comme ça de notre vie là-bas. Il ne sait rien de nous.

— Au contraire, je crois qu'il a compris la vérité avant tout le monde, le contra Charlotte. Bref, ce qui est fait est fait. Va-t'en, à présent.

Elle retourna s'asseoir sur le banc sans accorder un seul autre regard à Jack. Elle le comprenait désormais : la question n'était pas de savoir si elle désirait faire de lui son amant ou son mari. Avant la soirée de la veille, l'un comme l'autre lui aurait été égal. Mais Jack, lui, ne voyait pas les choses ainsi. Charlotte aurait tout risqué par amour. Le jeune officier, en revanche, ne prenait que des paris gagnants, même dans le domaine amoureux. Et ça, elle ne pouvait se contraindre à l'accepter.

Près d'elle, Grave se leva et alla se camper devant son camarade.

— Elle t'a écouté, et maintenant elle te demande de partir. Va-t'en, Jack.

Elle entendit s'éloigner le pas de celui qu'elle aimait, et se remit à pleurer. Son chevalier servant vint se rasseoir à ses côtés, le visage défait.

— C'était sacrément éprouvant, comme conversation, chuchota-t-il.

— Tu peux le dire. Merci d'être resté…

— Je ferai tout ce que tu me demanderas, tu sais.

Elle releva la tête et le dévisagea, étonnée, à travers ses larmes.

— Parce que c'est toi qui m'as sauvé la vie, ajouta-t-il d'une voix grave.

Chapitre 22

Le soleil de l'après-midi réchauffait les dalles de l'esplanade et illuminait les temples jumeaux d'Héphaïstos et d'Athéna qui se dressaient face à face aux deux extrémités de la Plateforme du marché.

— Si je comprends bien… ce sont les dieux de l'Empire ? répéta Grave en remontant avec les autres les rues animées de la capitale.

Autour d'eux, laquais et chasseurs allaient et venaient d'une boutique à l'autre pour effectuer les diverses courses confiées par leurs employeurs.

— Britannia est une nation chrétienne, lui répondit Meg. Mais ses érudits et ses prêtres ont trouvé l'inspiration dans le panthéon grec, dont ils ont ravivé la popularité. Athéna et Héphaïstos représentent les aspects les plus admirables du dieu chrétien.

Grave marchait entre elle et Charlotte. Régulièrement bousculé par la foule compacte, il faisait de son mieux pour éviter les coups d'épaule des passants.

— Mais les dieux antiques ne manquent pas… Pourquoi ces deux-là, seulement ?

— L'Empire prétend tirer sa prospérité de l'industrie et de l'artisanat. Héphaïstos, le forgeron des dieux,

est censé guider et inspirer les ouvriers de la Grande
Fonderie, qui peinent, comme lui, à leur enclume.
Athéna, la déesse de la sagesse, est aussi la patronne
de l'artisanat, en particulier quand il est complexe :
tissage, horlogerie, mise au point des machines. Leurs
temples ont été construits à chaque extrémité de la même
plateforme parce que le dieu et la déesse incarnent à la fois
l'harmonie et la tension qui règnent entre art et industrie.
L'harmonie, parce qu'Athéna comme Héphaïstos sont
des serviteurs de la guerre.

Tombée de l'étal d'une échoppe, une ribambelle de
légumes roula sur le trottoir devant lui. Grave bondit
pour les éviter.

— L'harmonie, donc… répéta-t-il, fasciné. Et la
tension ?

— On dit qu'Héphaïstos a poursuivi de ses avances
Athéna, qui l'a repoussé : l'art est donc épargné par la
corruption de l'industrie, mais l'Empire, pour maintenir
sa gloire, a besoin de l'un comme de l'autre.

— Est-ce pour cette raison que les servantes d'Athéna
s'abstiennent de tout contact avec les hommes ? demanda
Charlotte.

Son amie acquiesça avant d'ajouter d'un air étrange
et un peu triste :

— Athéna est une déesse vierge : ses prêtresses,
comme elle, doivent renoncer à la fréquentation de l'autre
moitié de l'humanité.

La bouche de Charlotte se tordit amèrement.
Peut-être les vestales avaient-elles raison ! Abjurer la
compagnie des hommes lui semblait une idée plus

qu'intéressante, toute réflexion faite. Elle sourit de sa propre mélancolie.

Ils arpentaient désormais d'un pas vif le quartier du temple lui-même, où se pressait une foule dense. Coe avait pris la tête de leur petit groupe, dont Ash tenait l'arrière-garde. Comme son rang militaire élevé devait leur permettre de pénétrer dans des sphères interdites au commun des mortels, le commodore Winter avait proposé de les escorter en ville ce jour-là. Ash ne semblait pas lui en vouloir d'avoir conduit Charlotte au palais sans prévenir personne. Mais si leur chef avait accepté l'aide de Coe sans difficultés, Charlotte, elle, se sentait terriblement mal à l'aise.

Depuis le matin, elle se repassait en boucle l'affrontement plein de fiel des deux frères au bal donné par le gouverneur. Elle se serait bien passée de la présence de Coe, mais elle devait l'admettre : s'il leur fallait l'aide d'un officier pour entrer au temple, autant que ce soit le commodore Winter plutôt que Jack.

D'ailleurs, depuis leur conversation dans le jardin, Jack n'avait plus montré le bout de son nez. Autant pour échapper à Ashley qu'à Charlotte, à n'en pas douter. Quand elle avait croisé son frère pour la première fois ce matin-là, il lui avait semblé soulagé de son retour, mais infiniment gêné. À la fois désolé de ce qui arrivait et un peu démuni. Que pouvait-il y faire, à présent ? Il brûlait sans doute d'aller expliquer à Jack ce qu'il pensait de lui. Cependant, il hésitait de toute évidence à aborder un sujet aussi délicat avec Charlotte. Tant mieux ! Elle n'avait aucune envie d'évoquer sa mésaventure.

À mesure qu'ils approchaient du temple, la silhouette d'Athéna se dressait toujours plus haut au-dessus de leurs têtes, majestueuse. La statue dominait le temple sacré, drapée dans les plis de sa toge, un fuseau dans la main droite. Son casque et la lance qu'elle brandissait dans son autre poing lui donnaient un air sévère.

Les fidèles qui l'approchaient déposaient devant elle un éventail varié d'offrandes : ce jour-là avaient été placés à ses pieds une montre à gousset, un bouquet de fleurs noué de rubans multicolores et une palette de peintre accompagnée d'une dizaine de minuscules rouleaux.

Meg s'arrêta devant la déesse, qu'elle contempla en soupirant. Elle s'adressa ensuite à Coe et Ash :

— Restez là, tous les deux. Les hommes ne sont pas les bienvenus au temple.

— Et lui ? rétorqua leur chef en désignant Grave.

— Quand je leur expliquerai le motif de notre présence ici, je pense que les Sœurs feront une exception.

— Meg a raison, intervint Coe. Et puis, tu vas pouvoir en profiter pour me raconter les détails de la réunion d'hier.

Charlotte dévisagea l'officier, troublée.

— Vous n'étiez pas ensemble au rendez-vous ?

Elle pensait jusque-là que Jack, Ash et Coe s'étaient rendus tous les trois à l'assemblée secrète des rebelles tard dans la nuit, après le bal.

— Lorsque Jack est en ville, nous n'assistons jamais aux mêmes rencontres, lui et moi. Si l'un se livre à des activités secrètes, l'autre prend soin d'être vu en public et surveille les signes avant-coureurs d'une intervention de l'armée.

— C'est ce qui s'est passé quand tu es venu nous prévenir que l'Empire prévoyait de faire une descente à la Foire aux rétameurs ?

— Exactement.

— Allons Charlotte, dépêche-toi ! les interrompit Meg. Je veux parler aux Sœurs avant leurs prières de la mi-journée, sinon nous risquons d'attendre un bon moment pour obtenir une audience.

Coe, qui allait ajouter quelque chose, se tut. Il jeta un long regard à Charlotte, qui prit la main de Grave et l'entraîna dans l'escalier. Elle grommela dans sa barbe, outrée. De quel droit l'officier, qui avait menti pour l'emmener au bal militaire, se permettait-il de la dévisager ainsi ?

Une fois devant le portique, au sommet des marches, ils constatèrent qu'une dizaine d'hommes se tenaient debout ou agenouillés à l'entrée du temple. Certains semblaient en prière, d'autres admiraient le bâtiment, d'autres encore faisaient les cent pas, visiblement agités.

Meg ralentit le pas.

— Nous ne devrions pas emmener Grave plus loin sans permission, dit-elle. Attendez-moi ici.

Elle se faufila dans le vestibule, où elle ne tarda pas à disparaître.

— Ça va, tu n'es pas trop nerveux ? demanda Charlotte à son compagnon.

Lui qui ne devait pas être très loin d'elle en âge paraissait ce jour-là bien plus jeune que d'habitude.

— Ce temple me met très mal à l'aise, répondit-il.

Quand Meg ressortit de l'édifice quelques minutes plus tard, elle était accompagnée d'une des Sœurs.

— Je suis Alana, servante d'Athéna, déclara la prêtresse. C'est toi qui es venu demander conseil à la déesse, mon garçon ?

— Oui, répondit-il d'une voix hésitante.

— Donne-moi tes mains, veux-tu ?

Cette requête était le parfait écho de celle formulée par Jedda à la fête foraine.

Obéissant, il plaça ses longs doigts fins dans les paumes ouvertes de la prêtresse. Comme la mère de Meg, la vestale ferma les yeux. Elle ne tarda pas à froncer les sourcils. Elle laissa retomber les bras de Grave avant de se racler la gorge.

— C'est très troublant, en effet.

— Acceptez-vous de le laisser entrer pour un examen plus complet ?

Afin d'appuyer sa demande, Meg s'inclina devant Alana, qui hésita un long moment avant de leur faire signe de la suivre à l'intérieur. Les premières salles du temple étaient fraîches et spacieuses. Ils passèrent du vestibule dans la pièce principale, la cella, où leur guide s'agenouilla devant une deuxième statue de la déesse, plus petite cette fois. Meg l'imita aussitôt, et son amie se sentit obligée de faire de même. Grave contempla leur manège, ébahi. Lorsque Charlotte se releva, il se glissa à côté d'elle pour murmurer :

— Pourquoi t'inclines-tu devant la pierre froide et morte ?

Estomaquée, elle lui souffla de se taire.

— Il ne faut pas dire des choses pareilles ici. C'est un blasphème.

— Un quoi ?

Il ouvrait de grands yeux.

— Une phrase qui offense la déesse, se hâta-t-elle d'expliquer. Ne pose pas de questions… Fais juste ce qu'on te dit.

Alana termina ensuite de traverser la salle pour emprunter un accès qui menait à une chambre de taille plus réduite. Un bassin rond, où se reflétait le plafond, ornait le centre de la pièce. De l'autre côté se tenaient six prêtresses, qui semblaient les attendre.

— Alana ! Cette affaire est-elle si urgente que tu as jugé bon de faire entrer un homme dans cette enceinte sacrée ? s'étonna l'une d'entre elles.

— Un garçon plutôt qu'un homme, répondit l'accusée. La souillure est donc moins grande. Et oui, je pense que ses souffrances méritent notre attention.

— Approche, mon petit, que nous puissions voir ton visage.

Charlotte jeta un coup d'œil par-dessus son épaule. Elle n'avait pas remarqué que Grave était resté en arrière, dans l'embrasure de la porte, caché parmi les ombres.

— Viens ici, voyons ! souffla-t-elle.

Il hésita avant de pénétrer dans la pièce. La lumière des torches vint alors illuminer son visage blême.

L'une des Sœurs poussa un cri aigu. Elle tomba à genoux, le visage caché entre ses mains. Le jeune homme fit volte-face comme pour prendre la fuite, mais Charlotte l'empoigna sans lui laisser le temps de détaler.

— Rosemarie ! s'écria Alana, aussitôt agenouillée près de la vestale frappée d'horreur. Que se passe-t-il ?

La femme prostrée releva la tête, plus pâle encore que Grave, sur qui elle pointa un doigt tremblant.

— C'est… C'est mon fils !

Un murmure de voix troublées monta du groupe de prêtresses.

— En es-tu vraiment certaine ?

Rosemarie hocha la tête : le regard incrédule de ses yeux écarquillés ne quittait pas le garçon. Stupéfiée par ce retournement de situation soudain et inquiète de constater l'étrange consternation des Sœurs, Meg esquissa un sourire forcé :

— Quelle incroyable coïncidence ! Mère et fils réunis, n'est-ce donc pas une bonne nouvelle ?

— Difficile à dire… répondit Alana d'un ton grave. Le fils de Rosemarie est mort.

Grave se mit à trembler. Étant donné la force herculéenne dont disposait le jeune homme, s'il décidait de s'enfuir, Charlotte serait bien en peine de l'arrêter. Elle resserra malgré tout sa prise sur le bras de son prisonnier avant de s'écrier :

— Alors elle doit se tromper : ce garçon n'est pas son fils, puisqu'il est de toute évidence bien vivant !

— C'est lui, j'en suis certaine ! intervint sans marquer la moindre hésitation la mère éplorée, qui carra les épaules avec détermination.

— Comment est-ce possible ? Les prêtresses n'ont ni mari, ni enfants !

— Rosemarie nous a rejointes suite à un deuil, répondit Alana. Une fois entrée au service de la déesse, elle a renoncé à sa vie d'avant. Elle n'a plus d'époux, mais elle en avait un autrefois.

— Justement, le père du petit est-il vivant ? demanda Meg. Et si oui, où est-il ?

Rosemarie se taisait, comme en transe, sans quitter un seul instant Grave du regard.

— À la Ruche, pas vrai ? finit par suggérer Charlotte.

Meg parut étonnée, mais leur interlocutrice confirma d'un hochement de tête que la jeune fille avait vu juste.

— Comment l'avez-vous deviné ? voulut aussitôt savoir la prêtresse.

— Malgré son amnésie, votre fils – nous l'avons appelé Grave – a essayé de s'y rendre. Et quand je l'ai rencontré pour la première fois, il portait des vêtements d'ouvrier de la Ruche.

— Où se trouvait ce garçon quand vous l'avez recueilli ? s'enquit Alana.

Charlotte fit la grimace, mais Meg prit aussitôt le relais :

— Il errait seul en ville. Rosemarie, comment votre enfant est-il mort ?

La vestale frissonnait convulsivement, mais quand ses consœurs lui firent signe de répondre, elle déclara d'une voix étouffée :

— Mon fils s'appelait Timothy. Depuis sa naissance, il avait toujours été de faible constitution, avec des poumons et un cœur déficients. Chaque mois, tout le salaire de mon mari passait en remèdes divers. Nous avons cherché partout un médecin capable de le guérir, en vain. Les spécialistes parvenaient simplement à le garder en vie. Il a tenu treize ans. Au fil du temps, nous avons compris qu'ils ne faisaient que prolonger ses souffrances.

— Mais il a survécu ? objecta Charlotte.

Grave était peut-être amnésique, mais il n'avait pas l'air de souffrir le moins du monde.

— S'il marchait plus de quelques minutes, Timothy était aussitôt épuisé. Il ne pouvait ni courir, ni jouer avec les autres enfants. Il n'aurait jamais pu exercer un métier. Un avenir bien sombre l'attendait.

— Que s'est-il passé ? lança Meg.

— Nous n'avions plus d'argent pour payer les médecins. Nos créanciers ont commencé à nous menacer de représailles physiques. Les organes de Timothy ont lâché les uns après les autres, et nous avons été réduits à assister, impuissants, à sa disparition. Quand mon fils a rendu son dernier soupir, j'ai su que j'étais morte en même temps que lui. C'est ce que j'ai expliqué à mon époux avant de me rendre au temple, que je n'ai plus jamais quitté. Mes Sœurs ont écrit à mon mari que je prenais le voile.

Alana prit la main de Rosemarie dans la sienne.

— Es-tu bien certaine que cet enfant est le tien ?

La prêtresse agenouillée posait sur Grave un regard douloureux.

— Je le jure par Athéna. Je reconnaîtrais mon fils entre tous. Et même si c'est absolument impossible, je suis sûre que c'est lui qui se tient ici devant moi.

Charlotte, qui ne croyait pas aux fantômes, voulut proposer une interprétation rationnelle au phénomène :

— Et si vous vous étiez trompée ? Timothy n'est pas vraiment mort et vous vous seriez retirée au temple avant de le savoir… c'est la seule explication possible.

Alana secoua la tête :

— C'est improbable. Avant d'accueillir une nouvelle Sœur parmi nous, nous interrogeons toujours sa famille. Le père de l'enfant a confirmé sa mort et exprimé l'espoir que Rosemarie trouve l'apaisement au sein de notre communauté.

Mais la jeune fille n'était pas prête à s'avouer vaincue :

— Qui vous dit qu'il n'a pas menti pour se venger du départ de sa femme ?

— Charlotte ! intervint Meg sèchement. Tu oublies que nous sommes des invitées dans ce lieu sacré !

Ainsi mise en cause, son amie se tut, les bras croisés sur la poitrine d'un air de défi. Elle n'en démordrait pas : que Rosemarie ait perdu la tête, que son époux ou elle aient menti dans l'affaire, voilà qui semblait autrement plus probable qu'une résurrection inexpliquée ! Elle devait le reconnaître… Les servantes de la déesse lui inspiraient une méfiance qu'elle ne s'expliquait pas.

— Retrouvez mon mari ! leur dit la prêtresse en se tordant les mains. Je suis certaine que mon fils nous a quittés, mais peut-être Hackett pourra-t-il vous fournir d'autres éclaircissements. Cette perspective m'est odieuse mais, s'il m'a été infidèle… Peut-être ce garçon est-il un frère de Timothy, à peu près du même âge ? Il a, c'est vrai, les cheveux plus foncés que notre enfant.

Une seule explication à cela : le petit groupe avait décidé de teindre en brun la chevelure de Grave, de peur qu'on le reconnaisse. Mais un tel artifice ne pouvait tromper la propre mère du garçon ! Charlotte frissonna, mais se reprit aussitôt. Cette femme ne pouvait pas être sa mère : cette idée défiait toute logique…

— Où réside votre époux ? demanda Meg. Il nous faut le rencontrer.

— Il s'appelle Hackett Bromley, répondit la servante d'Athéna d'une voix étranglée par l'émotion. Il est membre de la Guilde des inventeurs. C'est donc là que vous le trouverez.

Malgré la douleur évidente de la mère éplorée, Charlotte ne pouvait s'empêcher de tiquer : abandonner son mari sans le sou au pire moment de leur vie commune pour aller se réfugier derrière les murs de pierre de ce temple glacé lui semblait quelque peu égoïste.

— Grave, murmura Meg, veux-tu rester un peu seul avec Rosemarie, le temps qu'on se rende à la Ruche, par exemple ?

Une expression de peur mêlée d'espoir sur le visage, la vestale semblait suspendue aux lèvres du garçon. Mais il observa un instant d'un œil sec ses épaules tremblantes avant de répondre :

— Je suis désolé, je n'ai aucun souvenir de vous.

La prêtresse redevint aussitôt impassible, s'efforçant de ne manifester ni soulagement ni déception. Elle se contenta de déclarer :

— C'est peut-être pour le mieux. Je sers la déesse, à présent.

Charlotte retint à grand-peine un grognement de dégoût. Elle se sentait étrangement soulagée par la réponse de Grave : elle éprouvait une grande réticence à l'idée de le laisser seul dans cet endroit glacial. Plus le temps passait, plus le temple et ses habitantes la mettaient mal à l'aise. Elles n'avaient pourtant rien fait pour mériter sa défiance, mais elles cachaient quelque chose, Charlotte en aurait mis sa main à couper.

Alana finit par se détacher du petit groupe de femmes et désigner la porte d'un geste solennel.

— N'hésitez pas à revenir nous consulter après avoir interrogé Bromley. Nous sommes désolées de vous avoir apporté plus de questions que de réponses.

— Merci de nous avoir accordé audience, répondit Meg après une profonde révérence.

Charlotte prit Grave par le bras pour l'entraîner vers la sortie : ensemble, ils traversèrent la pièce principale, passèrent sous le portique et descendirent les larges escaliers. Elle marchait si vite qu'elle en courait presque, et ne s'arrêta qu'une fois devant Ash et Coe.

— Eh bien, petit ! lança le premier d'un ton bourru. Les prêtresses t'ont-elles rendu la mémoire ?

Il fronça les sourcils, étonné par le grognement irrité que poussa sa sœur à ces mots.

— Ces dames n'ont pas pu nous apprendre la moindre information utile, maugréa-t-elle.

— Mais que vous ont-elles dit ?

C'est Grave qui répondit à voix basse :

— Que j'étais mort.

Chapitre 23

Une fois à bord du tramway, Charlotte dut décrire à trois reprises la scène qui s'était déroulée dans le temple d'Athéna – et son amie confirmer solennellement ses dires – avant qu'Ashley ne consente à y ajouter foi.

— C'est une histoire de fous… marmonna-t-il.

Il répétait cette phrase pour la troisième fois en moins de dix minutes. Pas que sa sœur ait quoi que ce soit à redire à son verdict, d'ailleurs. Elle n'aurait su dire mieux.

Meg poussa un profond soupir.

— Sans doute, reconnut-elle. Mais c'est notre seule piste.

Depuis leur départ du temple, elle se montrait étrangement distraite : elle ne tenait pas en place et perdait sans cesse le fil de la conversation.

— Résumons-nous, reprit Ash. Notre plan consiste à retrouver un père qui a perdu son fils, et à lui présenter Grave pour lui demander s'il ne s'agirait pas du gamin disparu. C'est une très, très mauvaise idée.

Charlotte leva les bras au ciel.

— Je suis parfaitement d'accord avec toi. Mais que faire d'autre ?

— J'ai une autre question que vous n'allez pas aimer du tout, j'en suis sûr, intervint Coe.

Toutes les têtes se tournèrent dans sa direction.

— Dans l'éventualité, au demeurant fort probable, que cette piste ne mène nulle part… Que fait-on de Grave ? termina-t-il.

Un silence de mort s'installa. À la grande surprise de Charlotte, c'est le garçon lui-même qui finit par prendre la parole.

— Vous ne comptez pas me demander de partir, au moins ?

Ash se renfonça sur le banc du tramway avant de lâcher, visiblement à contrecœur :

— Que veux-tu dire ?

— Je veux rester dans les Catacombes. Je pense que c'est la meilleure solution. J'apprécie la compagnie de Birch, je l'aiderai dans son travail.

— C'est beaucoup plus compliqué que ça… On ne se contente pas de vivre dans les Catacombes. C'est notre refuge, notre planque.

— Je vous promets de ne jamais révéler à personne son emplacement… lança-t-il, implorant. Mais je vous en prie, ne me laissez pas avec cette femme, au temple.

Charlotte était bien d'accord. Cet endroit lui donnait la chair de poule. Lorsque Meg poussa un nouveau soupir, Ash posa une main réconfortante sur son épaule.

— Tu te sens bien ?

— Ça va, je suis juste un peu fatiguée.

La jeune fille faisait de son mieux pour les rassurer, mais elle semblait l'ombre d'elle-même : le visage fermé, les traits tirés et le regard perdu au loin. Depuis son arrivée en ville, son état semblait empirer un peu plus chaque jour. Charlotte lui prit la main.

— Si tu as besoin de te reposer, rentre au manoir, suggéra-t-elle. On te retrouve aussitôt qu'on en a terminé avec cette mascarade, qui est de toute évidence une fausse piste.

— Aie un peu confiance, Lottie ! répondit la jeune fille, un léger sourire aux lèvres. Et s'il y avait une explication logique à tout ça ?

Sans qu'elle puisse s'expliquer pourquoi, ces mots cryptiques firent courir un frisson le long de l'échine de Charlotte. C'est à cet instant que Coe leva la main pour désigner l'avant du wagon.

— Regardez, voici la Ruche !

Par la fenêtre de la voiture qui roulait à vive allure, ils virent se déployer un paysage surprenant : conforme à l'objet qui lui avait donné son nom, la haute silhouette en forme de cône de la Ruche bouchait tout l'horizon. Couverte de plaques de cuivre bosselées qui renvoyaient la lumière déclinante du soleil, elle était percée de rares fenêtres et de nombreuses bouches d'aération. Massif, presque monolithique, l'endroit n'avait rien de très accueillant.

Avant même l'entrée du tramway dans la station, Charlotte humait déjà l'ambiance du lieu, radicalement différente du reste de la Cité Flottante. Les niveaux supérieurs respiraient une opulence si grande qu'une certaine désinvolture, un certain laisser-aller régnait partout. La vie y semblait douce et facile. La Ruche, par contraste, bourdonnait de tension. Les passagers, vêtus de leur blouse grise de simple travailleur, se précipitaient pour descendre de voiture tandis que d'autres jouaient des coudes pour monter. Seul l'uniforme de Coe sembla faire retomber leur empressement. Lorsqu'il s'engagea sur le quai, à la tête du petit groupe, la foule s'ouvrit en deux pour le laisser passer. Il laissait dans son sillage murmures et regards nerveux.

Il mena toute l'équipe vers l'une des arches, aménagées au pied de l'immense bâtiment, qui marquaient l'entrée de la Ruche. Pour pénétrer dans l'édifice, il fallait passer le barrage de portes étroites qu'un opérateur était seul habilité à manœuvrer.

Coe s'éclaircit la gorge pour attirer l'attention d'un garde de petite stature, assis dans sa guérite. La casquette de l'homme, trop grande pour sa tête de fouine, ne cessait de lui tomber sur les yeux. Il passait plus de temps à se recoiffer qu'à s'atteler à sa tâche.

— Pardon de vous déranger ! finit par lancer l'officier, qui toqua à la fenêtre de la cahute.

— On se calme, ou bien je vous colle une amende pour perturbation de l'ordre public ! grommela l'employé.

Mais lorsqu'il aperçut Coe, il se redressa sur son siège si abruptement qu'il faillit dégringoler. Il rajusta une nouvelle fois sa casquette avant de bafouiller :

— Toutes mes excuses, mon capitaine. En quoi puis-je vous être utile ?

— Nous avons rendez-vous à la Guilde des inventeurs, déclara le soldat sur un ton qui ne souffrait pas la contradiction.

Les yeux perçants de l'opérateur s'étrécirent quand il découvrit derrière son interlocuteur les silhouettes de Charlotte, Meg, Ash et Grave.

— Tous les cinq ? Vous avez une autorisation officielle ?

Coe sourit au petit homme, mais sa voix se fit aussi glaçante que s'il avait dégainé son arme :

— Vos erreurs de paperasserie ne doivent en aucun cas entraver les missions de l'armée. J'aimerais parler à votre supérieur.

— Non, non ! couina l'employé. Ce ne sera pas nécessaire…

Il tira sur une chaîne qui pendait du plafond de sa loge, et les barrières métalliques s'ouvrirent enfin. Une fois le portique franchi, Ash glissa à Coe :

— Il risque de bavasser à la taverne ce soir.

— S'il parle, Ott en sera le premier informé. Et il aura tôt fait de régler le problème.

Un grondement indistinct s'échappait des profondeurs de la Ruche pour monter vers le ciel. Les parois intérieures de l'immense bâtisse étaient tapissées de passages qui s'ouvraient sur des milliers de chambres et de remises. Ces couloirs montaient en spirale jusqu'au pinacle de l'édifice.

— Les ateliers occupent les niveaux inférieurs, expliqua Coe. La partie centrale se partage entre magasins spécialisés et espaces résidentiels. Le sommet est entièrement consacré aux logements.

La tête rejetée en arrière, Charlotte tourna lentement sur elle-même afin de contempler chacun des anneaux de la Ruche. Une batterie d'ascenseurs occupait le pilier central du bâtiment, d'où partaient à chaque étage, comme les rayons d'une roue, des ponts qui le reliaient au pourtour de l'édifice.

— Les artisans choisissent-ils souvent d'habiter sur leur lieu de travail ? demanda-t-elle.

— Ils n'ont pas le choix, répondit Coe. S'ils sont affectés à l'une des guildes, ils sont obligés d'emménager ici.

Devant la stupéfaction de la jeune fille, il ajouta :

— C'est le prix à payer pour habiter dans la Cité Flottante plutôt que dans les Communes avec les autres ouvriers.

Installée dans de vastes quartiers au rez-de-chaussée de la Ruche, la Guilde des inventeurs se reconnaissait à une plaque de laiton ornée de ses armoiries placardée sur la porte. Une fois à l'intérieur, cependant, Charlotte crut d'abord s'être trompée d'endroit.

Les murs étaient couverts d'étagères débordant de piles de papiers et de parchemins. L'abondance de chevalets, tables à dessiner et bureaux (eux aussi recouverts de documents, diagrammes et esquisses) entassés dans chaque recoin de la pièce laissait à peine la place de passer.

Pourtant, en dépit de ce fatras général, il n'y avait pas âme qui vive.

— Où sont-ils tous passés ? s'étonna Ash.

— Il y a forcément quelqu'un, objecta Coe, un peu désarçonné. Les inventeurs sont notoirement imprévisibles. Ils ne pensent qu'à bricoler et se soucient comme d'une guigne du bon fonctionnement administratif de leur guilde.

— Là ! fit Charlotte en avisant un bureau.

De prime abord banal, il était cependant bien plus vaste que les autres. Écartant des monceaux de dossiers, elle dévoila un bouton incrusté dans la table et surmonté de l'inscription « ASSISTANCE ».

Elle pressa l'interrupteur. Une fanfare de trompettes retentit derrière eux. Surpris, Coe renversa un chevalet, arrachant à Ash une série de jurons.

Ensevelie derrière des dunes de paperasse, une voix s'éleva.

— Il y a quelqu'un ?

— Oui ! Nous cherchons assistance ! répondit Charlotte, espérant que l'emploi du terme officiel améliore ses chances d'obtenir de l'aide.

Un petit homme, coiffé d'un casque deux fois plus haut que sa tête surmonté d'un télescope, d'une loupe et d'un astrolabe intégrés glissa jusqu'au bureau, juché sur une étroite planche à roulettes contrôlée au moyen de deux manettes reliées à un long tube de métal, au centre du véhicule.

Il arrangea les feuillets éparpillés sur le bureau en piles inégales puis se tourna vers Charlotte en tortillant sa moustache gominée.

— Numéro d'identification ?

— Je ne suis pas membre de la guilde, répondit la jeune fille.

L'homme fit une moue dédaigneuse. Poursuivant son rangement, il désigna l'étiquette placée sous le bouton qu'elle venait de presser. Dégagée par le ménage auquel il se livrait, elle apparaissait désormais dans son intégralité : « ASSISTANCE AUX MEMBRES ».

— Oh ! dit Charlotte. Je regrette, mais…

Son interlocuteur faisait déjà demi-tour.

— Attendez !

Ignorant la jeune fille, il disparut comme il était venu.

À force de repousser les papiers restants, elle découvrit un autre bouton étiqueté « ASSISTANCE AUX VISITEURS », qu'elle écrasa énergiquement.

Quelques secondes plus tard, le même homme réapparut, toujours perché sur son étrange véhicule.

— Que puis-je faire pour vous, mademoiselle ?

— Mais vous étiez là à l'instant, lui fit remarquer Charlotte, estomaquée.

— Je vous le confirme.

— Pourquoi ne pas avoir offert de m'aider à ce moment-là ?

— On m'avait appelé pour un problème lié à la guilde, répondit-il en détachant chaque syllabe.

— Mais dans les deux cas, c'est vous qui êtes concerné, objecta Charlotte.

— En effet, lui certifia l'homme sans sourciller.

Charlotte en resta bouche bée. Coe s'empressa de venir à sa rescousse.

— Nous sommes à la recherche d'un de vos membres.

Lorsqu'il avisa l'uniforme du commodore, le fonctionnaire fronça le nez dans une grimace qui rappelait celle d'un rongeur.

— Nos contributeurs partagent leur temps entre divers projets dispersés dans toute la Ruche, répondit-il. Le local de la guilde sert uniquement au dépôt des archives, brevets et autres constats d'accident.

Clairement écœuré, Coe hocha la tête comme un homme qui sait pertinemment à quel formidable ennemi il s'attaque. Charlotte décida de procéder méthodiquement.

— Si vous savez qui c'est, pourrez-vous nous dire sur quel projet il travaille et où le trouver ?

— Bien entendu, jeune demoiselle. Quel est son identifiant ?

— Hackett Bromley.

— Ce n'est pas ce que je vous ai demandé.

— Mais c'est bien son nom, souligna l'officier.

— Certes. C'est son numéro d'adhérent qu'il me faut, malheureusement.

Coe avait beau connaître sur le bout des doigts les petits défauts de la guilde, sa patience avait des limites. Il porta donc ostensiblement la main à son arme.

— Est-ce vraiment indispensable ?

Mais le gratte-papier n'avait pas remarqué son geste.

— Absolument, répondit-il. Si vous ne le connaissez pas, il va falloir le chercher.

Et de désigner une tour de papier à la stabilité douteuse dressée dans un coin éloigné de la pièce.

— Toutes les inscriptions sont là. Bien sûr, nous n'avons pas encore eu le loisir de les classer par ordre alphabétique…

Excédé, Coe se pencha par-dessus le bureau et empoigna l'individu par son casque pour le soulever de son véhicule. Étranglé par la jugulaire, le fonctionnaire commença à s'étouffer bruyamment.

— Je n'ai pas le temps de regarder, déclara calmement Coe.

circulaire. Tous leur emboîtèrent le pas en courant. Ce fut une véritable débandade. Mais bientôt, Grave avait doublé tous ses compagnons et rattrapé Coe. Il le dépassa, empoigna Bromley par son tablier de cuir et freina des quatre fers. L'homme tomba en arrière en criant.

— Vite, conduis-le dans un des passages latéraux, suggéra le soldat. Il faut éviter de faire une scène.

Malgré sa petite taille, Grave poussa sans mal l'inventeur terrifié à l'abri des regards indiscrets. Une fois dans l'étroit couloir, il plaqua son prisonnier contre le mur.

— Oh, mon petit ! geignit Bromley. Mais que t'ont-ils donc fait ?

— Pourquoi vous êtes-vous enfui en me voyant, père ? Charlotte se fraya un chemin jusqu'à eux.

— Tu le reconnais ?

— Oui, répondit Grave. C'est mon père. Le Créateur.

— Qu'est-ce qu'il raconte ? grimaça Ash.

— Aucune idée, souffla sa sœur. Il n'a pas reconnu Rosemarie, et pourtant elle disait être sa mère.

Bromley contemplait Grave, partagé entre soulagement et désespoir.

— Que leur as-tu raconté sur moi ?

— Rien, répondit Charlotte à la place du garçon. Je ne comprends pas comment il peut vous reconnaître alors qu'il est incapable de prononcer son propre nom.

L'inventeur, qui n'avait pas remarqué sa présence jusque-là, la dévisagea d'un air stupéfait.

— Qui êtes-vous ? Vous n'êtes pas membres du Service des renseignements !

— Eh non, l'ami, répondit Coe. Mais vous n'êtes pas sorti d'affaire pour autant.

— Vous faites bien partie de l'armée, pourtant, constata Bromley.

— Je ne suis pas membre d'une œuvre de bienfaisance, répondit l'officier. C'est tout ce que vous avez besoin de savoir pour l'instant.

L'homme retint une grimace de douleur.

— Tu veux bien me lâcher, mon petit ? Tu me fais mal.

Grave pencha la tête sur le côté, visiblement surpris par cette affirmation, mais desserra son étreinte. L'inventeur se frotta le bras, fixant toujours son fils avec émerveillement.

— Quelle force ! murmura-t-il. Je m'en doutais un peu, mais impossible d'en être certain.

— Nous avons beaucoup de questions dont vous semblez détenir les réponses, déclara Ash. Y a-t-il un endroit sûr où nous pourrions converser tranquillement ?

Après une légère hésitation, Bromley rendit les armes.

— J'ai une chambre au cinquième niveau. Allons-y…

— Vous vivez seul ?

— Oui. Personne ne viendra nous déranger. J'ai déjà rempli mon quota hebdomadaire, mon absence ne posera donc aucun problème.

— Entendu, dit Coe. Après vous !

Le petit groupe prit le chemin des ascenseurs, mais Charlotte retint Grave par le bras. Il tourna vers elle le regard triste de ses yeux fauves. Elle lui étreignit la main, anxieuse mais ravie.

Le Secret de l'inventeur

— Tu te souviens de tout maintenant ? La mémoire t'est revenue en voyant Bromley ?

— Pas complètement, répondit-il d'une voix douce. Mais je me rappelle un moment important.

— Lequel ?

— Celui de ma mort.

Chapitre 24

Malgré la peur qui lui serrait la gorge, Charlotte refusa de lâcher la main de Grave. *Il se trompe forcément. La rencontre avec son père a dû le bouleverser, il divague… Ce qu'il décrit est impossible. Parfaitement impossible.*

Une fois au cinquième niveau, Bromley les mena dans un long couloir latéral. Il s'arrêta devant une porte métallique impossible à distinguer de ses voisines. Sur le battant, une plaque de fer-blanc indiquait « H. BROMLEY ».

La pièce, exiguë et privée de fenêtre, disposait d'un lit, d'un bureau et d'un tabouret. Dans une petite alcôve, Charlotte remarqua un lavabo et des toilettes.

L'inventeur se laissa tomber sur son matelas, où Grave le rejoignit. Coe s'installa sur l'unique siège pour mieux monter la garde. Charlotte, Ash et Meg restèrent groupés près de la porte.

Dans le silence qui s'était installé, Bromley se replongea dans la contemplation de son fils.

— Jamais je n'aurais cru te revoir, murmura-t-il.

— Il errait, seul, quand nous l'avons trouvé, fit remarquer Ash. Avez-vous abandonné votre propre fils ?

L'homme baissa la tête.

— Je n'avais pas le choix. Le petit ne pouvait pas rester ici.

— « Le petit, le petit »… répéta Charlotte. Pourquoi l'appelez-vous sans cesse ainsi ? C'est votre fils, oui ou non ?

— La réponse à cette question est bien compliquée, contrairement à ce que vous semblez croire.

Meg alla s'agenouiller devant leur captif.

— C'est votre femme, Rosemarie, qui nous envoie.

Il releva aussitôt la tête.

— Vous l'avez vue ?

— Au temple, oui. Elle a reconnu Grave comme son fils. Elle nous a aussi dit que son enfant n'était plus de ce monde.

— C'est exact, répondit-il d'un air morne. Il est mort.

Ash martela le sol de sa canne, excédé.

— Tout ceci est ridicule ! grommela-t-il. Enfin, ouvrez les yeux : ce garçon n'est pas mort !

Bromley poussa un petit rire lugubre, mais c'est Grave qui se chargea de répondre.

— Si. Vous ne le saviez pas, c'est tout.

— Tout commence à te revenir, mon petit ? fit l'inventeur d'une voix empreinte d'une immense tristesse. Rien d'étonnant à ça : c'est ici, dans la Ruche, que tout s'est passé.

Le garçon inclina la tête en poussant un profond soupir.

— Tel père tel fils, ironisa Ash. Vous êtes clairement fous, tous les deux.

Rébellion

— Voyons, Ashley ! le houspilla Meg. Ils nous racontent simplement la fin de l'histoire, alors que c'est le début qui nous intéresse. (Elle se tourna vers Bromley.) Expliquez-nous ce qui s'est passé. Il n'y a que vous qui puissiez le faire.

La tension sembla quitter les membres de l'inventeur, dont la voix se fit rêveuse.

— Le jour de la naissance de mon fils, j'étais le plus heureux des hommes, dit-il. Impossible, pensais-je, que la chair de ma chair, qu'un petit être aussi parfait puisse s'avérer une malédiction ! Si on me l'avait dit, je ne l'aurais pas cru.

— Vous parlez de malédiction. Je sens une raison cachée à votre chagrin. Quelle est-elle ? insista Meg d'une voix douce.

Il ne quitta pas la jeune fille du regard. Les dents serrées, il poussa un long gémissement. On eût dit qu'il pleurait.

— Tout ce que je voulais, c'était le sauver.

— Votre enfant ? soupira Meg. N'importe quel père aurait fait de même.

— Mais je ne suis pas n'importe quel père, chuchota-t-il. Je suis un inventeur.

— Vous avez mis au point une invention capable de sauver votre fils ?

— Oui, répondit-il d'une voix tremblante. Mais avant de pouvoir le ramener à la vie, j'ai dû le laisser partir.

— L'enfant est mort ?

Meg se rapprocha de Bromley, dont les doigts s'enfoncèrent dans le matelas comme des griffes.

— Ce n'était pas sa faute, le pauvre. Il était trop fragile. Je voulais le rendre plus fort.

— Comment ? souffla-t-elle.

— Dans les mystères d'Athéna et le brasier d'Héphaïstos… C'est là que j'ai trouvé la réponse.

Il se leva, glissa les doigts sous son bureau et actionna un loquet. Un livre à la couverture toute simple, relié de cuir noir, lui tomba dans la main. Lorsqu'il se rassit, Meg lui arracha l'objet, l'ouvrit et en déchiffra les premières lignes. Sa respiration se fit plus pénible. Inquiet, Ashley se pencha pour le lire par-dessus son épaule.

— De quoi s'agit-il ?

La jeune femme referma le volume d'un coup sec. Elle l'enfouit dans les plis de sa jupe avant de fixer Grave d'un regard pénétrant. Elle l'examina sous toutes les coutures.

— Je sais ce que vous cherchez, lui dit Bromley. C'est peine perdue.

— Et pourquoi donc ? gronda-t-elle, cédant à la colère.

— C'est une de mes grandes innovations : j'ai restructuré l'organisme avant de lui redonner vie.

Meg se releva, le visage sombre, et pointa le doigt sur Grave.

— Grands dieux, que lui avez-vous fait ?

— Il est de chair et de sang. Mais dans ce sang coule du fer et l'os se transforme en acier. Cœur et poumons ne sont autres que des machines. À condition d'être assemblés dans les règles de l'art, ils fonctionneront à la perfection pour l'éternité.

Charlotte serra les poings. Elle n'en croyait pas ses oreilles. Grave leva les yeux vers Bromley.

— Mon père. Le Créateur, répéta-t-il.

Ash se pinça l'arête du nez.

— Si j'ai bien suivi ce ramassis de sornettes – et, croyez-moi, le mot est faible –, vous êtes en train de suggérer que vous avez reconstruit votre fils disparu sous une forme mécanique ?

— Très exactement, oui.

— Mais Grave n'est pas une machine ! plaida Charlotte, qui revit malgré elle les automates attelés aux voitures rangées devant le palais du gouverneur. C'est un être humain…

— L'écho d'un être humain seulement, précisa Meg à voix basse.

— Oui, confirma Bromley en passant une main lasse sur ses paupières. Je m'imaginais naïvement pouvoir ramener mon fils à la vie. En un seul morceau. Et plus fort qu'avant.

Mais la jeune femme secoua violemment la tête.

— Ce n'est pas comme ça que ça marche. Voilà pourquoi il est interdit de le faire.

— Mais de quoi parlez-vous ? finit par s'écrier Coe, irrité par ces mystères.

Meg hésita un instant avant de tirer l'ouvrage de sa poche.

— Le Livre des Morts. Pas l'original, mais la transcription de certains de ses passages les plus importants.

— Bah ! s'esclaffa Ash. Ce sont des contes à dormir debout.

— C'est ce que je croyais aussi, rétorqua Bromley d'une voix rauque. Mais le livre ne ment pas.

— Qu'est-ce que c'est que ce bouquin ? demanda Charlotte, interloquée.

— Un prétendu traité de nécromancie, lui expliqua son frère avec scepticisme. Un pur fantasme, rien de plus.

— Ton esprit est fermé aux mystères, Ashley, dit Meg. Mais d'autres ne t'ont pas attendu pour en ouvrir, voire en franchir les portes.

Coe se leva, menaçant.

— Si jamais vous cherchez à nous mener en bateau…

— Regardez-moi, jeune homme, l'interrompit l'inventeur. J'ai tout perdu : ma femme, mon enfant et tout ce que je possédais. Qu'ai-je à gagner à vous mentir et à provoquer votre colère ?

— Il dit la vérité, soutint Meg. Mais vous ne nous avez pas encore expliqué comment Grave a pu quitter la cité.

— Quand mon fils est mort, et que sa mère m'a quitté, je me suis attelé à la tâche. Nuit et jour, la tête vide, avec une unique obsession. Le soir où j'ai terminé mon œuvre, j'ai compris ce que j'avais fait. Que j'avais violé les lois de la nature. À son réveil, le petit serait une créature nouvelle, terrible et merveilleuse à la fois, mais certainement pas… certainement pas mon enfant. Et s'il venait à être découvert…

— J'imagine que la nouvelle de la mort du petit s'était répandue… supputa Meg.

— Oui. Alors, avant qu'il ne rouvre les yeux, je l'ai transporté en secret aux frontières de la ville.

— Et abandonné dans les landes sauvages qui entourent la Cité Flottante, murmura Charlotte.

Rébellion

Bromley se tourna vers elle, implorant.

— Il ne courait aucun danger, je le savais. Aucun mal ne pouvait lui être fait.

— Comment pouviez-vous en être si sûr ? gronda l'officier. Ce n'est qu'un enfant !

L'inventeur posa sur Coe un regard infiniment triste.

— Vous vous trompez. C'est un enfant mort qui ne craint plus le trépas.

Chapitre 25

Pas un mot ne fut prononcé de tout le chemin du retour.

Sitôt franchi le seuil du manoir, Coe se dirigea droit au salon. Il s'y versa un verre de brandy d'une main tremblante, sans se soucier de renverser une partie du précieux liquide. Puis il se planta devant Ash.

— Êtes-vous vraiment en mission pour la Résistance ? jeta-t-il, furieux. Ou bien venus recenser tous les excentriques qui hantent les bas-fonds de la Cité Flottante ?

— Allons, Coe, Grave n'est pas le produit de notre imagination, objecta Meg. Il est bien réel, et son existence nous met tous en danger.

Charlotte s'interposa aussitôt.

— Tu exagères, Meg. Il n'a rien fait de mal.

— Mais j'ai bien peur qu'il ne *soit* le mal, murmura la guérisseuse.

— Tu n'en as pas la moindre preuve ! Nous n'avons que la parole de Bromley et de sa femme. Ils ont peut-être perdu la tête, et abandonné leur fils. Ces histoires de résurrection… Je n'y crois pas. Et quand bien même… Tu ne peux pas condamner Grave sans preuves.

— Ta peur t'aveugle, Lottie, contra Meg. Grave lui-même a corroboré leur histoire. Allons mon garçon, Bromley nous a-t-il dit la vérité ?

Après leur départ de la Ruche, le jeune homme s'était muré dans le silence. Et quand il avait appelé l'inventeur « père » et « Créateur », pas une once d'affection n'avait réchauffé sa voix.

Il contempla ses mains, qu'il ouvrit et referma à plusieurs reprises, comme hypnotisé. Puis il se leva posément et, sans crier gare, s'approcha de Coe à qui il subtilisa purement et simplement son verre. Ensuite, sans un mot, il écrasa la pièce de vaisselle entre ses doigts comme s'il se fût agi d'une simple feuille de papier.

— Que la rouille me ronge… murmura Ash.

Coe attrapa le poignet du garçon. Lorsque Grave rouvrit la main, le verre pulvérisé coula entre ses phalanges comme un filet de sable.

Grave laissa l'officier lui tâter la paume sans même protester.

— Pas une éraflure. Par le marteau d'Héphaïstos ! Qu'a donc fait ce vieux fou ?

— Je vois que tu as renoncé à ton scepticisme, ironisa Meg.

— Je crois ce que je vois, rétorqua Coe. Nom d'un chien… Des années que l'Empire s'échine en vain, et ce satané inventeur les double sans même s'en rendre compte !

— De quoi parles-tu ? maugréa Ashley, qui examinait lui aussi la main du garçon, incrédule.

Très agité, l'officier se mit à faire les cent pas.

— Vous ne comprenez pas ce qui est en jeu ? Ce garçon… Grave, Timothy ou que sais-je encore… n'est pas qu'une aberration de la nature. C'est aussi l'arme ultime.

Un silence de mort s'installa dans le salon.

— Grave, l'arme ultime ? s'étouffa Charlotte, les poings sur les hanches. Malgré sa force surhumaine, il n'a jamais blessé personne ! Il ne nous a jamais résisté, même quand nous l'avons mis au cachot. Il broie le verre, certes. Impossible de l'assommer, d'accord. Et alors ? Il est doux comme un agneau !

— Comment ? demanda Coe, ébahi.

— Nous nous sommes acharnés sur lui à coups de canne, sans succès, expliqua Ash. Charlotte n'a pas tort. Le petit ne ferait pas de mal à une mouche. Quant à savoir si c'est l'arme ultime… Rien ne prouve qu'il soit indestructible. De toute évidence, il est conçu pour résister aux coups… mais aux balles ?

L'officier porta d'instinct la main au pistolet d'argent glissé à sa ceinture. Outrée, Charlotte alla se camper devant Grave, bien décidée à faire barrage de son corps.

— Arrêtez un peu ! s'écria-t-elle. Comment pouvez-vous parler de lui comme s'il n'était pas là ? Il vous entend, je vous signale !

Coe haussa les épaules.

— Nous ne l'avons pas bâillonné, que je sache. S'il a quelque chose à dire, il est libre de s'exprimer.

Sans bouger d'un pouce, Charlotte fronça les sourcils. Grave ne prenait pas souvent la parole, mais il n'en pensait pas moins. Cependant, l'idée qu'on puisse lui tirer dessus ne semblait pas le perturber outre mesure.

— Je ne pense pas qu'une balle puisse me blesser, dit-il d'une voix douce.

Sa totale indifférence fit germer une peur insidieuse dans le cœur de Charlotte.

— Tu en es certain ? insista Coe.

— Non. Je le suppose, c'est tout.

— Si Bromley a trouvé le moyen de lier nécromancie et mécanique, alors j'ai bien peur que Grave ait raison, dit Meg. Les récits des temps anciens sont très clairs : on ne pouvait pas se contenter de vaincre l'armée des morts. Il fallait l'annihiler, purement et simplement.

— Par quel moyen ? demanda Charlotte entre ses dents serrées.

Elle se refusait obstinément à abandonner l'automate à son sort. La peur qu'elle avait lue dans les yeux de Grave, le jour de leur rencontre, n'était pas feinte – elle en aurait mis sa main à couper. Le poids de la solitude, l'angoisse générée par son amnésie… Tous ces sentiments, elle le savait capable de les éprouver. Jamais elle n'accepterait l'idée qu'il puisse n'être qu'une machine – ou un monstre.

Meg baissa les yeux, hésitant à répondre.

— On… On démembrait ses soldats, souffla-t-elle.

Coe contempla Grave de la tête aux pieds.

— Eh bien… On n'est pas sortis de l'auberge !

— Comment oses-tu parler ainsi ? s'insurgea Charlotte.

— Il a raison… intervint Meg. Les morts-vivants de l'Ancien Monde n'avaient pas un corps de métal. Dans le cas qui nous occupe, je ne pense pas que cette solution

362

soit viable. Il faudrait le réduire en miette, l'effacer complètement de la surface de la terre.

Coe se frotta le menton d'un air pensif.

— Un certain nombre d'armes en seraient capables, dit-il. Pas un simple fusil, bien entendu, mais un canon de belle taille, peut-être.

— Si une bonne explosion fait l'affaire, Birch est notre homme ! intervint Ash d'un air taquin.

— Vous ne toucherez pas à un cheveu de sa tête ! s'écria Charlotte en tapant du pied.

— Voyons, Lottie… Personne ne souhaite vraiment faire du mal à Grave, lui expliqua calmement Ash. Mais nous devons décider de la marche à suivre, maintenant que nous savons – ou du moins pensons savoir – qui il est.

— Ce qu'il est, rectifia Meg.

— Non ! gronda Charlotte. Qui il est. Je me fiche de ce que tu penses et de ton Livre des Morts ! Grave est un être humain. Il est des nôtres.

Meg ouvrit la bouche pour répondre et la referma aussitôt.

Incrédule, Charlotte contempla la guérisseuse, muette de consternation elle aussi. Elle ne reconnaissait plus son amie. N'avait-elle donc aucune compassion pour Grave ? Elle qui avait toujours été la plus douce des habitantes des Catacombes parlait à présent de le tuer avec un sang-froid parfait. Leur séjour dans la Cité Flottante avait profondément changé Meg. Au grand désespoir de Charlotte, qui ignorait pourquoi.

— Moi, j'aimerais être des vôtres, dit le garçon à mi-voix.

Ces mots mirent un peu de baume au cœur de la jeune fille. Elle serra contre elle son protégé afin de lui offrir un peu de réconfort. Il ne sembla pas s'en formaliser, mais le contact de son corps, froid et rigide, glaça le sang de Charlotte.

Si seulement Jack était là…

Elle aimait à croire qu'il se serait rangé à son avis. Certes, il ne manquait pas de défauts mais, sur ce point, elle avait confiance en Jack : il aurait su, lui, faire la part des choses sans tirer les mêmes conclusions hâtives que leurs camarades.

À condition qu'il revienne un jour, bien sûr… Elle ne savait même pas où il se trouvait en cet instant, ni s'il comptait poursuivre la lutte avec la Résistance malgré leurs différends.

Elle soupira, profondément lasse. Mais elle n'abandonnerait pas si facilement : il fallait qu'elle amène Meg et Ash à comprendre son point de vue.

— Je n'ai aucun grief contre le petit, déclarait justement Coe. À vrai dire, je serais plutôt curieux de savoir ce dont il est capable. Reste malgré tout qu'il représente une menace.

— Tu ne m'as pas écoutée… soupira Charlotte.

— Je ne parle pas de Grave lui-même, intervint l'officier. Plutôt du potentiel qu'il incarne…

— On pourrait en fabriquer d'autres comme lui, conclut Ash.

— Si Bromley y est arrivé une fois, il est capable de recommencer. Il avait conservé le Livre des Morts… Je parierais qu'il n'a pas non plus brûlé ses notes de travail.

C'est un inventeur dans l'âme : il est probablement tiraillé entre le dégoût et la fierté de ce qu'il a accompli.

— Tu exagères ! objecta Charlotte. Bromley est bourrelé de remords.

— Tu as raison, dit Meg. Mais serait-il capable de refuser de travailler sous la contrainte ?

— Si l'Empire a vent de son invention… grommela Ash.

— Ils ne lui laisseront pas d'autre choix que de la dupliquer, termina Coe. Et Britannia se paiera une nouvelle armée. Invincible et quasiment immortelle…

Charlotte ne trouvait rien à redire à ce raisonnement. Son cœur se serra : cent, peut-être mille cadavres anonymes, moitié homme, moitié machine, ramenés à la vie par un bataillon d'inventeurs à la solde de l'Empire ? Voilà qui sonnerait le glas de la Résistance…

— Que faire ? murmura-t-elle.

Avant de rassembler son courage pour ajouter :

— Pour le tuer, il faudra me passer sur le corps.

— Linnet ne s'est pas trompée à votre sujet, murmura Coe, une lueur presque admirative dans le regard. Ne vous inquiétez pas, Charlotte, vous pouvez rentrer vos griffes. Pour l'heure, il nous faut surtout sortir d'urgence le gamin de la Cité Flottante. D'autant que Bromley, Rosemarie ou l'une des prêtresses pourraient vendre la mèche.

— Pourquoi ne pas rallier les Catacombes à bord de la Libellule ? demanda Charlotte.

— Non, il faudra trouver un autre moyen de transport, répondit son frère.

— Laissez-moi faire ! lança Coe en boutonnant sa veste. Avec un peu de chance, je pourrai vous faire quitter la ville dès demain.

Il fit un petit sourire à Grave avant de quitter la pièce.

— Et laissez mes verres à brandy tranquilles, jeune homme !

Charlotte s'écroula sur le sofa, épuisée par la bataille.

Où est passé Jack ? Le reverrai-je avant notre départ ? Aura-t-il seulement envie de me dire au revoir ? Les questions se bousculaient dans son esprit, mais elle tint sa langue et se tourna vers Grave.

— Tout va bien, dit-il avec un sourire rassurant. Tu devrais aller te coucher.

Elle déposa un baiser sur la joue de son frère, mais s'abstint de saluer Meg. Si elle croyait en avoir terminé avec la guérisseuse pour la soirée, elle se trompait, cependant. Des pas feutrés retentirent derrière elle dans l'escalier. Et s'arrêtèrent sur le premier palier.

— Je n'ai pas besoin d'aide pour me préparer pour la nuit, maugréa Charlotte en poussant la porte de sa chambre.

— Si tu veux… Mais j'aimerais te dire deux mots.

— Si c'est pour gloser sur la nature maléfique de Grave, ce n'est pas la peine. J'en ai assez entendu.

Meg entra dans la pièce et referma doucement le battant derrière elle.

— Je ne voulais pas vous blesser, ni lui ni toi… dit-elle. Mais quand je le regarde, je ressens une terreur sacrée. Difficile de lutter contre de tels pressentiments.

— La peur n'excuse pas tout, rétorqua Charlotte en s'asseyant à sa coiffeuse. Grave ne nous a jamais trahis.

— Tu veux bien me laisser m'expliquer ?

Meg attrapa une brosse et commença à démêler la chevelure de sa camarade.

— Laisse-moi m'occuper de toi une dernière fois, ce soir. De toute façon, nous partons demain, dit-elle.

— Comme tu voudras.

— Mes ancêtres étaient des esclaves… mais je pense que tu l'ignorais, commença-t-elle.

— Tu ne m'en as jamais rien dit, murmura Charlotte, dont le corps oscillait doucement au rythme des coups de brosse.

— Lorsque ma mère m'a fait quitter la Cité Flottante, les Catacombes n'étaient pas ma destination d'origine. Elle souhaitait m'envoyer vivre chez des cousins, dans une des villes franches qui se trouvent de l'autre côté du Mississippi.

— Et ton père ? Qu'en pensait-il ?

— Mon père était l'un des rescapés de la guerre d'Indépendance. Il a fait partie des fondateurs de la Résistance. Il a été capturé et envoyé à Boston avant ma naissance. Ma mère me parlait souvent de lui, de son courage et des principes qu'il avait défendus. Je sentais combien sa disparition était douloureuse pour elle – même si, de ça, elle ne parlait jamais.

Elle reposa la brosse et s'appuya contre la coiffeuse.

— J'ai de la famille dans l'Ouest. Elle voulait que je grandisse parmi eux, loin de New York, à l'abri des griffes de l'Empire. Elle craignait aussi le retour de l'esclavage, tout juste aboli. Animés par la même peur, les nouveaux affranchis ont préféré négocier un accord avec l'Empire : ceux qui le souhaitaient pouvaient désormais quitter la côte pour s'installer sur les terres sauvages situées de l'autre côté du Mississippi. En retour, ils faisaient le serment de ne plus jamais prendre les armes contre l'Empire et de ne jamais soutenir la Résistance.

Elle passa les doigts dans les cheveux à présent démêlés de son amie.

— J'étais une forte tête. Je ne comprenais pas pourquoi je devais être séparée de ma mère. J'ai donc fui la caravane qui me conduisait à destination. Je leur ai faussé compagnie en pleine nuit.

— Toute seule ?

— Oui, dit Meg avec un petit rire. Une vraie tête brûlée, complètement inconsciente ! Du haut de mes six ans, j'étais persuadée de pouvoir retourner seule à New York. Je voulais impressionner ma mère, lui montrer que j'avais de la ressource, bref la convaincre de me garder auprès d'elle malgré le danger.

— Que s'est-il passé ?

Une gamine de six ans ne pouvait pas survivre très longtemps dans les landes sauvages qui entouraient la Cité Flottante.

Meg entreprit de dégrafer la robe de sa camarade.

— Tu n'as pas connu Jonathan, bien sûr. Il est parti au front avant votre arrivée, mais il était pour moi ce qu'Ash incarne aux yeux des plus petits, aujourd'hui, dans les Catacombes. Un guide, un héros.

Charlotte fut tentée d'établir pour Meg – histoire de remettre un peu les choses à leur place – une liste non exhaustive des petites manies, ô combien antihéroïques, de son frère. Elle n'y renonça qu'à regret.

— Jonathan était en patrouille quand il m'a trouvée dans les bois. Je m'étais empoisonnée en mangeant des baies vénéneuses. Il m'a ramenée dans les Catacombes. Une fois rétablie, j'ai voulu regagner New York. Il a promis de me ramener à ma mère, mais à condition que je reste une semaine de plus avec lui, le temps de s'assurer que j'étais bien en état de prendre la route.

Elle sourit avec nostalgie avant de continuer.

— Une belle ruse. Dans les Catacombes, j'étais entourée d'enfants de mon âge. Comme moi, ils se sentaient déracinés, mais eux, en revanche, partageaient un même but : résister à l'Empire, survivre coûte que coûte. Je m'y suis vite fait des amis, j'ai découvert un esprit de camaraderie qui m'était jusque-là inconnu. Une semaine, puis deux, ont passé et, très vite, j'ai compris que je ne voulais plus rentrer.

— Ta mère devait être folle d'inquiétude !

— Jonathan m'a convaincue de lui écrire une lettre. Dedans, je lui disais que j'honorais la mémoire de mon père en rejoignant la Résistance. Je n'avais aucune idée de ce que je faisais, je crois.

Une fois la robe de Charlotte déboutonnée, Meg alla chercher une chemise de nuit dans l'armoire.

— Dans sa réponse, elle m'a félicitée de cette décision courageuse. Connaissant mon caractère obstiné, elle s'est sans doute dit que me renvoyer chez mes cousins ne conduirait qu'à une autre fugue. Mieux valait me laisser vivre à l'abri, parmi les autres petits exilés des Catacombes.

Charlotte ôta ses vêtements et enfila la chemise que lui tendait Meg.

— Combien de fois l'as-tu revue ensuite ? T'a-t-elle rendu visite ?

Si c'était le cas, Charlotte n'en avait aucun souvenir. Meg secoua la tête.

— Elle ne quitte que très rarement la Cité Flottante. Et, de mon côté, je suis restée cachée dans les Catacombes. Notre voyage marque ma première visite à New York depuis le jour où elle m'a confiée à cette satanée caravane. Mais j'ai attendu trop longtemps pour revenir ici, je m'en rends compte à présent. J'ai été négligente.

Charlotte attrapa un châle abandonné sur une chaise pour protéger ses épaules dénudées du froid qui régnait dans la pièce.

— Comment peux-tu dire une chose pareille ? Tu trimes deux fois plus que n'importe qui dans les Catacombes, y compris Ash. Il donne des ordres et décide de tout mais, toi, tu prends soin de nous.

Meg esquissa un sourire plein de tendresse.

— Ce furent des années merveilleuses. J'ai adoré m'occuper de vous tous. Mais au temple, et dans la Ruche, j'ai pris conscience d'une chose : depuis longtemps maintenant, je ferme délibérément les yeux sur ma vraie nature, ma véritable vocation. Je dois cesser de fuir.

Charlotte avait l'esprit essentiellement cartésien. Elle peinait par exemple à admettre le rôle des arcanes dans la résurrection de Grave, qu'elle préférait attribuer aux talents purement mécaniques de son inventeur de père. Elle avait donc du mal à croire qu'une personne aussi posée que Meg puisse être ainsi attirée par les miracles de la magie. C'était pourtant de toute évidence le cas.

— Aucune culture n'ignore les mystères divins, Lottie, insista son amie. Mais la propension de chaque époque à embrasser l'ésotérisme est variable. Ton Empire préfère les machines à la magie. Aujourd'hui, seul le culte d'Athéna préserve les anciennes traditions.

— Ce n'est pas « mon » Empire ! répliqua Charlotte. J'exècre tout ce qu'il représente.

— Peut-être, mais ta vie n'en est pas moins modelée par lui. Le matérialisme forcené de Britannia a contaminé toutes ses colonies.

Ces paroles furent accueillies par un silence boudeur.

— J'en voulais trop à ma mère pour reconnaître que je partage un don avec elle, un accès privilégié au monde spirituel, reprit-elle. J'ai été égoïste d'étouffer ces talents alors qu'ils peuvent servir notre cause.

Les inflexions nostalgiques de la voix de Meg inquiétaient Charlotte. De toute évidence, quelque chose se tramait et, une fois de plus, elle serait la dernière à comprendre ce qui se passait.

— Qu'essaies-tu de me dire ? demanda-t-elle.

La guérisseuse lui prit les mains.

— J'aimerais que tu me fasses une promesse. Sois forte pour ton frère, dit Meg dont l'étreinte était presque douloureuse. Il va avoir besoin de toi.

— Que vient faire Ashley dans tout ça ?

Très prosaïque lui aussi, le jeune homme aurait sans doute un peu de mal à accepter la vocation de Meg pour les sciences occultes.

— Promets-le-moi, Lottie, je t'en prie, insista Meg. Et n'oublie pas que vous êtes, tous les deux, ainsi que les autres habitants des Catacombes, ma famille. Pour toujours.

— Mais qu'est-ce qui te prend ? s'étonna Charlotte.

Comme son amie fronçait les sourcils, elle capitula.

— Bon, je te le promets.

— Merci.

Meg serra brièvement la jeune fille dans ses bras. Lorsqu'elle se dégagea, ses lèvres esquissèrent un sourire mutin.

— Encore une chose.

— Ah non, ça suffit !

— Je voulais te parler de Jack. Notre situation ne va pas tarder à se compliquer, Lottie. La tempête gronde à l'horizon. Bientôt, elle s'abattra sur nous. Ce n'est pas le moment de te laisser dévorer par la rancune.

— Tu sais pourtant ce qu'il a osé faire. Dis-moi un peu pourquoi je devrais étouffer ma colère !

Et ma tristesse.

— Nous sommes tous prisonniers des circonstances, un jour ou l'autre, répondit tristement Meg. N'oublie pas de juger le comportement de Jack d'abord à l'aune de son passé.

Deux désirs contradictoires assaillirent au même instant Charlotte. Elle aurait voulu reprocher à Meg sa partialité évidente et en même temps lui confier combien la présence de l'officier lui manquait. Elle lui en voulait terriblement d'avoir tout gâché entre eux. Peut-être s'était-elle éprise du mauvais frère… Et si Coe était le double de Jack, mais en mieux ?

Quand Meg eut pris congé, Charlotte se laissa tomber sur son lit, dont elle remonta les couvertures jusque sous son menton. Au bord de l'épuisement, elle redoutait pourtant le sommeil. La journée écoulée faisait peser une ombre sur son cœur et son esprit, mais elle savait que le lendemain serait pire encore.

Chapitre 26

Après quelques heures d'un sommeil agité, Charlotte pénétra dans la salle à manger du manoir, où elle trouva son frère attablé devant une tasse de thé. En face de lui trônait Grave, aussi calme qu'à l'accoutumée. Meg se tenait près de la desserte, déjà vêtue pour le voyage.

— Oh, très bien ! dit-elle en la voyant entrer. Je t'attendais.

— Nous devons sortir ?

— Non.

Ash reposa sa tasse sur la table et jeta à la guérisseuse un regard surpris. Il n'avait manifestement pas envisagé qu'elle ait une course à faire seule.

— Où vas-tu, alors ? Dire adieu à ta mère ?

— Non, répondit Meg en agrippant le dossier d'une chaise vide. Au temple.

Il fronça les sourcils de plus belle, perplexe.

— Pour quoi faire ? Tu sais bien qu'on ne peut pas en dire plus à Rosemarie au sujet de Grave. Elle est imprévisible, elle pourrait nous dénoncer.

La voix de Meg se fit infiniment douce.

— Je ne vais pas voir Rosemarie, mais rejoindre les Sœurs au temple, expliqua-t-elle.

Ash se leva si brusquement que sa chaise bascula.

— Comment ?

Le cœur de Charlotte se serra. *« Sois forte pour ton frère. Il va avoir besoin de toi. »* Tout s'expliquait à présent : Meg se préparait à les abandonner.

Elle parla avec assurance, la tête haute, mais sa voix trahissait sa tristesse.

— Je ne peux pas fuir plus longtemps mon passé et ma véritable nature. Le temple possède la plus grande bibliothèque du continent. Ces livres rares et ces parchemins contiennent des connaissances infiniment précieuses. C'est le seul moyen pour moi de comprendre le don que j'ai hérité de ma mère.

— Foutaises ! s'exclama Ash en abattant le poing sur la table. Tu vas perdre ton temps dans cette ville, Meg, alors que nous avons besoin de toi. La Résistance a besoin de toi !

— Elle a surtout besoin que je développe enfin mes véritables talents. Il y a autant de danger ici que sur la ligne de front. La Résistance a besoin d'un agent infiltré au temple pour découvrir ce qui s'y trame. Des extraits du Livre des Morts circulent, ils ont déjà permis de ramener un garçon innocent à la vie. Déjouer ce complot est plus décisif pour l'issue du conflit que n'importe quelle bataille militaire. Le savoir que détiennent les Sœurs pourrait s'avérer une arme plus puissante que les nouvelles machines de guerre de l'Empire.

La colère d'Ashley céda la place à la panique. Il fit un pas vers elle.

— Ne fais pas ça, Meg, tu n'es pas obligée…

Elle recula d'autant.

— Si, bien sûr… C'est mon devoir.

— Je t'en supplie…

Cette fois, elle laissa Ashley lui prendre la main.

— Il faut que je te dise… mais pas ici. Puis-je te parler en privé ?

Charlotte fut tentée d'emmener Grave dans la pièce voisine. Le garçon regardait calmement la scène, un peu interloqué.

Meg effleura la joue d'Ash.

— Je sais ce que tu me dirais, car les mêmes mots habitent mon cœur. Mais c'est impossible.

— Accorde-moi au moins un instant, murmura-t-il. Il y a tant de choses que je n'ai… tu ne sais pas…

— Si je me laisse convaincre d'écouter ton plaidoyer, alors je n'aurai plus la force de partir, dit-elle, les yeux brillants. Il le faut, pourtant.

— Dans ce cas, écoute au moins Charlotte ! l'implora Ash, qui jeta un regard désespéré à sa sœur. Allons, dis-lui… Dis-lui qu'elle doit rester !

— Fie-toi à Meg, Ashley. Elle sait ce qu'elle fait, répondit la jeune fille à son corps défendant.

Leur chef lui jeta un regard plein de fureur.

— Et ne va pas déverser ta colère sur Lottie après mon départ, attention ! jeta Meg.

Elle lui lâcha la main. Ash blêmit.

— Tu ne pars pas tout de suite, au moins ?

— Si.

Elle déposa un tendre baiser sur la tempe du jeune homme avant de quitter la pièce. Seule Charlotte vit glisser quelques larmes sur ses joues, car elle baissait la tête.

Quand Ash fit mine de la suivre, sa sœur se surprit elle-même en s'interposant.

— Écarte-toi, dit-il, les dents serrées.

— Tu sais bien pourquoi elle a pris cette décision. Elle a le cœur brisé, tout comme toi, alors garde espoir.

— Que je garde espoir ?

— Un jour viendra peut-être où sa tâche la ramènera parmi nous. Meg est partie chercher des réponses, Ashley. Elle veut comprendre l'existence même de Grave, son sens profond. Elle se sacrifie pour notre bien à tous. Pour le bien de la Résistance.

Comme son père avant elle.

Le jeune homme empoigna sa chaise et la précipita à l'autre bout de la pièce. Ensuite, il s'assit lourdement à la place voisine, le regard perdu dans le vague.

Grave semblait éberlué.

— Je crois bien que moi aussi… Je suis triste que Meg s'en aille, dit-il. Je l'aime beaucoup.

La tête basse, Ash serrait et desserrait les poings.

— Merci, Grave, dit-il cependant à mi-voix.

Le reste de la matinée se passa dans un silence inconfortable. Grave monta aider Charlotte à faire ses bagages. Tous deux abandonnèrent Ashley à ses propres préparatifs.

Il était presque midi lorsqu'elle redescendit dans le vestibule en tenue de voyage. Comme à son habitude, Grave portait sa malle sans la moindre difficulté, comme si elle ne pesait rien.

Ashley patientait déjà au bas des marches. Près de lui se tenait une demoiselle que sa robe de soie et son chapeau élégant identifiaient comme un membre de l'élite coloniale. Charlotte frémit, craignant qu'il ne s'agisse d'Eleanor. Une surprise l'attendait.

— Linnet !

La demi-sœur de Jack la rejoignit au pied de l'escalier et l'embrassa sur les deux joues.

— Bonjour Charlotte ! Aujourd'hui, j'endosse le rôle de ta meilleure amie – et unique confidente. N'hésite pas à murmurer tes secrets les plus coupables à mon oreille ! Je te promets de rester muette comme une tombe.

Et la jeune femme de lui faire un clin d'œil des plus appuyés. Malgré les tristes nouvelles qui se multipliaient, Charlotte ne put réfréner un rire.

— Lord Ott vous a trouvé un bateau qui doit remonter l'East River, expliqua Ash. Pour l'heure, Linnet va vous conduire à la Grand-Roue, toi et Grave. Ott vous retrouvera plus tard, dans les Communes.

— Et toi ? demanda Charlotte d'un air soupçonneux.

— Je ne pars pas avec vous, Lottie, murmura son frère.

Charlotte le fixa aussitôt d'un air soupçonneux. Ash secoua la tête. Il n'en menait pas large.

— Cela n'a rien à voir avec Meg, ne t'inquiète pas. La réunion avec Lazarus a porté ses fruits. Il nous charge, Jack et moi, d'un message pour les dirigeants de la Résistance, retranchés en Louisiane.

Charlotte n'en croyait pas ses oreilles.

— Nous rejoignons la Nouvelle-Orléans à bord de la Libellule, dit-il en fourrant les mains dans ses poches.

— Comment peut-on se montrer aussi hypocrite ? bredouilla Charlotte, outrée. Tu as fait toute une scène à Meg, alors que tu sais depuis le début que tu dois partir, toi aussi !

— Ce n'est pas la question, fit-il, décontenancé.

— Pourquoi, parce que toi, tu as tous les droits ?

— Non : tu sais bien que les Sœurs ont des règles de vie très strictes. Je… Je ne sais même pas si j'aurai la possibilité de la revoir…

La colère de Charlotte se dissipa aussi vite qu'elle était venue.

— Je comprends, dit-elle. Dis-moi au moins quand tu seras de retour.

Pas de réponse. Ce silence lourd de sens effraya la jeune fille plus qu'aucun mot ne l'aurait pu.

— Ash…

— C'est la guerre. Je ne peux pas te faire de promesses.

— Mais les Catacombes se retrouvent sans chef ! Qu'allons-nous devenir ?

— Les Catacombes auront toujours un chef, répondit le jeune homme d'une voix douce. Lorsque l'un d'entre nous part au front, un autre prend sa place.

— Mais qui ?

Charlotte se retenait à grand-peine de céder à la panique. Mais elle n'était plus une enfant. Elle devait prouver sa détermination à son frère, garder son sang-froid. Meg était partie. Et voilà qu'Ashley et Jack s'en allaient à leur tour.

— Toi, dit-il.

Elle secoua la tête, complètement incrédule.

— Moi ?

— Mais oui, Lottie, dit-il en esquissant un sourire. C'est l'évidence même. Toi seule possèdes le courage et l'opiniâtreté nécessaires.

En d'autres circonstances, Charlotte se serait rengorgée, ravie. Mais elle voyait son seul frère prendre le chemin du front. Une tristesse sourde, la pression des responsabilités qu'on plaçait sur ses épaules, voilà donc tout ce qu'elle ressentit.

Touché par son air lugubre, Ash posa la main sur l'épaule de sa sœur.

— Tu es faite pour ça, Lottie, crois-moi. Si c'est toi qui prends la relève, je pourrai quitter les Catacombes l'esprit tranquille.

— Tu pourrais aussi rester… marmonna-t-elle.

— Tu sais bien que non.

Il la serra contre lui un instant avant de tirer une enveloppe de sa poche.

— Jack m'a demandé de te remettre ceci.

— Qu'est-ce que c'est ?

Elle examina l'enveloppe, partagée entre curiosité et appréhension.

— Comment veux-tu que je le sache ? Suggères-tu que je me mette à lire ton courrier ? la taquina-t-il.

Arrachant la missive des mains de l'importun, elle la fourra dans sa poche.

— Ne t'enflamme pas trop vite, grogna Linnet. Je doute que mon frère soit doué pour la poésie. Je ne suis même pas certaine de son orthographe.

Quelles que soient les circonstances, les yeux rieurs de la jeune fille avaient décidément le don de mettre un peu de gaieté autour d'elle. Elle entraîna Charlotte vers la porte.

— Allons, viens. Mon deuxième père n'est pas du genre patient. Et en cas de retard, c'est à moi qu'il s'en prendra, pas à toi.

— Un instant, l'interrompit Charlotte, qui se dégagea pour aller se jeter au cou de son frère. Sois prudent !

— Toi aussi, répondit Ash en l'étreignant de toutes ses forces. Je sais que tu ne me le demanderas pas, mais ne t'inquiète pas, je me charge de veiller sur Jack.

Charlotte s'essuya les yeux.

— Allons-y !

Elle s'efforça de profiter du trajet en tramway pour calmer son esprit agité. Elle avait glissé la main dans sa poche pour serrer la lettre de Jack, qu'elle brûlait et redoutait de lire tout à la fois. Sans même savoir quand elle aurait enfin le loisir de la parcourir en privé.

Grave gardait le silence. Quant à sa compagne, elle semblait heureuse de laisser Charlotte seule avec ses pensées. Mais lorsqu'ils embarquèrent sur la Grand-Roue et se retrouvèrent avec une nacelle entière pour eux tout seuls, Linnet eut un sourire.

— Je crois que tu peux lire la lettre de Jack, à présent.

— Je ne…

— Allons, allons. Vas-y ! Je ne te poserai pas de questions.

Charlotte tira l'enveloppe de sa poche.

— Tu espères que je serai incapable de tenir ma langue, dit-elle.

— Même pas ! gloussa Linnet. Il me suffira d'observer ton visage pour deviner le contenu de la missive.

Grave, posté dans un coin de la nacelle, observait les rouages de la Grand-Roue.

— Allez, tu en meurs d'envie ! ronronna Linnet.

Charlotte n'y tenait plus : elle prit bien soin de tourner le dos à sa compagne et déplia le feuillet de papier d'une main tremblante.

Charlotte,

J'espère que tu ne vas pas déchiqueter ou brûler cette lettre avant de la parcourir, même si je suis bien conscient de t'avoir donné plus d'une raison de le faire. J'espère que tu choisiras de me lire, aussi me suis-je efforcé de coucher sur le papier ce que j'ai dans le cœur, même si c'est sans doute très insuffisant.

J'ai rompu mes fiançailles.

J'ignore si cela influencera ton jugement ou non, mais c'était la décision la plus honorable à prendre. Lorsque j'ai demandé la main d'Eleanor, je croyais l'aimer. Ce n'est que bien plus tard que j'ai compris mon erreur. Je ne savais pas ce qu'était vraiment l'amour. Pas avant de te rencontrer.

Avec toi, je me suis comporté en lâche. Je me suis réfugié derrière des mensonges en me persuadant que ma mission l'exigeait. Je dois bien l'admettre aujourd'hui : si je me suis servi de cette excuse pour

383

fuir mon passé, c'est que chaque journée à tes côtés m'emplissait de regrets croissants quant aux choix qui ont été, jusqu'ici, les miens.

Je tenais à te le dire en personne, à te voir en face. Mais au vu des derniers événements, te contraindre à une confrontation me semblait, là encore, un choix égoïste, alors que j'ai déjà commis tellement d'erreurs à ton détriment.

Tu sais qui j'étais et qui je suis. Libre à toi de décider si je mérite le pardon ou le mépris. Quelle que soit ta décision, sache que je te reste à jamais fidèle.

Jack Winter

Charlotte relut la missive deux fois – trois fois même. Avant de replier la feuille avec précaution pour la glisser dans sa poche.

Elle aurait dû l'emplir de joie, ou du moins lui apporter un peu de réconfort. Mais elle ne laissait qu'un trou béant dans sa poitrine. Jack prétendait vouloir faire ces aveux de vive voix, mais n'avait, disait-il, pas osé.

Ce comportement ressemblait à de la lâcheté. La lettre lui ressemblait bien : comme toujours, Jack gardait ses distances. Il se cachait derrière des mots en attendant d'être sûr qu'elle lui ouvre de nouveau son cœur. Devait-elle le croire ? Avait-il réellement rompu ses fiançailles avec Eleanor ? Jack lui avait bien trop souvent menti par le passé. Elle ne pouvait se résoudre à lui faire confiance pour le moment… en serait-elle jamais capable un jour ?

Elle se tourna vers Linnet.

— Ça ne me suffit pas, décréta-t-elle, avant de froncer les sourcils. Ai-je tort de dire une chose pareille ?

— Bien sûr que non, chaton. Pour ce que j'en sais, les hommes font de piètres soldats hors du champ de bataille. Or c'est bien d'une guerre qu'il s'agit… une guerre sans fin. (Son regard débordait de tendresse.) Si mon frère n'est pas complètement sot, il retrouvera ses esprits et fera ce qu'il faut pour redevenir ton champion. (Son sourire se fit malicieux.) Ou bien quelqu'un d'autre le fera à sa place.

Chapitre 27

Lord Ott les attendait à l'extrémité de la plateforme de la Grand-Roue, les yeux rivés sur sa montre.

— Nous sommes à l'heure, vieux brigand, grommela Linnet, les mains sur les hanches. À la minute près !

L'homme agita ses sourcils broussailleux.

— M'as-tu entendu me plaindre ? jeta-t-il avant de se tourner vers Charlotte pour la saluer. Mademoiselle Marshall…

Derrière lui était stationnée une voiture trapue attelée à une mule plus trapue encore. Coe Winter, qui avait abandonné son uniforme pour les oripeaux gris de la Ruche, était perché sur la banquette du conducteur. Rênes en main, il leur fit un petit signe. Charlotte aurait préféré voir son frère cadet jouer les cochers, mais puisqu'ils quittaient la ville, un garde du corps supplémentaire ne pouvait sans doute pas leur faire de mal.

Grave entreprit de hisser la malle dans le véhicule et de s'installer à sa place. Ott remarqua le regard méfiant que posait Charlotte sur leur attelage.

— Ne vous inquiétez pas, ma chère, dit-il. Le bateau à vapeur aura bien meilleure allure. Il vous attend à l'embouchure du fleuve.

— Ce n'est pas la voiture qui m'inquiète, c'est la mule. C'est le premier équidé que je vois de tout mon séjour.

— Ces animaux ont tendance à paniquer sur les plateformes, expliqua Linnet. Tant de chevaux se sont jetés dans le vide que l'Empire a fini par interdire les bêtes de trait dans la Cité Flottante.

Ensemble, les deux jeunes filles s'installèrent à côté de Grave. Coe tendit à tout ce petit monde de lourds manteaux de voyage.

— Là où nous allons, vous ne croiserez pas d'aristo-crates, croyez-moi !

La voiture grinça sous le poids de Lord Ott lorsqu'il se hissa à côté du cocher.

L'officier secoua les rênes de la carriole, qui prit la direction de la Forêt d'acier. Les rares passants qui débar-quaient de la Grand-Roue à cette heure-là suivirent leur départ d'un œil curieux.

— Ne craignez-vous pas qu'on nous suive ? s'étonna Charlotte.

— Nous serons forcément suivis, répondit l'entre-preneur. Je le suis toujours. Mais j'ai du personnel chargé de filer les espions qui me suivent à la trace. Histoire de s'assurer que personne ne rapporte les activités que je n'ai pas spécialement envie de rendre publiques.

La jeune fille hésita entre sourire et frisson d'effroi.

— Vous avez bien choisi votre moment pour quitter la ville, reprit-il. Les événements se précipitent.

— Comment ça ?

— Il y a moins d'une heure, une cohorte d'agents de l'Empire a pénétré dans la Ruche. Ils ont tout verrouillé. Personne n'entre, personne ne sort.

Sonnée par la nouvelle, Charlotte s'agrippa au rebord de son siège.

— Sait-on pourquoi ?

— Je l'ignore encore, mais je devrais avoir des réponses à vous fournir assez vite.

Le sang de Charlotte ne fit qu'un tour. Elle s'apprêtait à poursuivre son interrogatoire quand Coe lui brûla la politesse.

— Les ouvriers de la Ruche, tentés par l'or français et l'argent espagnol, exportent parfois leurs créations. Une pratique que réprouve l'Empire, bien entendu. Mais les descentes sont rares en général. Rien d'inquiétant, en tout cas.

Malgré son ton désinvolte, Coe fixait sur Charlotte un regard entendu. Il tenait clairement à éviter qu'elle ne s'étende, en présence de Lord Ott, sur leur visite à la Ruche. Après tout, malgré sa proximité avec la Résistance, l'entrepreneur reconnaissait lui-même vendre ses secrets au plus offrant. La prudence était donc de mise. Faute de mieux, Charlotte se plongea dans la contemplation du paysage en priant pour que le raid n'ait rien à voir avec un inventeur du nom de Hackett Bromley. Mais elle ne se berçait pas trop d'illusions : la coïncidence était un peu trop grosse.

Lorsqu'ils pénétrèrent dans la Forêt d'acier, les pavés réguliers de la route laissèrent place à un chemin de terre sillonné d'ornières.

Tout auteur d'eux, la limaille avait été sculptée en forme d'arbres de toutes les tailles et de tous les types. Certains étaient encore décorés de feuilles d'acier et de cuivre – à l'évidence, les pièces d'or ou d'argent avaient été volées depuis longtemps. Cette forêt métallique n'était cependant pas totalement dénuée de vie : quelques écureuils intrépides avaient bâti leur nid dans la canopée, et quelques oiseaux voletaient entre les troncs. L'endroit n'en semblait pourtant pas moins froid et vide – d'ailleurs la lumière du soleil luttait pour percer l'épais entrelacs d'acier.

Grelottant de froid, Charlotte s'enveloppa dans son manteau et se blottit instinctivement contre Linnet. Sa compagne de voyage n'en parut pas le moins du monde gênée et se pelotonna tout contre elle.

— Nos mules sont placides et fiables, la plupart n'y voient d'ailleurs qu'à moitié, murmura la sœur de Jack. Le trajet sera un peu plus long, mais moins mouvementé. Les chevaux paniquent trop facilement, or nous transportons souvent des marchandises fragiles.

— Justement, Lord Ott ne craint-il pas d'être pris en embuscade dans les parages ? s'inquiéta Charlotte.

Un petit sourire narquois s'étira sur les lèvres de sa camarade.

— Penses-tu… Personne n'ose l'importuner : la moitié de ces scélérats travaillent pour lui !

— Ce qui ne les a pas empêchés de nous attaquer l'autre jour, Coe et moi, protesta Charlotte.

— Évidemment ! Un couple d'aristos assez sots pour s'aventurer dans leurs bois ? On ne laisse pas passer une cible aussi facile.

— Bien parlé ! s'esclaffa Lord Ott.

Charlotte ne trouva rien à répondre.

La voiture traversa cahin-caha la forêt. Lorsqu'ils atteignirent enfin la rive de l'Hudson, après un voyage qui lui avait semblé interminable, Charlotte poussa un soupir de soulagement.

Coe sauta de son siège pour l'aider à descendre. Lorsque l'officier offrit son aide à Linnet cependant, sa sœur lui fit signe de reculer, rassembla ses jupes et bondit hors de la voiture.

— Voilà votre destination, annonça l'officier en désignant le fleuve. L'*Aphrodite*.

Un bateau à vapeur était amarré au milieu de l'Hudson. Ott n'avait pas menti : long et élancé malgré ses roues à aubes, il avait bien plus fière allure que la voiture. Le bois de la coque était enduit d'un vernis luisant et les roues fixées à sa poupe dorées à l'or fin.

Coe et Grave déchargèrent la voiture pendant que Charlotte et Linnet s'approchaient du bord de l'eau, où se trouvait une barque. L'homme qui avait hissé l'embarcation sur la berge se leva d'un bond en ôtant son chapeau lorsque Lord Ott descendit de voiture. Il s'inclina avec respect devant son employeur.

— Tout est prêt, monsieur, dit-il. Le capitaine n'attend plus que nous.

— Parfait, répondit l'entrepreneur. Il est temps pour moi de vous faire mes adieux. Margery tenait particulièrement à ce que je vous dise combien elle a apprécié votre compagnie. Elle espère vous revoir.

— Qui ça ? demanda Charlotte, perplexe.

— Lady Ott, fit-il.

La jeune fille lui rendit son sourire.

— Oh ! Transmettez-lui mon meilleur souvenir…

— Quant à toi, pas d'histoires ! dit Ott à Linnet en agitant l'index sous son nez.

— On verra, répondit l'intéressée, suprêmement insouciante.

— Bref, il n'y a plus qu'à croiser les doigts, grommela son mentor.

— Vous avez tout compris, rétorqua-t-elle.

Elle se haussa sur la pointe des pieds pour lui déposer un baiser sur la joue avant d'aller prendre place dans la barque.

— Bon vent, mademoiselle Marshall. Je m'efforcerai de vous transmettre toute nouvelle que je pourrais recevoir de votre frère.

— Merci, Lord Ott.

— Appelez-moi Roger, ma chère. Mais uniquement à l'abri des oreilles indiscrètes, bien entendu.

— Je n'y manquerai pas !

Elle plongea dans une révérence et s'apprêtait à rejoindre Linnet lorsque Coe s'éclaircit la gorge.

— Êtes-vous donc si pressée de nous quitter ?

Si la jeune fille était pressée, c'était de fuir la ville, mais pas ses compagnons. Courtoise, elle fit volte-face.

— J'ai hâte de rentrer chez moi, tout simplement.

— Et si je vous disais que vous allez me manquer, Charlotte ? dit-il en lui prenant délicatement la main. Et que j'espère vous revoir avant longtemps ?

Il esquissa un sourire. Elle ne parvenait décidément pas à s'expliquer l'attirance qu'elle éprouvait pour lui. Le charme de l'aîné était-il plus réel que tout ce qu'elle avait pu partager avec Jack ? Voilà qui semblait peu probable. Une attraction superficielle, elle en aurait mis sa main à couper.

— Je vous répondrais que c'est trop de bonté, commodore Winter.

Le sourire du jeune homme s'estompa.

— Un jour, peut-être me pardonnerez-vous de vous avoir révélé les fiançailles de mon frère. Peut-être alors souhaiterez-vous, de ma part, plus que de la simple bonté.

— Ne laissez pas la culpabilité vous accabler, répondit Charlotte. Même si ma fierté en a souffert, vous m'avez permis d'affronter la vérité. Je peux aller de l'avant, désormais.

— Et c'est ce que vous comptez faire ? demanda-t-il à voix basse.

Charlotte aurait voulu acquiescer, mais elle ne pouvait prendre le risque de lui donner de faux espoirs.

Il se pencha vers elle.

— Pardonnez mon empressement, murmura-t-il, mais je prie pour que, le moment venu, vous vous souveniez que je vous ai posé la question. Ah ! Et je ferai en sorte de découvrir le motif réel de ce raid, poursuivit-il à mi-voix. Si Bromley est impliqué, je vous le ferai savoir.

— Merci.

Elle refusa l'aide de Coe pour prendre place sur la petite barque. Soulevant ses jupes comme l'avait fait Linnet, elle posa légèrement le pied sur le fond de l'embarcation.

L'officier leva la main en signe d'adieu tandis qu'ils quittaient la rive. Quand reverrait-elle le commodore Winter, et surtout son jeune frère ? Peut-être valait-il mieux pour elle ne jamais recroiser leur route. Nul doute que sa vie en serait singulièrement simplifiée.

— Je me demande si j'ai déjà voyagé en bateau, fit Grave à voix haute, l'air absent.

Charlotte jeta un regard méfiant au matelot qui souquait, et ne répondit rien. Même si l'homme travaillait pour Ott – et peut-être précisément parce qu'il travaillait pour l'aristocrate –, peut-être valait-il mieux éviter de trop en dire devant lui.

À leur arrivée sur l'*Aphrodite*, le capitaine quitta son poste un instant pour les accueillir courtoisement. Le matelot qui les avait accompagnés à bord conseilla à Grave de laisser la malle de Charlotte sur le pont.

— Si tu allais jusqu'au prochain affluent, le Mohawk, je t'aurais pris une cabine pour la nuit, expliqua Linnet. Mais tes amis viennent te chercher à mi-parcours.

— Mes amis ? s'exclama Charlotte, dont le visage s'éclaira.

— Oui… Ott m'a parlé d'un submersible, je crois ?

— Le *Poisson-Lune* ! jubila la jeune fille en battant des mains.

Son séjour tout entier dans la Cité Flottante avait été une expérience si dépaysante que la simple perspective de retrouver son bon vieux sous-marin, et ses précieux camarades, la rendait folle de joie.

— Oh… Pourvu qu'ils aient emmené Pocky avec eux !

— Qui est-ce ? demanda Linnet.

— C'est… ma carabine préférée, expliqua Charlotte, un peu penaude.

— Ah !

Souriante, Linnet plongea une main dans son bustier, dont elle tira une dague presque identique à celle qu'Ash avait confiée quelques jours plus tôt à sa sœur.

— Je te présente Brutus.

Charlotte fronça les sourcils. Drôle de nom pour un stylet…

— Mais si, tu sais bien ! insista Linnet en haussant les épaules. Il est parfait pour poignarder les gens dans le dos.

Chapitre 28

Le majordome personnel du capitaine avait offert aux deux passagères de leur préparer un déjeuner servi sur le pont inférieur, mais Charlotte était bien trop nerveuse pour manger un véritable repas. Tout comme Linnet, elle se contenta de prendre une pomme dans la réserve du navire, dont elle croqua la chair acidulée, accoudée à la rampe qui courait à la proue du bateau. Grave avait refusé poliment de se joindre à elles, préférant rester à la poupe pour observer le mouvement des quatre roues à aubes du navire.

Avec sa peau glacée, son teint livide et ses manières étranges, le jeune homme attirait indéniablement l'attention des membres d'équipage. Maintenant qu'elle savait qui il était et d'où il venait, Charlotte s'apercevait que ces éléments d'information comptaient finalement assez peu à ses yeux. Grave ou Thimothy ? Peu importait. Elle avait suffisamment appris à connaître le garçon pour savoir qu'elle se fiait à lui. Et à présent qu'il prenait officiellement sa place de réfugié au sein des Catacombes, il tombait sous sa protection. *Il est orphelin à présent. Comme nous tous.*

L'après-midi était bien entamée lorsqu'une cloche se mit à sonner. Les aubes de l'*Aphrodite* ralentirent et ses moteurs se turent. Les matelots s'affairèrent sur le pont pour jeter l'ancre aux deux extrémités du navire.

— Là ! s'écria tout à coup Linnet.

Elle pointait du doigt une zone du fleuve jusque-là lisse comme un miroir. La surface de l'eau se mit à bouillonner et se fendit : une forme brillante émergea sans crier gare des profondeurs de l'Hudson.

— Le *Poisson-Lune* ! exulta Charlotte qui se mit à sautiller sur place, incapable de contenir son allégresse.

Scintillant au soleil vespéral, plus éblouissant que le plus opulent des édifices de la Cité Flottante, le submersible glissa jusqu'à l'*Aphrodite* et ralentit pour s'aligner avec le bateau à vapeur.

Deux couettes vertes apparurent à la sortie du sas, arrachant à Charlotte un cri de joie.

— Pip ! Par ici ! s'écria-t-elle en agitant les bras de toutes ses forces, les joues endolories à force de sourire.

La timonière leur fit une parodie de salut militaire et rétorqua, moqueuse :

— Préparez-vous à l'abordage !

Elle se hissa hors de l'écoutille puis se laissa glisser le long des écailles métalliques du *Poisson-Lune*.

Un des matelots lui lança une ligne, qu'elle attacha au submersible. Le tonnerre gronda au loin. Sans détacher le regard de Pip et du sous-marin qui étincelait au soleil, Charlotte se fit la remarque que par ce temps radieux, un tel bruit semblait étonnant.

— Mais on dirait… Un incendie ? s'étonna Linnet, qui avait placé une main en visière au-dessus de ses yeux.

Sa compagne suivit son regard en direction du nord-ouest, où des volutes noires s'élevaient dans le ciel bleu azur. L'épaisse fumée semblait jaillir d'un point unique, un peu comme les cendres d'un volcan. *À quelle distance, exactement ?*

Charlotte se livra à un rapide calcul et chancela aussitôt sur ses jambes, le cœur étouffé dans un étau invisible.

Non. Non, non !

Elle bascula en avant, se rattrapa de justesse à la rambarde du navire et vomit tout le contenu de son estomac par-dessus bord.

Non, pas ça !

— Charlotte ! s'écria Linnet en s'agenouillant à ses côtés. Qu'y a-t-il ? Ça ne peut pas être le mal de mer…

Tremblante, Charlotte peina à articuler sa réponse.

— Linnet, l'incendie…

Son amie la dévisagea un instant, perplexe, avant d'écarquiller les yeux.

— Par le marteau d'Héphaïstos ! Tu crois qu'il s'agit des Catacombes ?

De nouveau envahie par la nausée, Charlotte se contenta d'acquiescer. La fumée semblait trop noire, trop grasse pour être naturelle. Comme pour confirmer ses craintes, une explosion retentit. Le navire vibra sous l'impact, et Grave surgit en courant depuis la poupe.

— Que se passe-t-il ?

Son visage affichait le même effroi que le jour où Charlotte l'avait trouvé fuyant devant les Pots de rouille.

C'est alors que Pip se mit à vociférer.

— Faites-la monter à bord ! ordonna Linnet d'une voix cinglante. Tout de suite !

L'équipage s'exécuta dans le plus grand désordre. Un instant plus tard, on vit apparaître une Pip hurlante. Elle se débattait en rouant de coups de pied et de coups de poing les quatre matelots qui luttaient pour la hisser à bord de l'*Aphrodite*.

— Non, par Athéna ! braillait-elle. Il faut qu'on y retourne. Lâchez-moi ! Il faut qu'on y retourne.

Elle mordit férocement l'un des matelots, qui lâcha sa jambe avec un juron avant de pivoter pour la frapper à la mâchoire. Grave intercepta le poing de l'homme en plein élan.

— Arrêtez ça tout de suite, dit le garçon en serrant les doigts un peu plus fort.

Le marin écarquilla les yeux, tremblant : le bras de fer tournait clairement à son désavantage. Dans un éclair, Charlotte revit les agents de l'Empire écrabouiller des visages et briser des membres à la Foire aux rétameurs.

« *L'arme ultime* », avait dit Coe.

Elle ne pouvait laisser Grave suivre leur exemple. S'il passait ce cap, s'il se montrait capable de tuer sans remords, devant témoins, il serait traité comme un monstre. Impossible alors, pour elle, de le protéger de ses amis comme de ses ennemis. Grave cesserait d'être un être pensant, pour devenir un instrument de mort d'une valeur inestimable pour l'un ou l'autre camp.

Elle se releva d'un bond.

— Grave, lâche-le ! Et toi, Pip, cesse de te débattre ! Ces hommes ne sont pas vos ennemis.

« *Toi seule possèdes le courage et l'opiniâtreté nécessaires.* »

Grave relâcha immédiatement le bras de son adversaire, qui secoua son poing endolori en poussant un chapelet d'imprécations. Il fallut un second rappel à l'ordre à Pip pour cesser de se démener, cependant. Sitôt qu'elle s'immobilisa, elle fondit en larmes.

— Lâchez-la, ordonna Linnet aux matelots.

Le marin mordu s'éloigna en maugréant tandis que ses camarades déposaient la timonière sur le pont. Charlotte se précipita pour essayer de la consoler.

Je dois me montrer forte. Ne jamais hésiter. Je suis responsable d'eux, à présent.

Elle ferma son esprit à la petite voix qui lui soufflait : *Enfin, de ceux qui restent.*

— Va chercher Scoff dans le sous-marin, ordonna-t-elle à Grave. Qu'il nous rejoigne.

Le garçon obéit sans perdre un instant.

— Toute cette fumée… renifla Pip, les yeux baignés de larmes. Les explosions accidentelles de Birch ne produisent jamais autant de fumée. Jamais.

— Je sais, murmura Charlotte. Mais nous ne savons pas ce qui s'est vraiment passé.

— Toute cette fumée… ne cessait de répéter Pip, comme hébétée.

Elle fléchit les genoux contre sa poitrine et se recroquevilla sur elle-même.

Lorsqu'une nouvelle explosion secoua les planches du pont sous leur pied, Linnet fit la grimace.

Grave réapparut, accompagné d'un Scoff en état de choc.

— Je parierais que ça, c'était mon laboratoire, marmonna-t-il, l'œil fixe. Si la fumée change de couleur, il n'y aura plus aucun doute.

— Scoff ! lança Charlotte d'un ton qu'elle espérait léger. Je suis contente de te revoir.

Il acquiesça avant d'aller s'asseoir en tailleur à côté de Pip, qui se blottit contre lui, toujours roulée en boule. Grave montait la garde près d'eux, vigilant comme une sentinelle.

— Que s'est-il passé ? demanda Scoff à Charlotte.

Au loin, la fumée noire se teinta de vert et de violet. Elle décida de le garder pour elle.

— Aucune idée… Pour l'instant.

Linnet posa sur les deux nouveaux arrivants un œil spéculateur.

— Dites-moi… Vous n'avez rien remarqué d'inhabituel aujourd'hui, avant de quitter les Catacombes ? Rien de particulier ?

— Non, répondit Scoff. Rien qui sorte de l'ordinaire. Excepté l'absence d'Ash, Meg, Jack et Charlotte, bien entendu. Mais ça, ce n'est pas nouveau.

— Vraiment rien de remarquable ? insista Linnet. Pas même un oiseau étrange qui resterait perché au même endroit un peu trop longtemps, par exemple, ou un lapin à la démarche particulièrement raide ?

Pip releva la tête le temps de lui décocher un regard dédaigneux.

— On sait reconnaître un corbeau-espion ou un lapin-taupe, merci. On n'est pas complètement idiots.

Linnet s'abstint de relever cette remarque.

— Est-ce que Birch avait prévu de travailler sur quelque chose de particulièrement dangereux, aujourd'hui ? demanda Charlotte.

Elle n'avait aucun mal à imaginer le rétameur profitant de l'absence d'Ash pour se lancer dans des projets peu recommandables.

Scoff plissa le front.

— Pas que je sache. Je crois qu'il avait commencé une nouvelle série de souris. Elles explosent, c'est sûr, mais pas… (Il se retourna pour regarder les épaisses volutes de fumée.) Pas comme ça.

— Veux-tu que je demande au capitaine de faire demi-tour ? proposa Linnet. On pourrait ramener votre submersible au chantier naval de Lord Ott. Son entrée sous-marine vous permettrait de pénétrer dans le port en toute discrétion.

— Non.

Charlotte savait déjà où aller.

— Nous avons un protocole en place pour parer à ce genre d'incident. Un point de rendez-vous à rallier.

— Il faut retourner aux Catacombes ! s'égosilla Pip, le regard fulminant.

— Impossible, répondit Charlotte d'un ton ferme. Pas avant de savoir ce qu'il s'est réellement passé. Les autres doivent déjà être en route pour nous y retrouver. On y va.

Si qui que ce soit a survécu, bien sûr… murmura de nouveau la même petite voix intempestive. Une douleur perçante déchira la poitrine de Charlotte, qui ferma les yeux un court instant – juste le temps de surmonter sa peine.

403

— Je dois faire mon rapport à Lord Ott, déclara Linnet. Il faut transmettre la nouvelle d'urgence à Jack et à ton frère.

— Non, demande-lui d'attendre que je le contacte. Leur mission est d'une importance vitale. Inutile de les alarmer avant de savoir ce qui s'est passé exactement.

— Tu en es sûre ?

Charlotte hocha la tête, les dents serrées. C'était ce qu'Ash aurait choisi de faire.

Plongeant la main dans sa poche, Linnet en tira un œuf de bois qu'elle lui tendit.

— Ne me dis pas que c'est… marmonna son amie en ouvrant le fermoir de l'objet.

— Hmm… J'hésite ! Un mouchard, peut-être ? termina pour elle la New-Yorkaise.

Ignorant l'expression amusée de sa camarade, Charlotte contempla la minuscule créature nichée au sein de sa coquille.

— J'y ai déjà programmé les coordonnées de notre point de collecte. Utilise l'oiseau-mouche dès que tu te sentiras prête à nous envoyer des informations. (Linnet lui lança cependant un regard appuyé.) Et si tu ne l'expédies pas d'ici demain soir, on viendra voir ce qui se passe.

— Entendu, répondit la jeune fille, qui lui tendit la main.

Mais Linnet la surprit en la prenant soudain dans ses bras.

— Aiguise bien tes griffes, chaton. J'espère te revoir bientôt.

Charlotte serra sa camarade contre elle de toutes ses forces, la gorge serrée et les yeux brûlants.

— Je l'espère aussi.

Elle empoigna la main de Pip pour l'aider à se relever.

— Allez, dit-elle aux deux survivants. Il est temps de filer au point de rendez-vous.

Pip braqua sur Grave un regard admiratif.

— Je t'ai trouvé très courageux d'empêcher cet homme de me frapper. Je n'aurais pas dû le mordre, je le sais, mais il n'avait pas l'air de vouloir retenir son coup, c'est le moins qu'on puisse dire !

— Je ne suis pas courageux, répondit-il en contemplant ses doigts fléchis. Je connais ma force, c'est tout.

— L'un n'exclut pas l'autre, dit Pip en lui prenant la main.

Elle attrapa ensuite Scoff par le bras et le trio se dirigea vers le *Poisson-Lune*.

— Sacrée troupe que tu as là ! fit Linnet.

Charlotte sourit : c'était tellement vrai.

— Bon vent !

— À toi aussi…

La jeune fille descendit l'échelle de corde jetée à la proue du bateau et posa le pied sur la surface glissante du *Poisson-Lune*. Une fois à l'intérieur du submersible, elle en verrouilla soigneusement l'écoutille.

Pip l'attendait dans le couloir qui reliait la soute au pont. Lorsque la jeune timonière lui tendit Pocky, Charlotte l'accepta avec un grand sourire.

— Je me suis dit qu'elle avait dû te manquer. Même si je ne pensais vraiment pas qu'on aurait besoin d'armes, ce coup-ci.

— Et moi donc…

— Je ferai le voyage dans la soute avec Grave, déclara Pip. Je te laisse le poste de copilote.

La timonière rallia d'un pas décidé la poupe du *Poisson-Lune*. Charlotte baissa la tête pour franchir la porte qui donnait sur le pont avant. Scoff était déjà sanglé dans son fauteuil.

— Je vois que Pip a fait en sorte de vous réunir, Pocky et toi, remarqua-t-il.

— En effet.

Elle s'installa dans le deuxième siège de l'habitacle et boucla son harnais, son fusil sur les genoux. Le poids de l'arme la rassurait.

— On n'y arrivera pas avant la nuit, annonça Scoff en poussant une série de leviers.

Le *Poisson-Lune* entama sa plongée.

— Je sais, répondit Charlotte. Tant pis…

Scoff tourna le nez du submersible vers l'amont du fleuve. De l'autre côté des hublots, les eaux de l'Hudson s'étaient faites sombres et boueuses.

— Tu crois qu'il y aura quelqu'un, au point de rendez-vous ? demanda le pilote au bout de quelques minutes de silence.

Charlotte hésita.

— Oublie cette question, se hâta de murmurer Scoff. Je n'aurais pas dû la poser.

Une fois le sous-marin complètement immergé, le jeune homme tira sur une manivelle de couleur cuivrée. Le *Poisson-Lune* fit une embardée et fila comme l'éclair. Scoff se pencha légèrement en avant, absorbé par la conduite du navire. Le sang battait aux tempes de Charlotte, enfin rattrapée par l'anxiété et l'épuisement. Elle s'enfonça profondément dans son siège, les yeux clos.

La voix de Meg retentit dans les ténèbres de son esprit. *« La tempête gronde à l'horizon. Bientôt, elle s'abattra sur nous. »*

Derrière ses paupières vint s'imprimer la vision d'un ciel d'azur envahi petit à petit par une épaisse fumée noire. *Trop tard.*

Glissant la main dans sa poche, elle effleura du bout des doigts la lettre de Jack. La tempête avait éclaté, c'est vrai, mais Charlotte n'avait pas l'intention de se laisser intimider. Elle poursuivrait le combat. Pour Ash et Meg, pour Grave, et pour la Résistance. En silence, elle en fit le serment à chacun d'entre eux, et plus encore à elle-même : elle poursuivrait le combat.

Note de l'auteur

Au beau milieu d'une consultation, alors que mon ophtalmologiste m'examinait, retranché derrière un masque de verre équipé de rouages, de leviers et de cadrans, j'ai eu une révélation : j'avais envie d'écrire une série steampunk. Si les visites chez le médecin ou le dentiste reflètent généralement les dernières avancées de la technologie médicale, les outils de l'ophtalmologiste, eux, demeurent furieusement XIXᵉ siècle. J'ai soudain été saisie d'une envie irrésistible d'inventer un univers bourré d'appareils, de machines et d'armes aussi fantastiques qu'effrayants !

Le charme du steampunk ne procède pas simplement de son abondance de savants fous et de gadgets excentriques, mais aussi de la possibilité qu'il offre de créer une version alternative de l'Histoire. Si la plupart des romans steampunk se déroulent entre la fin du XIXᵉ et le début du XXᵉ siècle, le plus souvent en Europe, la période que je souhaitais recréer se situait bien avant, dans un pan de l'histoire américaine qui me tenait particulièrement à cœur. En effet, avant de devenir romancière à plein temps, j'enseignais l'Histoire au Macalester College de St Paul, dans le Minnesota. Mes recherches portaient sur les liens entre religion, rôle des femmes et violence dans les colonies britanniques, et la question de la transition entre pouvoir colonial et république dans la toute jeune Amérique me passionne depuis longtemps.

Le Secret de l'inventeur part de l'hypothèse suivante : à quoi aurait ressemblé la société nord-américaine en cas d'échec de la Révolution ? En tant que nation, les États-Unis font remonter les origines de leurs principes premiers (liberté, égalité et recherche du bonheur) au succès des révolutions du XVIIIᵉ siècle. Quid, alors, de ces valeurs et de cette société si la Guerre d'indépendance avait été remportée par les Anglais ?

Les personnages principaux du *Secret de l'inventeur*, un groupe d'adolescents issus de familles résistant encore et toujours au joug britannique, luttent pour survivre dans cette réalité alternative : ayant échoué à obtenir l'aide de la France pendant la guerre, George Washington et l'Armée continentale n'ont pu vaincre les forces anglo-saxonnes. La révolution réprimée, ses meneurs pendus pour trahison, les États-Unis n'ont jamais vu le jour.

Nous sommes en 1816, les Guerres napoléoniennes viennent de prendre fin en Europe, et l'Empire britannique est sur le point de prendre l'ascendant sur l'ensemble de l'hémisphère occidental. Alors que nos protagonistes découvrent de terribles secrets et affrontent la tyrannie sanguinaire de l'Empire, ils doivent résoudre des questions essentielles, inhérentes à ce qui deviendra l'identité américaine. Quel est le prix de la liberté ? Quel tribut doit-on lui payer ?

Remerciements

Le Secret de l'inventeur tient une place spéciale dans mon cœur pour sa capacité à lier deux de mes passions : l'Histoire et la fantasy. Mon extraordinaire trio d'agents issus d'InkWell Management, Richard Pine, Charlie Olsen et Lyndsey Blessing, se font toujours mes premiers et meilleurs avocats lorsque je commence à nourrir un projet créatif. Je suis redevable à Penguin Young Readers de m'avoir permis de voyager dans un passé alternatif et un monde nouveau afin de donner vie à ce roman. Merci à Don Wiesberg et Jen Loja de m'avoir laissée tracer cette nouvelle voie. L'enthousiasme de l'équipe de vente, du marketing, de l'équipe établissements scolaires et bibliothèques a nourri ma plume plus efficacement que le plus corsé des cafés. Merci en particulier à Shanta, Emily R., Erin, Elyse, Laura, Lisa, Elizabeth, Marisa, Jessica, Kristina, Molly, Courtney, Anna, Scottie et Felicia.

Un grand merci à Michael Green pour la toute première conversation que nous avons eue sur le steampunk et l'aperçu fascinant qu'il a eu la gentillesse de me donner de l'histoire de New York. Quant à Jill Santopolo, mon éditrice d'exception, elle m'aide continuellement à trouver le juste équilibre entre action et affaires de cœur sans jamais transiger sur l'importance des beaux garçons

– ce que j'adore. Merci à Kiffin et à Brian pour tout leur travail.

C'est grâce au soutien d'amis aussi merveilleux qu'imaginatifs que je persévère : David Levithan, Eliot Schrefer et Sandy London m'aident à garder sourire et entrain. Beth Revis, Marie Lu et Jessica Spotswood resteront à jamais mes sœurs. Le talent, la combativité et l'affection indéfectible d'Elizabeth Eulberg, Michelle Hodgkin et Casey Jarrin m'inspirent chaque jour. Merci à Conor Anderson, Rachel Noggle et Eric Otremba d'avoir entretenu mon enthousiasme pour ce projet.

Je suis pour finir éternellement reconnaissante à mon exceptionnelle famille. Merci à ma mère et à mon père pour leur affection. Merci, Garth et Sharon, d'être aussi formidables et de faire de moi la plus heureuse Tante Annie qui soit.

Composition : Romain Delplancq

Achevé d'imprimer en France en janvier 2015 par Aubin Imprimeur

Le papier de cet ouvrage est composé de fibres naturelles,
renouvelables, recyclables et fabriquées à partir de bois issu de forêts
plantées expressément pour la fabrication de pâte à papier.

ISBN : 978-2-37102-031-3
Dépôt légal : février 2015

Loi n° 49-956 du 16 juillet 1949 sur les publications destinées à la
jeunesse, modifiée par la loi n° 2011-525 du 17 mai 2011

Numéro d'édition : 0016-009-01-01

Numéro d'impression :1411.0374

LUMEN